I0573622

SPORTING – DEUTSCHE AUSGABE

KYLIE GILMORE

Übersetzt von
ANNA DRAGO

Übersetzt von
KATRIN DOLLE

Sporting © 2021 von Kylie Gilmore

Gestaltung des Covers durch: Michele Catalano Creative

Übersetzung: Anna Drago und Katrin Dolle

Veröffentlicht von: Extra Fancy Books

ISBN-13: 978-1-64658-082-8

1

Eli

Als einer der Gesetzeshüter von Summerdale darf ich nicht sagen, dass die Leute Idioten sind, aber heute Abend ist meine Geduld wirklich auf die Probe gestellt worden. Bisher hatte ich auf meiner Schicht:

Minderjährige mit Alkohol (fünfmal). *Könntet ihr wenigstens euer Mist-Bier mit in den Wald nehmen, wo ich nicht Streife fahre? Warum versteht ihr das nicht!*

Illegales Feuerwerk beschlagnahmt (dreimal). *Können wir nicht einen Finger während meiner Dienstzeit wegblasen?*

Überflüssige Erklärungen, warum man nicht in einer Feuerwehreinfahrt parken darf (zu oft, um es zu zählen). *Idioten.*

Die Ironie ist, dass ich früher einer dieser Idioten war, die Regeln brechen. Wer könnte die Regeln besser durchsetzen, als der Typ, der sie alle als Teenager gebrochen hat?

Meine Schicht ist vorbei, warum bin ich also wieder zum Zentrum des Geschehens an den Lake Summerdale zurückgekehrt? Tradition. Es ist die Regatta zum Ende des Sommers – jeder ist auf einem Boot mit festlichen Lichtern auf dem See – und ich wollte das Feuerwerk sehen mit der Gemeinde, in der ich aufgewachsen bin und die ich liebe. Ich bin am Ufer, nicht mehr in Uniform, sondern in einem schwarzen T-Shirt und

Jeans, lehne mich zurück an einen Baum, um es auf mich wirken zu lassen. Einfach unvergleichlich ... eine warme Sommernacht am See. So viele Erinnerungen hier an meine Familie, ein Picknick am Ufer, schwimmen, mit meinem Vater fischen. Später war der See mein Treffpunkt, um mit Mädchen zu knutschen. Das war, bevor ich meinen Führerschein hatte, danach habe ich abgeschiedenere Plätze für all meine amourösen Aktivitäten gefunden. Ich liebe Frauen. Die Art, wie sie riechen, ihre weiche Haut und ihre Kurven, ihre süßen Stimmen.

Ich stehe auf und strecke mich, als das Feuerwerk mit einem letzten Ausbruch aus leuchtendem Rot, Blau und Lila zu Ende geht. Immer eine gute Show, die die Stadt da organisiert. Ich verweile am Ufer und lasse die Leute vor mir gehen. Kein Grund zur Eile, um zum überfüllten Parkplatz am Horseman Inn zu kommen, nur um dann da in meinem Auto zu sitzen. Obwohl mein neues Auto eine Schönheit ist, ein silberner Ford Mustang GT Premium Cabriolet mit beheizten Ledersitzen, V-8-Motor und 10-Gang-Automatikgetriebe. Ich habe sie – für mich ist sie eindeutig weiblich – jetzt seit zwei Wochen, mein erstes neues Auto überhaupt (die anderen waren gebrauchte), und es war bislang ein Traum sie zu fahren.

Schließlich, als sich die Menge endlich aufzulösen scheint, mache ich mich auf den gekurvten Weg am See zur Straße. Wir haben fast Vollmond heute Abend, und das Silber meines Mustangs leuchtet im Mondlicht. Ich habe sie heute gewaschen, mit einem speziellen Poliermittel für einen letzten Schliff, und sie sieht gut aus.

Ich überquere die Straße, ziehe meinen Schlüsselanhänger heraus und entriegele sie. Die Rückleuchten eines roten Honda Accord, der vor meinem Auto steht, leuchten auf.

Nein! Ich sehe mit Entsetzen zu, wie der Honda rückwärts direkt in meinen brandneuen Mustang fährt. Ich halte den Atem an. Das Knirschen der vorderen Stoßstange meines Mustangs fühlt sich wie ein persönlicher Schlag auf den Solarplexus an. Mein Baby. Mein nagelneues Baby.

Ich renne hin, um den Schaden zu besehen. Die vordere Stoßstange ist demoliert.

Wütend gestikuliere ich zu dem Fahrer, der noch in seinem Wagen sitzt. „Was zum Teufel tun Sie denn? Sie sind in mein Auto gefahren!"

Die Tür des Honda öffnet sich, und eine bekannte, große, blonde Frau steigt aus. Jenna Larsen. Sie ist die beste Freundin meiner älteren Schwester Sydney, meine ehemalige Sexfantasie im Teenageralter, die in einem enganliegenden weißen T-Shirt und Jeans-Shorts, die ihre langen Beine betonen, heiß wie die Hölle aussieht.

Nichts davon ist im Moment wichtig.

„Du hast mein Auto ruiniert!", schreie ich und deute auf den unverzeihlichen Schaden. Mein Stolz und meine Freude, für die ich mit vielen Gehaltsschecks habe zahlen müssen. Und das Auto ist noch nicht einmal abbezahlt!

Sie sieht mich an, bevor sie herumgeht, um sich die Rückseite ihres Autos anzusehen. Nicht mein Auto. *Ihrs!* Als wäre ihre Heckstoßstange hier das größere Problem!

Ich gestikuliere zu meiner vorderen Stoßstange. „Schau dir das an! Sie ist brandneu, erst zwei Wochen auf der Straße!"

Sie starrt auf meine verbeulte Stoßstange. „Beruhige dich. Das ist nur eine kleine Delle. Ich bin mir sicher, sie können es reparieren."

Ich kann nicht fassen, wie lässig sie bei dieser Grausamkeit ist, besonders nach dem anstrengenden Abend, den ich hatte. „Hast du dich überhaupt einmal umgesehen, bevor du zurückgesetzt hast?"

Ihre Augen bewegen sich zur Seite und wirken leicht schuldig. „Ich habe hinten eine Kamera. Sie hat nur einen Moment lang nicht funktioniert, weil ich das Radio angemacht habe."

Ich trete näher, jetzt im ausgewachsenen Cop-Modus, direkt in ihren Nahbereich. Sie ist nur ein paar Zentimeter kleiner als meine eins achtzig, und wir sind fast auf Augenhöhe. Ich halte meine Stimme ausgeglichen. „Und dir ist nie aufgefallen, dass die Kamera nicht funktioniert, wenn du anfängst, irgendwelche Knöpfe zu drücken?"

Unsere Blicke kollidieren, und etwas ändert sich, ein urtümliches Bemerken eines Körpers durch einen anderen, was die Luft aus meinen Lungen stiehlt. *Habe ich immer noch etwas für Jenna Larsen übrig?*

Sie befeuchtet ihre Lippen, und das Blut strömt durch meine Adern. Abrupt wendet sie sich ab. „Ich bezahle dafür, okay? Lass mich einfach wissen, wie viel." Sie steigt in ihr Auto und fährt davon.

Ich fahre mit einer Hand durch meine kurzen Haare, bin für einen Moment benommen. Solange ich mich erinnern kann, kenne ich Jenna bereits. Als sie fünf und ich drei Jahre alt war, begann sie, zu unserem Haus herüberzukommen. Sie ist nur Jenna, Sydneys Freundin. Abgesehen von einer langen geilen Periode, die ich zwischen dreizehn und vierzehn (okay, fünfzehn) durchlief, wo sie in all meinen Sex-Fantasien mitspielte, habe ich sie kaum eines zweiten Blickes gewürdigt. Letzten Sommer ist sie zurück in die Stadt gezogen, um eine Konditorei zu eröffnen. Ich gehe nie hinein, da ich Süßigkeiten vermeide. Jedenfalls habe ich nicht *so* an sie gedacht, seit ich fünfzehn war. Ich bin zu Mädchen in meinem eigenen Alter übergegangen, die mich nicht als Sydneys lästigen kleinen Bruder sahen.

Damals war mein Streichespielen bei Sydneys Pyjamapartys mit ihren drei besten Freundinnen – Jenna, Audrey und Harper – auf Höchstform. Ich habe ständig ihre Snacks gestohlen und mich hinter Ecken versteckt, um sie zu Tode zu erschrecken. Sie wurden immer so wütend auf mich, außer Jenna. Sie tat, als wäre ich eine bloße Unannehmlichkeit in einer ansonsten schönen Zeit. Sie hat mir den Kopf getätschelt und mich weggeschickt. Das heißt, sie hat mich nie ernst genommen.

Langsam wende ich mich meinem Mustang zu und konzentriere mich auf das Wichtige hier. Sie hat meinen brandneuen, immer noch nicht bezahlten Mustang demoliert.

Selbst wenn sie ihn in der Werkstatt reparieren, wird sie nie mehr dieselbe sein.

Mein älterer Bruder Adam ruft mich und kommt auf mein Auto zu. Er ist mit seiner Verlobten Kayla zusammen und sieht glücklicher aus, als ich ihn seit langem gesehen habe. „Das ist ätzend. Du hast es wie lange, zwei Wochen?"

„Ja."

Mein Geist blitzt zu Jenna in nächster Nähe zurück. Die Dinge sind jetzt anders. Ich bin siebenundzwanzig und Jenna neunundzwanzig, und die Jahre spielen zwischen zwei erwachsenen Körpern keine große Rolle.

Ich blinzele ein paarmal, und meine Wut vermischt sich mit etwas Erstaunlichem – ich habe immer noch etwas für Jenna Larsen übrig.

~

Jenna

Ich habe *nichts* für Eli Robinson übrig. Ich trommle schnell aufs Lenkrad, während ich nach Hause fahre, frisch nach unserem Zusammenprall. Das war einfach ... ein seltsamer Moment. Ein seltsamer, wütender alpha-männlicher Moment – seine Augen heiß auf meinen, sein sexy-erdiger Duft, das tiefe Timbre seiner Stimme. Ein heißer Schauer durchfährt mich bei der Erinnerung.

Aus der Nähe hat er sich nicht wie der Eli, mit dem ich aufgewachsen bin, angefühlt. Wieso ist mir nie aufgefallen, wie vollkommen er ist? Voller Muskeln von seinem sehnigen Hals bis zu breiten abgerundeten Schultern. Er war mal ein dünnes, mieses Kind. Jetzt hat er einen Fünf-Uhr-Schatten auf seinem kantigen Kiefer. Ich wusste natürlich, dass er jetzt groß ist. Ich habe ihn in der Stadt gesehen, wenn er sein Polizisten-Ding gemacht hat. Manchmal sehe ich ihn aus der Ferne im Horseman Inn, der historischen Bar mit Restaurant, das meiner besten Freundin Sydney gehört. Gelegentlich spielt er am Samstagabend Akustikgitarre. Ich war ihm aber nie so nahe, Auge in Auge, einen Atemzug entfernt. Da war etwas an seiner borstigen Autorität, als er mich konfrontierte, das mich angemacht hat.

Gah. Ich darf *nicht* von Eli Robinson angemacht werden. Er ist Sydneys nerviger kleiner Bruder. Schlimmer noch: Sydney ist überfürsorglich zu ihren beiden jüngeren Brüdern Eli und Caleb. Sie hat geholfen, sie aufzuziehen, nachdem ihre Mutter gestorben war, als sie zwölf war. Eli war damals zehn und Caleb acht. Mit ihren beiden älteren Brüdern sollte man besser die Finger von ihr lassen – sie haben geholfen, sie aufzuziehen. Die beiden jüngeren Brüder, zu denen ist sie ein Mamabär. Immer noch.

Sydney und ich sind uns so nah wie Schwestern, seit dem Kindergarten an der Hüfte verbunden. Und diese schwesternhafte Bindung bedeutet mir viel, seit meine eigene Schwester aus meinem Leben verschwunden ist. Nebeneffekt der fiesen Scheidung meiner Eltern.

Okay, also keine seltsamen Gedanken mehr über Eli Robinson. Er ist kein Kerl, mit dem ich je beiläufig zusammen sein könnte. Und das ist alles, was ich kann. Sydney würde ausflippen, wenn ich es täte. Sie weiß genau, warum ich Beziehungen vermeide. Ich muss nicht weiter schauen als auf die grauenhaft langwierige Scheidung meiner Eltern, um zu wissen, dass eine feste Beziehung nichts für mich ist. Trotzdem habe ich ein paar Mal versucht, es mit einem Kerl funktionieren zu lassen. Meine längste Beziehung war ein Monat im College. Als der Typ wollte, dass ich seine Eltern treffe, hatte ich das Gefühl, nicht nein sagen zu können, aber es war zu viel zu schnell, also habe ich mit ihm Schluss gemacht. Danach wurde er anhänglich, versuchte, mich zurückzugewinnen, und je härter er es versuchte, desto weniger wollte ich zu ihm zurückkehren.

Dann war da die Zeit, in der ich es *wirklich* mit Brian versucht habe, ein Jahr nach dem College, aber es endete nach drei Wochen, als er sagte, dass ich immer so distanziert sei. Ich habe das überhaupt nicht gesehen, was ihm nur Mitleid für mich bereitete. Er sagte, dass ich unfähig sei, jemandem nahe zu sein, und ich glaubte ihm. Die Beweise starrten mir ins Gesicht, nach einer langen Geschichte von nichts, das jemals länger als einen Monat gedauert hatte. Ich hörte einfach auf, es zu versuchen. Das Problem liegt bei mir. Ich bin kein Beziehungsmaterial.

Ich steige aus dem Auto und gehe zum separaten Seiteneingang meiner Wohnung über der Konditorei, die mir gehört, Summerdale Sweets. Letzten Sommer habe ich das alte Café in der Stadt von einem der ursprünglichen Hippie-Gründer, Rainbow, übernommen. Ich habe zuvor in Brooklyn gelebt und war für einen seelenaussaugenden Job in der IT nach Manhattan gependelt. Ich vermisse die lebhafte Dating-Szene von Brooklyn. Hier ist es schwieriger, Single-Jungs zu treffen. Summerdale sind hauptsächlich Familien oder Jungs, mit denen ich aufgewachsen bin, wie der Mann, der jetzt angepisst meinetwegen ist. Männer und ihre Autos. Ich bin sicher, dass sie es in der Werkstatt ohne Problem beheben können.

Ich gehe direkt in mein Schlafzimmer, stecke mein Handy in das Ladegerät an meinem Nachttisch, lege meine kleine Handtasche auf den Boden daneben und gehe ins Badezimmer, um mich fürs Bett fertig zu machen. Abgesehen von dem Schock, dass ich Elis Auto gerammt habe, war es ein lahmer Abend. Ich weiß, es sollte mich nicht stören, aber von meinen drei besten Freundinnen – Sydney, Harper und Audrey – sind jetzt zwei verheiratet. Nur Audrey und ich sind Single, und sie ist entschlossen, ihren Mr. Right eher früher als später zu finden. Ich missgönne meinen Freunden nicht ihr Glück, aber ich weiß schon seit langem, dass die Ehe nichts für mich ist.

Jetzt, da meine engsten Freunde heiraten, wahrscheinlich bald Familien gründen, kann ich nicht anders, als zu denken, dass sie mich zurücklassen werden. Sie werden zu neuen Ehepaar-Freunden oder Mom-Freunden wechseln, und ich werde nur die zweitklassige „Tante" sein, die sie zu den Geburtstagspartys ihrer Kinder einladen.

Ich putze mir kräftig die Zähne, während ich meine Lebensentscheidungen überdenke. Vielleicht hätte ich meinen Job in der IT nicht kündigen sollen. Er war gut bezahlt.

Vielleicht hätte ich nicht meiner Leidenschaft fürs Backen in meine Heimatstadt folgen sollen.

Vielleicht sollte ich einfach gehen.

Wohin? Was tun?

Ich spuckte die Zahnpasta aus und gurgle. Ich weiß nicht, warum ich so beunruhigt bin. Ich habe eine Viertellebenskrise in einer schönen Sommernacht, nachdem ich die Mondscheinregatta mit Freunden genossen habe. Es ist im Grunde eine schwimmende Party – alle unsere Boote auf dem See zusammengebunden – mit Feuerwerk. Es war ein guter Abend, alles in allem.

Ich wechsele in meinen Sommerschlafanzug aus einem alten T-Shirt und Schlafshorts und klettere ins Bett. Ich schließe die Augen, und der Unfall kommt zu mir zurück. Der Ruck meines Autos, das gegen etwas gestoßen ist. Der Ruck von Eli aus nächster Nähe. Dann kommt eine weitere Erinnerung zurück. Eine süße. Eli ist an dem Tag bei mir vorbeigekommen, an dem ich zum College nach North Carolina ging. Er war sechzehn, noch nicht ausgefüllt, aber groß. Sobald ich die Tür öffnete, steckte er mir einen Strauß roter Rosen in die Hand und sagte mir, dass er mich vermissen würde. Ich dankte ihm, und er ging genauso schnell, wie er gekommen war. Damals war ich überrascht, dachte aber, dass es eine nette Geste war.

Mein Telefon klingelt. Ich schalte die Nachttischlampe an und beuge mich vor, um auf den Bildschirm zu sehen. Es ist eine lokale Nummer, aber ich weiß nicht, wer. *Eli?* Ich laufe heiß an, mein Herz klopft ohne Grund. Nur weil ich einmal die kleinste Lust verspürt habe, heißt das nicht, dass ich nicht mit dem Mann sprechen kann. Es ist nur Eli.

Ich lasse es auf die Mailbox gehen.

Nach einigen Augenblicken nehme ich mein Telefon. Ein Text wird angezeigt.

Hey, ich bin's, Eli. Ich habe deine Nummer von Sydney. Lass mich deine Versicherungsnummer wissen. Ich bringe das Auto zur Werkstatt, sobald ich einen Termin habe. Hier ist meine Info.

Im Anhang ist ein Bild seiner Versicherungskarte. Es ist

nichts Persönliches, aber mein Herz hört nicht auf zu rasen. Warum fühlt sich Texten plötzlich so intim an? Weil ich im Bett liege?

Ich ziehe das Telefon aus der Steckdose, lehne mich an die Kissen gegen das Kopfteil und überlege, was ich zurückschreiben soll. *Tut mir leid, dass ich deinen Anruf verpasst und dein neues Auto ruiniert habe? Lange nicht gesehen?* Er hat meinen Laden nie besucht, und ich bin dort seit einem Jahr. Es scheint fast so, als ginge er mir aus dem Weg. Jeder, den ich kenne, ist innerhalb des ersten Monats vorbeigekommen.

Ich werde einfach anrufen. Das ist sowas von überhaupt keine große Sache. Ich klicke auf seinen Text, und das Telefonsymbol erscheint. Sehen Sie? Das war leicht. Mein Finger schwebt über dem Knopf. *Drück einfach drauf.* Adrenalin rauscht durch mich. Ich drücke die Taste trotzdem.

„Jenna", sagt Eli brüsk in seiner tiefen, autoritären Cop-Stimme.

Ich lege auf.

Mist. Ich lege das Handy wieder auf den Nachttisch und starre es an. Vielleicht sollte ich es einfach ausschalten. Ich kann ihn morgen zurückrufen und sagen, dass wir getrennt wurden, weil mein Handy leer war.

Das Telefon klingelt, und ich greife danach und lasse es versehentlich auf den Boden fallen. Ich hebe es auf und drücke es mehrmals, so eifrig, mich von meinem früheren Auflegen zu erholen, dass ich es schaffe, wieder aufzulegen. Verdammt. Jetzt sieht es so aus, als würde ich ihn meiden. Ich kenne Eli praktisch mein ganzes Leben. Nun, es gab eine große Lücke, als ich zum College ging und erst im letzten Sommer zurückkam. Die Lücke, in der er sich in einen wunderschönen, stolzen Mann verwandelt hat. Genau mein Typ.

Jedermanns Typ, oder? Das muss sich nicht in eine große Sache verwandeln.

Ich hocke mich auf den Rand der Matratze und starre auf mein Telefon. Ich weiß wirklich nicht, was heute Abend mit mir los ist. Ich bin normalerweise ein sehr rationaler Mensch. Immer mit der Ruhe, das bin ich.

Ich kann nicht glauben, dass ich zweimal aufgelegt habe.

Ich drücke den Knopf, um seinen Anruf zu erwidern, meine Hand ist nicht ganz stabil. Sobald er antwortet, platze ich heraus: „Hallo, Eli, tut mir leid, dass ich versehentlich aufgelegt habe." *Zweimal.*

„Versicherung und Registrierung", fordert er.

„Äh, einen Augenblick." In meiner Eile, meine Handtasche vom Boden aufzuheben, stoße ich mit der Hand so fest gegen den Nachttisch, dass die Schmerzen meine andere Hand dazu bringen, das Telefon auf den Boden fallen zu lassen. Noch einmal. Ich schlage mir eine Hand vor die Augen, beschämt, dass ich kein einfaches Gespräch mit dem Mann hinbekomme. Ich lasse mich auf den Boden fallen und hebe das Telefon auf. Zumindest ist es beide Male auf dem Teppich gelandet.

Ich atme tief durch, bevor ich versuche, mich zu unterhalten. „Tut mir leid." Das ist alles, was ich rausbekomme.

„Geht es dir gut?"

Ich bin mir nicht mehr so sicher.

2

„Nur müde", flunkere ich. Ich stehe komplett unter Strom und summe vor Adrenalin.

„Okay, ich brauche nur die Versicherung. Ich bin so daran gewöhnt, Versicherung und Registrierung zu denen zu sagen, die ich rauswinke, dass es mir einfach so rausgerutscht ist. Eigentlich sage ich *Lizenz* und Registrierung. Ach, egal."

Ich lache, und es klingt atemlos. „Tut mir leid, das mit unserem Zusammenstoß."

Seine Stimme wird wieder ernst. „Eher wie eine Kollision. Mein Auto ist brandneu. Es wird nie mehr dasselbe sein."

Ich sage fast, dass früher oder später irgendwas an sein Auto kommen musste, aber unterlasse es. Vielleicht hat Eli nie Zusammenstöße. Es ist nicht mein erster. „Es tut mir wirklich leid. Es war ganz sicher nicht beabsichtigt." Ich blättere durch meine Brieftasche und stelle fest, dass ich die Karte nicht habe. „Meine Versicherungskarte ist im Auto. Ich mache ein Foto davon und schicke es dir."

Schweigen.

„Eli?"

„Ähm, ja, klar. Ich war in Gedanken. Ich hätte einen Polizeibericht über den Unfall einreichen sollen, aber es ist noch nicht zu spät, eine Akte anzulegen. Ich kann das morgen machen."

„Aber das war doch nur ein Bagatellschaden."

„Es ist einfacher für den Versicherungsanspruch. Wenn es dir nichts ausmacht, komme ich morgen früh vorbei, um dein Auto zu fotografieren und den Bericht einzureichen. Ich bin nachmittags im Dienst."

„Ist das nicht ein Interessenskonflikt? Deinen eigenen Polizeibericht einzureichen?"

„Okay, dann werde ich Chief Daniels bitten, morgen früh vorbeizukommen. Er hat um acht Uhr Dienst. Geht das für dich?"

Meine Konditorei öffnet erst um 9 Uhr, aber ich bin früh auf, um zu backen. „Klar."

„Gut. Hoffentlich können wir uns schnell darum kümmern. Dann lasse ich dich in Ruhe."

Nach all meiner lächerlichen Nervosität bin ich unerwartet enttäuscht. Ich mag den Klang seiner Stimme, die Gewissheit darin. Dies ist ein Mann, der sich seines Platzes in der Welt sicher ist. „Und wie gefällt es dir bisher, ein Cop zu sein?"

„Es ist gut. Ich mag es zu wissen, dass ich der Gemeinschaft helfe. Es geht nicht nur um Strafzettel und die Reaktion auf Wildtieranrufe." Seine Stimme klingt jetzt wärmer.

Ich setze mich zurück und lehnte mich ans Kissen gegen das Kopfteil. „Wildtieranrufe?"

Er lacht. „Ja, jemand ruft das Revier wegen verdächtiger Geräusche rund um sein Grundstück an, weil er befürchtet, dass es ein Räuber ist. Es ist in der Regel ein Waschbär oder ein Stinktier. Wahrscheinlich sind es auch Rehe, wenn man überlegt, wie viele Anrufe ich angenommen habe, bei denen es überhaupt keine Anzeichen für ein Problem gab. Das Reh geht einfach weg."

„Du wolltest also nie aus Summerdale wegziehen, irgendwohin, wo es noch mehr spannende Verbrechen zu untersuchen geben könnte?"

„Summerdale ist großartig. Ist das nicht der Grund, warum du nach Hause gezogen bist, um eine Konditorei zu eröffnen?"

„Es war ein glücklicher Zufall."

„Inwiefern?"

„Ich war bei der Arbeit unglücklich und sagte Sydney, dass ich eine Konditorei eröffnen wolle. Ich liebe das Backen, und es schien einfach so erfüllend, den Menschen warme, leckere Dinge zu bringen. Sie sagte mir, dass Rainbow in den Ruhestand gehen und das Café schließen würde. Glücklicher Zufall. Gerade als ich bereit war, mit der nächsten Sache fortzufahren, war es da. Ich habe nicht zu hart darüber nachgedacht, nur den Sprung gemacht."

„Bedauern?"

„Ich vermisse das lebhafte Sozialleben in Brooklyn." *Alleinstehende haben dort eine viel höhere Dichte.*

„Wir haben auch hier ein Sozialleben. Man muss nur danach suchen."

„Wie zum Beispiel?"

„Grillen, am See rumhängen, die Bar im Horseman Inn, davon hast du vielleicht schon gehört."

Ich lache. Ich verbringe dort jede Menge Zeit, weil es Sydney gehört. Es ist der Haupttreffpunkt für mich, Sydney, Audrey und Kayla (sie ist Sydneys baldige Schwägerin). Harper auch, wenn sie in der Stadt ist.

Er fährt fort. „Oder meintest du die Szene für Bettgeschichten? Ich gebe zu, davon gibt es hier nicht viel."

Ich laufe rot an. Es ist seltsam, Eli über Bettgeschichten reden zu hören. Er ist Eli. „Ja, nun, das kann man immer finden, wenn man genug motiviert ist. Es gibt Apps, und wir dürfen die Stadt auch verlassen."

Seine Stimme nimmt einen rauen Ton an. „Machst du das oft? Eine App benutzen?"

Meine Nervenenden kribbeln und beunruhigen mich. Nur von seiner Stimme am Telefon. *Wirklich?*

Ich räuspere mich. „Ich habe das Gefühl, dass wir vom Kurs abgekommen sind. Ich schicke dir meine Versicherung. Melde dich, wenn du etwas von dem Kostenvoranschlag erfährst."

„Hey, kein Urteil. Ich war nur neugierig. Ich sehe dich nie mit jemandem."

Lass dich nicht darauf ein. Beende die gefährliche Konversation.

„Was ist mit dir?", platze ich heraus. „Benutzt du eine App, um Kontakte zu finden?"

„Ich bin altmodisch. Von Angesicht zu Angesicht. Ich treffe Menschen die ganze Zeit, Freunde von Freunden, die in einer Bar oder einem Club rumhängen."

„Du gehst in Clubs?"

„Ja, Ma'am. Ich tanze gerne, und Frauen mögen Männer, die keine Angst davor haben, sich gehen zu lassen."

Meine Lippen teilen sich überrascht. Eli ist nicht der geradlinige Kerl, für den ich ihn von seinem Beruf her gehalten habe. Natürlich war er als Kind frech und als Teenager geradezu böse. Früher hat er Autos geklaut, bevor er endlich eine eigene Rostlaube bekam. Sydney hatte Angst, dass er im Gefängnis landen würde. Jetzt gibt Eli Befehle, um die Leute auf dem rechten Weg zu halten. Die ultimative Ironie. Es ist ein Wunder, dass Chief Daniels ihn überhaupt eingestellt hat.

„Wohin gehst du zum Tanzen?", frage ich.

„Verschiedene Clubs in SoNo." Das ist South Norwalk in Connecticut, etwa eine halbe Stunde Fahrt südöstlich von hier. „Gelegentlich gehe ich in die Happy Endings Bar in Clover Park, obwohl es dort keine große Kennenlernszene gibt." Clover Park ist ebenfalls eine halbe Stunde entfernt, in östlicher Richtung. Summerdale, New York, liegt in der Nähe der Grenze zu Connecticut.

„Ich wusste nicht, dass man im Happy Endings tanzen kann." Das ist ein Restaurant und eine Bar in der Main Street in Clover Park. Vor der Scheidung meiner Eltern ist meine Familie immer zum Sonntagsbrunch dorthin gefahren und dann nur für einen Tapetenwechsel durch die niedliche Innenstadt spaziert. Das war, bevor alles zur Hölle ging, als ich neun war.

„Ja, sie haben die Bar hinten um eine Tanzfläche und einen Billardraum erweitert. Es ist wirklich schön geworden."

Ich liebe es zu tanzen, aber ich verzichte darauf, ihn zu bitten mich ihm anschließen zu dürfen. Zunächst einmal würde Sydney mich töten. Zweitens ist das der gleiche Typ, der unser Popcorn gestohlen und hinter einer Ecke vorgesprungen ist, als wir nach ihm suchten, und der das Popcorn dann über uns geworfen hat. Er hat einen Schlafanzug mit Füßen getragen. Kleiner Eli.

Und jetzt ist er ein arroganter Alpha-Mann, an den ich wirklich nicht zu denken versuche. Er hat mir immerhin Rosen gebracht, bevor ich aufs College ging. Kenne ich ihn überhaupt wirklich?

„Noch da?", fragt er.

„Tut mir leid. Ich war abgelenkt." *Mein Kopf hat sich wohl eher gedreht.*

„In Ordnung, ich lass dich dann jetzt. Ich melde mich wegen der Reparatur."

Ich verabschiede mich und hänge auf, streiche mit der Hand durch meine Haare, bin ein wenig desorientiert. Ich kenne diese erwachsene Version von Eli nicht, und das Beängstigende ist, dass ein Teil von mir das will.

Eli

Am Dienstag gehe ich zu Murray's, der Werkstatt in der Stadt. Sie machen Reparaturen und kleinere Karosseriearbeiten. Es ist um die Mittagszeit, und Jenna trifft mich hier. Der Termin für den Kostenvoranschlag war perfekt, da Jennas Laden dienstags geschlossen ist und meine Arbeitsschicht erst um fünf Uhr beginnt. Ich denke, wir können Jennas Auto auch anschauen lassen. Sie hat eine beträchtliche Beule in ihrer hinteren Stoßstange.

Ich trete in eine offene Werkstattbucht. Es gibt zwei Buchten, beide mit einem Auto darin. Ich schaue unter einen alten weißen Toyota, wo kurze Beine in blauen Overalls herausragen. „Hey, Sloane."

Sie rollt unter dem Auto heraus, ihre bernsteinfarbenen

Augen sind auffällig gegen ihr dunkles Haar und die Schmierfette auf ihrer Stirn und Wange. „Eli, gib mir nur eine Minute, um das abzudichten." Sie rollt wieder unter das Auto. Sloane Murray war ein Jahr unter mir an der Schule und ist erst kürzlich zurück in die Stadt gezogen.

Ein paar Minuten später gehe ich mit Sloane zu meinem Mustang. Sie verzieht das Gesicht, als sie sich den Schaden ansieht. „Eine Schande für eine brandneue Schönheit wie diese."

Ich starre auf die vordere Stoßstange, meine Stimme düster. „Ich weiß."

Sie schaut um die Seiten der Stoßstange und darunter.

Mein Blick fällt auf den roten Honda Accord, der auf den Parkplatz biegt. Jenna winkt mir zu, und ich hebe eine Hand und sage mir, dass ich cool tun soll. Nur weil ich früher etwas für sie übrighatte und ich sie nicht aus meinem Kopf bekommen konnte, seit sie mein Auto ruiniert hat, heißt das nicht, dass irgendetwas passieren wird. Ich bin nicht mehr der verliebte Teenager in den Fängen einer unerwiderten Killerschwärmerei.

Ich habe Erfahrung.

Ich habe Optionen.

Sie fährt neben mein Auto und steigt aus.

Ich stecke in einer unerwiderten Killerschwärmerei. Verdammt. Es wäre nicht so schlimm, wenn sie es nicht wüsste, aber sie tut es, seitdem ich ihr diese Rosen mit der Nachricht gegeben habe. Ich würde *alles* tun, wenn ich sie zurücknehmen könnte. Was zum Teufel habe ich mir dabei gedacht, an dem Tag, an dem sie aufs College geht, noch so eine Verzweiflungstat zu bringen? Meine einzige Entschuldigung ist, dass ich zu jung war, um es durchzudenken. Sechzehn, auf Testosteron gepumpt, mit jahrelanger Sehnsucht. Ich gab ihr mein Herz, und sie tätschelte mir den Kopf und sagte: „Danke, Kumpel." *Tätschelte mir den Kopf!* Als wäre ich noch ein Kind. Natürlich wusste sie nichts von der Notiz, als sie mich tätschelte. Ich hatte sie in die Papierverpackung gesteckt, weil ich nicht wollte, dass sie sie vor mir las. Trotzdem, so verdammt peinlich.

Es überrascht mich, dass sie es nicht erwähnt hat. Vielleicht ist es ihr auch peinlich. Wenn das der Fall ist, können wir so weitermachen, als wäre nichts passiert. Das wäre ideal. Ja, lass uns das tun. Ein Mann braucht etwas Würde.

Ihre hellblaue Bluse ist gerade genug aufgeknöpft, dass sie die Kurve ihres Dekolletés zeigt. Mein Mund wird trocken, während mein Blick zu ihrer schmalen Taille und der leichten Kurve ihrer Hüften in der engen weißen Hose schweift und an der Kurve ihrer wohlgeformten Waden endet. Kleine weiße Socken in weißen Sneakers.

Sie stößt mir den Ellbogen in die Rippen. „Bei Tageslicht bist du viel weniger einschüchternd."

„Ich habe dich eingeschüchtert?" Das ist Jenna Larsen, Sexgöttin, selbstbewusste Frau.

„Mein Auto!", bellt sie mit tiefer Stimme, um meine Wenigkeit nachzuäffen. Sie stellt sich mit hochgezogenen Schultern vor mich. „Dafür wirst du bezahlen!"

Ich schüttle den Kopf und lächle. „So habe ich mich nicht angehört. Außerdem hast du angeboten zu zahlen. Hoffentlich deckt die Versicherung den größten Teil davon, also bleibt nur den Eigenanteil."

Ihre Augen verharren auf meinen Lippen, bevor sie sich plötzlich zu Sloane wendet. *Interessant.* „Wie schlimm ist der Schaden?"

„Ich muss eine neue Stoßstange bestellen", sagt Sloane. „Glücklicherweise ist die Umgebung intakt."

„Was hältst du von ihrer hinteren Stoßstange?", frage ich.

Jenna schlägt spielerisch auf meinen Arm. „Frisch."

Ich grinse und genieße diese neue flirtende Atmosphäre. Worüber habe ich mir solche Sorgen gemacht? Sie hat wahrscheinlich keinen zweiten Gedanken an meine Nachricht verschwendet bei all der Aufregung, das Haus für ihr neues Abenteuer im College zu verlassen.

Sloane geht, um den hinteren Stoßfänger des Honda zu inspizieren. Einen Moment später stemmt sie die Hände in die Hüfte. „Ich schätze ein paar Tausend für Elis Wagen. Fünfzehnhundert für deinen, Jenna. Ich habe, bevor ihr hierhergekommen seid, nachgesehen, was eine neue Stoßstange kostet, und zum Glück ist sonst nicht mehr viel zu tun. Nur ein paar Nachbesserungsarbeiten. Ich werde den Versicherungsgesellschaften eine detaillierte Schätzung für beide Autos schicken. Mal sehen, wie viel sie bereit sind, zu decken, und ich werde mich für die Freigabe bei dir melden."

„Fünfzehnhundert!", ruft Jenna. „Vergiss es. Ich kann mit einer Delle in meiner Stoßstange leben."

„Es ist wirklich nicht sicher, ein Auto mit einer beschädigten Stoßstange zu fahren", sagt Sloane. „Du willst doch, dass sie dich bei einem weiteren Unfall schützt."

Jenna drückt ihre Lippen zusammen, bevor sie sich mir zuwendet. „Wie hoch ist dein Eigenanteil?"

„Tausend."

„Meiner auch. Das ist ein sehr teurer Zusammenprall. Außerdem wird meine Versicherung steigen, weil es meine Schuld war." Sie bearbeitet ihre Unterlippe und sieht schließlich genauso aufgeregt aus wie ich über die ganze Sache. Irgendwie ist das nicht gerade ein Trost.

Ich trete näher und will ihr ein besseres Gefühl geben. „Lass uns zu Mittag essen und die Details ausarbeiten."

Sie nickt. „Okay, klar, wo?"

„Das Horseman Inn ist am nächsten. Außerdem kenne ich zufällig den Besitzer."

Sie lächelt ein wenig, ihre Augenbrauen immer noch besorgt gekräuselt. „Ja, ich auch. Ich treffe dich dann da."

Dann ist das ein Date.

3

Jenna

Das ist *kein* Date. Ich esse mit Eli zu einem bestimmten Zweck zu Mittag. Es ist nur, dass sich die Luft zwischen uns aufgeladen anfühlt, und ich habe ihn dabei erwischt, wie er mich ein paar Mal gemustert hat. Wahrscheinlich, weil ich ihn auch gemustert habe. Ich habe nie bemerkt, wie schön seine haselnussbraunen Augen sind. Es gibt einen dünnen hellbraunen Ring um das Grün mit Glanzlichtern aus Gold. Sein dunkelbraunes Haar ist kurz geschnitten, was seine maskulinen, breiten Wangenknochen und seinen sauber rasierten Kiefer betont. Und ich kann nicht umhin zu bemerken, wie sich sein enges schwarzes T-Shirt über seine breite Brust und seine breiten, abgerundeten Schultern spannt. Ein sich wölbender Bizeps, muskulöse Unterarme, große Männerhände. Ich kann es zugeben. Er ist zu einem Weltklasse-Hottie herangewachsen.

Ich schaue mich schuldbewusst um. Sydney ist hier irgendwo, wahrscheinlich im Moment wieder in der Küche, und ich frage mich, was sie dazu sagen wird, dass wir beide zusammen zu Mittag essen. Es ist völlig unschuldig, aber was ist, wenn ich die Lust, mit der ich kämpfe, nicht verbergen kann?

Ich nehme eine Fritte und dippe sie in Ketchup. Ich esse

normalerweise nur einen Salat zu Mittag, also entscheide ich mich heute für ein warmes Mittagessen – ein warmes Roastbeef-Sandwich und Pommes Frites. Es ist himmlisch. Ich bin mit einem guten Stoffwechsel gesegnet, sodass ich essen kann, was ich will. Das ist auch gut so, denn ich probiere immer meine neuesten Backkreationen. „Woran hattest du gedacht?"

Seine haselnussbraunen Augen sind auf meine gerichtet. „Was meinst du damit, woran ich gedacht habe?"

Mein Gesicht erhitzt sich, was seltsam ist. Ich erröte sonst eigentlich nie. Nichts bringt mich aus der Ruhe. „Du hast gesagt, wir würden die Details über den Zusammenprall ausarbeiten."

„Oh ja." Er nimmt einen Schluck Wasser. „Ich will nicht, dass du deswegen pleitegehst. Trag einfach bei, was du kannst, und ich werde den Rest decken."

„Eli, das ist nicht richtig."

„Du könntest mich in Raten bezahlen. Ist das besser?"

Ich stoße einen Atemzug aus. Er ist freundlich, viel mehr als ich erwartet hatte, nachdem er zuvor wütend war. Die Wahrheit ist, dass ich in meiner Bäckerei mit geringen Margen unterwegs bin und immer noch die Startkosten für die neuen Geräte, die ich kaufen musste, abbezahle. „Nein, es ist meine Schuld. Ich hätte nichts über die Kosten sagen sollen. Ich werde mich darum kümmern."

Sydney taucht an meiner Seite auf, ihre hellbraunen Augen schießen zwischen mir und Eli hin und her. Ihr langes schwarzes Haar ist in einem hohen Pferdeschwanz. „Hallo! Was ist denn hier los?"

Ich versuche, einen neutralen Ausdruck zu finden, achte darauf, Eli oder sie nicht direkt anzusehen. „Wir haben gerade die Details für die Kosten unseres Zusammenpralls ausgearbeitet. Es ist teuer, und beide unsere Autos haben beschädigte Stoßstangen."

Sydney schnappt nach Luft und packt meine Schulter. „Wirst du etwa rot? Ich wette, ich weiß warum. Hat Eli gestanden, dass, als er fünfzehn war –"

Eli unterbricht sie. „Syd, weißt du, was großartig wäre?"

Sydney wirft ihm einen hinterlistigen Blick zu. „Was wäre das, kleiner Bruder?"

„Wenn du weitergingst", sagt er. „Jenna und ich haben viel zu besprechen."

Ich studiere ihn, sein Ausdruck ist ernst, sein Kiefer ist fest. Kein Erröten. Was war denn, als er fünfzehn war?

Sydney stupst ihn seitlich an die Nase. „Alles klar. Wie du willst." Sie beugt sich zu meinem Ohr hinab. „Ich liebe es, ihn in Verlegenheit zu bringen. Das Privileg der großen Schwester." Sie geht weiter, um den nächsten Tisch zu fragen und macht ihre Manager-Sache.

Ich riskiere einen Blick auf Eli. Was war denn so peinlich, als er fünfzehn war? Hatte es mit mir zu tun? Ich war damals siebzehn Jahre alt und sehr an Schulaktivitäten beteiligt und damit, mit meinen Freunden auszugehen. Ich erinnere mich nicht, dass etwas passiert ist, das mit ihm zu tun hatte.

Er lehnt sich über den Tisch und flüstert: „Sie ist so nervtötend, du kannst es ruhig zugeben. Ich werde es ihr nicht sagen."

Meine Lippen verziehen sich nach oben. „Sie hat das Gleiche über dich gesagt."

„Damals stimmte es ja auch, aber die meisten jüngeren Brüder leben dafür." Seine Stimme wird rau. „Findest du mich jetzt nervtötend, Jenna?"

Ich schlucke kräftig. Er sieht mir in die Augen. Er möchte wissen, ob ich ihn jetzt attraktiv finde. *Zu verdammt sehr.*

Ich schaue mich im Raum um und sehe Sydney in die Augen. Ihre Brauen heben sich fragend.

Ich wende mich wieder Eli zu und versuche, nicht allzu interessiert auszusehen. „Was war denn, als du fünfzehn warst?"

Er lehnt sich in seinem Sitz zurück. „Gar nichts."

Ich beuge mich über den Tisch und halte meine Stimme leise. „Was hat sie dann angedeutet? Hatte es mit mir zu tun?"

Er hebt gelassen eine breite Schulter. „Wer weiß?" Er macht sich wieder daran, sein Truthahn-Sandwich zu essen.

Es muss etwas gegeben haben, aber ich lasse es fallen. Ich kann Sydney später immer noch fragen. Trotzdem fühle ich mich unwohl, hier mit ihm zu sitzen, während Sydney in der Nähe schwebt. Als würde ich etwas falsch machen.

Ich lehne mich nach vorne und flüstere: „Wir hätten wahrscheinlich woanders essen gehen sollen."

„Das nächste Mal", murmelt er.

Es liegt ein Versprechen in diesen Worten, das einen Hitzeschwall in meinen ganzen Körper bringt. Unsere Blicke begegnen sich für einen aufgeladenen Moment, und jedes Nervenende erwacht zum Leben. Ich reiße meinen Blick von ihm und nehme einen langen Schluck Eistee. Ich erinnere mich daran, warum ich hier bin. Ich habe sein Auto versaut, kann es mir nicht leisten, sein oder mein Auto zu reparieren, und muss etwas ausarbeiten. *Das ist kein Date.*

„Ich würde es gern in Raten zurückzahlen", sage ich. „Ich werde einen Zahlungsplan erstellen und etwas unterschreiben, um es offiziell zu machen. Ich werde auch Zinsen zahlen."

„Das klingt gut, nur nicht das mit den Zinsen. Also, warum hast du Computer für Cupcakes stehenlassen?"

Seine Stimme ist reich wie Schokolade – tief und warm – und umhüllt mich. Ich könnte den ganzen Tag auf diese Stimme hören.

„Jenna?" Er klingt amüsiert.

Ich zucke aus meinen abtrünnigen Gedanken. „Tut mir leid. Äh, Zinsen. Ja, die muss ich auf jeden Fall bezahlen. Es ist das Mindeste, was ich tun kann, wenn man bedenkt, dass der Unfall meine Schuld war."

„Keine Zinsen. Das sind meine Bedingungen. Und jetzt beantworte meine Frage. Ich möchte etwas von dir wissen."

Ich reibe die Seite meines Halses, meine Wimpern flattern. „Danke!"

Er hebt mit einem Finger mein Kinn und schenkt mir ein

langsames, sexy Lächeln, das mein Inneres schmilzt. „Also, warum hast du Computer für Cupcakes stehengelassen?"

Er möchte mich wirklich kennenlernen, und ich stelle fest, dass ich es erzählen möchte.

„Nun, nachdem ich sechs Jahre lang Hardware, Software und Netzwerke konfiguriert und gleichzeitig auf jede Technologiekrise reagiert habe, hatte ich das Gefühl, als würde meine Seele sterben. Das Einzige, was mich glücklich machte, war das Backen am Wochenende. Ich belegte einige Abendkurse, lernte mehr über Gebäck und Backen, und begann zu erkennen, dass dies alles ist, was ich tun möchte. Ich möchte leckere Süßigkeiten kreieren, die Menschen glücklich machen."

Er lächelt, und es erhellt sein schönes Gesicht. „Menschen glücklich zu machen, macht dich glücklich."

„Tut es. Gott weiß, ich habe die Menschen nie glücklich gemacht, indem ich Netzwerke reparierte. Sie erwarten, dass es zu jeder Zeit funktioniert, flippen aus, wenn es nicht funktioniert, und dann, wenn man es repariert, beschuldigen sie einen, dass es überhaupt zusammengebrochen ist. Cupcakes und Brownies sind viel verzeihender."

„Hast du auch was Gesundes auf der Speisekarte?"

„Absolut! Meine Karotten-Cupcakes enthalten ein Viertel deiner täglichen Portion Karotten."

Er schmunzelt, seine haselnussbraunen Augen funkeln. „Vielleicht komme ich mal vorbei."

„Du könntest auch meine Apfeldoughnuts mögen."

Er stößt einen Finger in meine Richtung. „Denk erst gar nicht an einen Cop- und Doughnuts-Witz."

Ich lache. „Tut mir leid. Das gehört nur zu meinem Jahreszeitenangebot."

Wir lächeln uns einen Moment lang an, bevor wir uns wieder ans Mittagessen machen und in geselliger Stille essen. Ich entspanne mich. Er ist in gewisser Weise sicher, weil ich ihn schon so lange kenne, und ich weiß, dass er aus einer guten Familie stammt. Ich muss mich fragen, warum sich unsere Wege noch nicht gekreuzt haben, seit ich letzten Sommer nach Hause gezogen bin.

Als ich mein Sandwich fertig habe, schiebe ich meinen Teller weg, etwas nervt mich genug, um es endlich laut auszusprechen. „Weißt du, seit meiner Eröffnung hast du Summerdale Sweets nicht einmal besucht."

Seine Augen weiten sich, bevor er seine Serviette ergreift und sich den Mund abwischt. Schließlich sagt er: „Ich hätte vorbeischauen sollen, um es mir anzusehen."

Ich beuge mich vor. „Das hättest du tun sollen. Ich war beleidigt, dass du das nicht getan hast. Alle anderen in deiner Familie haben es. Sogar der mürrische Drew hat drei Schachteln mit Keksen gekauft, um sie mit seinen Karateschülern zu teilen."

Er schnaubt. „Richtig, du warst beleidigt. Du hast nicht einmal bemerkt, dass ich existierte, bis du rückwärts in mein Auto gefahren bist."

Ich gestikuliere vage um uns herum. „Ich habe dich in der Stadt arbeiten sehen. Ich wollte dich bei der Patrouille nicht stören." *Und du hast in deiner Uniform zu verlockend ausgesehen.*

„Vielleicht wollte ich dich nicht beim Backen stören."

„Komm schon. Gib einfach zu, dass du mich gemieden hast."

Er versteift sich und schaut auf einen Punkt über meiner Schulter. „Warum sollte ich dich meiden?"

Ich werfe meine Hände hoch. „Ich habe keine Ahnung."

Er lehnt sich in seinem Sitz zurück, entspannt sich wieder. „Ich war damit beschäftigt, Störenfriede zu fangen. Nichts Persönliches."

Es fühlte sich aber persönlich an. Ich versuche, aus seinem Gesichtsausdruck schlau zu werden, aber er hat ein tolles Pokerface. Ich kann nicht sagen, ob er lügt. Ich weiß nicht, warum es mich so sehr stört, dass er nie vorbeigekommen ist. Es schien nur, als wäre er der Einzige in der Stadt, der es nicht tat, und es musste absichtlich sein. „Ich habe nie etwas gesagt oder getan, um dich zu beleidigen, oder?"

„Nö. Gar nichts." Er hält einen Finger hoch. „Tatsächlich

glaube ich nicht, dass du mir mehr gesagt hast als ‚raus', seit ich dreizehn war."

Ich verziehe das Gesicht. „Nur weil Mädchenzeit war."

Er neigt seinen Kopf. „Wie auch immer, genug davon, alte Zeiten aufzuwärmen."

Da ich lieber nicht mehr darüber nachdenken möchte, was er für mich war – Sydneys nervtötender kleiner Bruder – lasse ich es fallen. Es bringt mich wirklich durcheinander, so an ihn zu denken, während ich versuche, mich nicht offen nach ihm zu sehnen. „Was ist das schlimmste Verbrechen, dem du in Summerdale begegnet bist?"

Er drückt seine Lippen zusammen und versucht einen düsteren Gesichtsausdruck, aber seine Augen funkeln vor Humor. „Das möchtest du nicht wissen."

Ich beuge mich vor. „Sag es mir."

„Ich habe Rainbow nackt beim Sonnenbaden am See erwischt. Ich sagte ihr, sie müsse sich bedecken."

Ich lache. „Sie war ein wahrer Hippie." Rainbow war einer der ursprünglichen Gründer von Summerdale. Eine Gruppe von Hippies in den sechziger Jahren hat es als eine Art Utopia geplant. Ich habe ihr altes Café gekauft, als sie sich letztes Jahr nach Florida zurückzog. Sie hat früher grüne Getränke und Salate mit Luzernensprossen serviert. Trotzdem war sie sehr unterstützend für meine süßere Einstellung zu den Dingen.

„Bist du glücklich hier?", fragt er.

Ich denke darüber nach. „Ich liebe meinen Laden und wieder bei Sydney und Audrey zu sein. Kayla jetzt auch. Sie ist ein Schatz." Kayla ist mit seinem älteren Bruder Adam verlobt.

„Aber ..."

Ich wische meinen Mund mit einer Serviette ab und schiebe meinen Teller weg. „Niemand ist über alles glücklich."

„Vermisst du dein altes Leben in Brooklyn?"

„Ich vermisse das Abenteuer, an einem Samstagabend

auszugehen mit dem Potenzial, jemanden zu treffen, der interessant ist."

„Interessant bedeutet heiß."

Ich schaue mich um und suche nach Sydney. Sie muss wieder in die Küche oder in ihr Büro gegangen sein. „Ich brauche auch Hirn. Ich habe Standards."

„Also keine heißen Idioten für Jenna Larsen, wie?"

Ich lache. „Genau."

„Geh am Samstagabend in die Happy Endings Bar. Du könntest überrascht sein, wen du triffst." Er zwinkert.

Mein Gesicht wird rot. Er baggert mich an. Wäre es so schlimm, wenn ich ihn außerhalb der Stadt treffen würde? Ja. Denn dann müsste ich mich ihm hier in Summerdale stellen, wahrscheinlich für die kommenden Jahre. Und Sydney würde es herausfinden.

„Oder nicht", sagt er.

„Ich darf nicht so an dich denken."

Seine Augen sind heiß auf meinen, seine Stimme leise und rau. „Ich glaube, das tust du bereits."

Ich befeuchte mir die Lippen, und er beobachtet die Bewegung. Lust sammelt sich tief in meinem Bauch. „Ich kann nicht. Du bist ein fester Bestandteil einer Stadt, in der ich auf absehbare Zeit bleiben werde. Das bedeutet, dass es in Zukunft unangenehm werden könnte, wenn die Dinge nicht funktionieren, und nach meiner Erfahrung funktionieren sie nie."

„Es ist bloß ein Drink, Jenna."

Wie kann ich erklären, dass ich bei niemandem bleibe, ohne meine beschädigte Geschichte aufzudecken? Er kennt nicht alle gruseligen Details meiner Familie, und ich möchte nicht, dass er mich so sieht. Ganz zu schweigen davon, dass Sydney das nicht gutheißen würde.

„Nichts Persönliches", sage ich, weil es wirklich nicht persönlich ist. Ich habe unser Mittagessen genossen. Ich weiß nur, wann ich Bindungen durchtrennen muss – früh, bevor wirklich Schaden angerichtet wird.

Er mustert mich einen Moment lang.

„Sieht mächtig ernst aus", singt Sydney, als sie sich nähert. Sie hält an unserem Tisch und blickt zwischen uns hin und her. „Habt ihr das Auto-Ding geklärt?"

„Sind im Begriff", sagt Eli fest.

Sydney grüßt ihn und geht zur Bar.

Er hebt seine Augenbrauen fragend in meine Richtung.

„Nur Freunde, okay?"

Er zieht seine Brieftasche heraus, wirft ein paar Scheine auf den Tisch und steht auf. „Man sieht sich." Er geht zur Tür, bevor ich antworten kann.

„Ich melde mich!", rufe ich ihm nach. „Mit einem Scheck und Papierkram."

Er hebt seine Hand, um zu zeigen, dass er es gehört hat, bevor er zur Tür hinausgeht.

Ich starre auf meinen Teller. „Danke fürs Mittagessen", sage ich zu niemandem.

Sydney lässt sich auf seinen Sitz fallen. „Also-o-o. Was ist los?"

Ich seufze. „Ich habe einen Zahlungsplan ausgearbeitet, um den Schaden an seinem Auto zu bezahlen."

„Das war großzügig von ihm, es nicht im Voraus zu wollen."

„Ja, das war es."

Sie zieht die Rechnung aus ihrer Schürzentasche, zählt das Geld, das er liegengelassen hat, und steckt es ein. „Er gibt auch großzügig Trinkgeld. Vielen Dank, Eli."

„Womit in seinem 15. Lebensjahr hast du ihn aufgezogen?"

Sie bedeutet mir näherzukommen. „Er würde mich töten, weil ich das gesagt habe, aber er hat mich damals gefragt, ob du einen Typ hast. Ich dachte, er schwärmt für dich. Es war so lächerlich für mich zu der Zeit, dass ich es nicht erwähnt habe. Ich meine, wir waren im Abschlussjahr, und er war ein kleiner Junge im zweiten Highschooljahr. Wie auch immer, ich habe es vergessen, bis ich gerade gesehen habe, wie ihr zusammen zu Mittag gegessen habt. Ich glaube, ich habe euch beide noch nie zusammen ohne mich gesehen. Merkwürdig."

„Eigentlich war es ziemlich nett", sage ich leise und schaue auf die Stelle, von der er gerade aufgestanden ist. „Er ist –"

„Sag mir nicht, dass du auch nur daran denkst, meinen kleinen Bruder anzubaggern", blafft sie.

Mein Kopf zuckt zu ihr zurück.

Ihre Stimme ist streng. „Das wird nicht geschehen. Ich kenne dich, Jenna, du bist ein *Freak*, was die Idee einer dauerhaften Beziehung angeht, und du hinterlässt überall eine Spur gebrochener Herzen. Wenn du Eli verletzt, nun, das ist etwas, das ich dir nie verzeihen könnte."

Ich halte den Atem an. Ich wusste, dass sie die Idee nicht mögen würde, aber sie es sagen zu hören, macht mir Angst. Ich darf meine beste Freundin nicht verlieren, das, was für mich einer Schwester am nächsten kommt. „Okay, verstanden."

Sie drückt meinen Arm. „Tut mir leid, ich weiß, dass ich etwas heftig sein kann, wenn es um Eli geht. Auch Caleb." Sie hebt ihre Hand und krümmt die Finger. „Die Krallen kommen für meine Jungen heraus. Ich bin wie ihre zweite Mutter, seit unsere Mom gestorben ist. Sie haben mich gebraucht."

„Klar, ich weiß. Nur das Beste für deine kleinen Brüderchen."

„Genau."

Ich schiebe den Schmerz nach unten, weil ich nicht in diese „beste" Kategorie passe. Sydney kennt meinen Schaden, und sie will, dass ihre jüngeren Brüder nur lächeln und Sonnenschein haben.

Sie fährt in einem verschwörerischen Ton fort. „Wyatt und ich haben darüber gesprochen, Eli mit Wyatts Schwester Brooke zu verkuppeln. Sie sind im gleichen Alter, und Brooke will nur einen netten Kerl, um sich mit ihm niederzulassen." Wyatt ist ihr Ehemann, und sie haben in allem eine echte Partnerschaft.

Ich habe Brooke auf Sydneys Hochzeit kennengelernt. Sie ist hübsch, nett und intelligent. Das absolut Schlimmste.

„Lebt sie nicht in New Jersey?", frage ich. „Fernbeziehungen funktionieren nie."

„Sie ist Architektin. Hier gibt es auch Gebäude und Häuser." Sie lächelt. „Wyatt hofft, alle drei seiner Schwestern dazu zu bringen, sich irgendwann hier niederzulassen. Er hat es bei Kayla hinbekommen, obwohl ich glaube, Adam hatte mehr damit zu tun als Wyatt. Schade nur, dass seine Schwester Paige zu eigensinnig ist, um zu einem meiner Brüder zu passen. Sie ist mehr wie Wyatt. Was ist denn los?"

Ich blinzele schnell und zwinge mich, mich zusammenzureißen. „Gar nichts. Klingt, als würdet du und Wyatt hier eine Dynastie aufbauen." *Und ich bin draußen.* Ist ja nicht so, als wollte ich überhaupt eine Beziehung. Ich werde niemals diese Art von Schmerz riskieren, nicht für mich selbst, für einen Kerl, und definitiv nicht für arme ahnungslose Kinder. Ich habe immer gewusst, dass es mir alleine besser geht, aber jetzt, da ich neunundzwanzig bin, fühle ich manchmal diese … Sehnsucht. Ich habe das niemandem gegenüber zugegeben, aber ich denke, es könnte schön sein, ein Baby zu haben. Die Single-Mom-Sache machen, damit eine Beziehung mein Kind nicht beeinflusst.

Sie lächelt breit. „Eine Dynastie? Ha! Wäre das nicht cool? Ich bin natürlich die Matriarchin. Du kannst meine rechte Hand sein und mir helfen, Ordnung zu halten."

Ich schlucke über den Kloß der Emotion, der in meinem Hals festsitzt. Ich bin mir bewusst, dass meine Freunde in eine neue Lebensphase übergehen. Ich hätte nur nie gedacht, dass ich mich mitten in etwas, das so nah es geht an eine Familie herankommt, so sehr alleine fühlen würde.

Ich schaue zur Tür, wo Eli gerade weggegangen ist. Der Mann, der sich in mich verknallt hat, fragt mich endlich nach einem Date, und ich lehne ab. Nicht nur das, ich verbeule sein nagelneues Auto. Kein Wunder, dass er gegangen ist. Er muss mich hassen.

Die Worte sind aus meinem Mund, bevor ich sie stoppen kann. „Eli ist ein guter Typ. Ich fühle mich schrecklich."

„Warum?"

Ich kann nicht sagen, dass ich ihn abgelehnt habe. Das würde zu viele Fragen aufwerfen, und dann wird sie wissen, dass ich mich nach ihrem Bruder sehne. Ich kann die Lust überstehen, versichere ich mir. Es ist gut, dass ich das im Keim erstickt habe, bevor alles zu kompliziert wurde.

Ich stoße einen Atemzug aus. „Ich weiß nicht. Wegen seines Autos und weil er so nett deswegen ist."

„Was ist falsch daran, dass er nett deswegen ist?"

Meine Augen werden heiß. „Nichts." Ich schüttle den Kopf. „Ich muss gehen."

Ich nehme meine Handtasche und gehe mit einem schnellen Abschiedswinken über meine Schulter zur Tür.

„Jenna."

Ich wackle mit meinen Fingern in der Luft, unfähig, mich ihr zu stellen, wenn meine Kehle eng ist, meine Augen heiß sind. Es ist einfach zu viel, zurückgelassen zu werden, während meine Freunde sich in ihrem Leben vorwärtsbewegen. Und so verrückt es auch scheint, ich habe das Gefühl, dass ich es vermasselt habe, Eli abzulehnen.

Doch welche Wahl hatte ich schon?

Ich reiße die Eingangstür auf, steige in mein Auto und fahre die kurze Strecke zurück zu meiner Wohnung. Ich habe die Scheidung meiner Eltern nur wegen meiner Freundinnen überlebt. Ich habe sie in meine Nähe gelassen und niemanden sonst. Zu riskant. Ich war elf Jahre alt, als sich der Staub zwischen meinen Eltern nach einer zweijährigen Tortur endlich legte, in der meine Schwester und ich in einem Tauziehen zwischen ihnen gefangen waren. Sie kämpften sogar um den Hund, meinen geliebten Labradormischling, Charlie, bevor sie ihn verschenkten, weil sie sich nicht einigen konnten, wer ihn behalten sollte. Meinen Hund! Ich habe diesen Hund geliebt! Er war damals mein einziger Trost, leckte mein Gesicht und lehnte sich mit seinem warmen, pelzigen Körper in seiner eigenen Form von Hundeumarmung an mich. Ich vermisse ihn immer noch.

Meine jüngere Schwester Evie und ich mussten vor einen Richter treten und entscheiden, bei wem wir leben wollten. Ich wählte Mom; Evie wählte Dad. Ich versuchte, Evie dazu zu bringen, bei mir zu bleiben, aber sie wollte nur Dad. Seitdem waren wir uns nicht mehr nahe.

Deshalb bedeutet Sydney mir so viel. Sie war meine Schwester, als meine eigene Schwester mich verließ. Manchmal fühlt es sich an, als hätte meine ganze Familie mich im Stich gelassen.

Und jetzt verlassen mich sogar meine Schwestern ehrenhalber für ihre eigenen Familien.

Ich wische mir die Augen. Ein Teil von mir glaubt nicht, dass ich Liebe verdient habe. Ich bin zu beschädigt. Das ist eine Tatsache, die ich akzeptiert habe, und ich habe es nie bereut, jemanden weggestoßen zu haben. Bis heute.

4

Eli

Freunde. Wenn Jenna das will, können wir Freunde sein, die die Anziehungskraft zwischen einander ignorieren. Oh, ja, ich habe gestern beim Mittagessen die Lust in ihren Augen gesehen, die Wangen, die Wärme in ihrer Stimme, als sie sich über den Tisch gelehnt hat. Ich weiß, wann mich jemand will. Jetzt werden wir also Freunde sein, beide wissend, dass es eine *gegenseitige* Anziehungskraft gibt.

Ich gehe die Peaceable Lane entlang und zu ihrem Laden für einen Freundschaftsbesuch, wie ich sagte, ich würde es tun. Sie hat bemerkt, dass ich ihr aus dem Weg gegangen bin, und sie war sauer darüber. Nicht eine Erwähnung meiner Nachricht. Der offensichtliche peinliche Grund scheint zu sein, dass da jemand seine Würde bewahren möchte. Hat sie ihr nichts bedeutet? Nun, ich werde sie jetzt nicht mehr ansprechen. Ich werde nur das Falsche korrigieren, einen kurzen Besuch in ihrem Laden machen, und dann können wir all das hinter uns lassen. Als Freunde.

Ich verlangsame meinen Gang und betrachte ihr Geschäft. Über der Eingangstür befindet sich ein gemaltes rotes Holzschild, auf dem Summerdale Sweets in kräftigen weißen Buchstaben zu lesen steht, dunkelgrüne Markisen über den Panoramafenstern und zwei Parkbänke direkt vor der Tür, die zum Verweilen einladen. Es sieht wirklich einladend aus. Das Geschäft befindet sich auf der unteren Ebene eines weißen quadratischen Gebäudes in der „Innenstadt" von Summerdale. Wenn man ein Postamt, einen kleinen Lebensmittelladen, das Horseman Inn, Jennas Laden, die Bibliothek und zwei Kirchen an gegenüberliegenden Enden einer langen, kurvenreichen Straße eine Innenstadt nennen kann. Die Straßen sind wie wellige Speichen an einem Rad angelegt, das vom Lake Summerdale ausstrahlt. Die Hippie-Gründer arbeiteten um Bäume herum, als sie die Straßen angelegten, und sie gaben den Straßen groovige Namen: Peaceable Lane, Lovers' Lane, Sunset Lane, Harmony Lane und Schoolhouse Lane. Die Straße um den See herum ist der Lakeshore Drive. Direkt am Stadtrand liegt die Route 15, die in die große böse Welt führt.

Ich öffne die Tür zum Summerdale Sweets, und die Glocke darüber bimmelt. Es ist Mittwochnachmittag, und Jenna ist mit ein paar Teenagermädchen beschäftigt, sodass sie mich zuerst nicht bemerkt, da sie sich mit lautem Geplauder zu entscheiden versuchen, was für ein Brownie sie sich teilen sollen. Jennas dunkelgrüne Schürze über dem schwarzen Rollkragen und schwarze Skinny Jeans stehen in einem auffälligen Kontrast zu ihrem blonden Haar und ihrer hellen Haut. *Wunderschön.* Eine allzu vertraute Lust rauscht durch mein System.

Sie bemerkt mich, ihre grünen Augen weiten sich. „Eli, was für eine Überraschung!"

„Ich dachte, ich sehe mir deinen Laden mal an."

Sie nickt und wendet sich den Mädchen zu. „Der gesalzene Karamell-Brownie ist unser Bestseller. Damit kann man nichts falsch machen."

Die Mädchen – eine Brünette und ein Rotschopf – tauschen still einen Blick aus, bevor sie sich ihr zuwenden und unisono sagen: „Wir werden ihn nehmen." Ich erkenne sie jetzt. Anna und Christina. Ihre Familien sind nun seit etwa drei Jahren hier, seit unsere regionale Highschool als die beste im Land eingestuft wurde. Ich unterstütze die Sicherheit bei den Footballspielen der Highschool, die eine große begeisterte Menge anziehen, und besuche regelmäßig die Schule, um die Gefahren des betrunkenen Fahrens mit den Schülern zu besprechen, sie von Drogen fernzuhalten und sie über Stellen zu informieren, an die sie sich wenden können, wenn sie Hilfe brauchen, einschließlich mir.

Die Mädchen legen ihr Geld zusammen, um zu bezahlen, und wenden sich zum Gehen.

„Hi, Officer Robinson", sagt Anna, die Brünette.

„Hi", sagt Christina, ihr Blick schweift von meinem grünen T-Shirt zu meinen Jeans und Sneakers. „Sie sehen, äh, *anders* aus als in Uniform." Sie wirft Anna einen Blick zu, den ich nicht interpretieren kann.

„Japp", sage ich, unsicher, ob sie mich gerade beleidigt hat oder nicht. Vor allem, da sie auf dem Weg aus dem Laden kichern.

Jenna ruft mich. „Such dir irgendwo einen Platz. Ich hole deinen Scheck und den Papierkram, den ich ausgearbeitet habe, um die Zahlung deines Eigenanteils zu decken. Hast du Neuigkeiten von der Versicherungsgesellschaft, wie viel sie decken werden?"

„Noch nicht."

Ich schaue zu den drei kleinen runden Tischen an der Vorderseite des Ladens und gehe zu dem in der Mitte. Die Stühle sind ziemlich klein, weißes Metall mit einem rosafarbenen runden Kissen. Ich glaube nicht, dass Jenna Männer mit diesen Stühlen im Sinn hatte.

Sobald sie mir gegenübersitzt, kommt sie direkt zur Sache und gibt mir einen Scheck über hundert Dollar. Dann überreicht sie mir ein Papier, demzufolge sie einmal im Monat die Zahlung in Hundert-Dollar-Raten tätigen wird, bis ihre Schulden für den Tausend-Dollar-Eigenanteil beglichen sind. Sie hat fünf Prozent Zinsen hinzugefügt, was hoch ist, und ich hatte doch gesagt, dass ich das nicht brauche. Sie kann hier nicht viel verdienen, wenn sie sich nur hundert Dollar im Monat leisten kann. Wenn ihre Konditorei scheitert, wird sie wahrscheinlich die Stadt für einen neuen Job verlassen, was

Mist wäre. Sie ist erst seit einem Jahr hier. *Warum bin ich ihr so lange aus dem Weg gegangen?* Im Nachhinein erscheint es dumm. Sie hat meinen Teenager-Fehler hinter sich gelassen, also kann ich das auch.

Sie reicht mir einen Stift. „Du kannst noch etwas verändern, wenn du möchtest. Ich habe den Zinssatz nur geraten."

„Das musstest keine Zinsen hinzufügen. Wir kennen uns doch schon so lange. Ich will einen fairen Handel, weil ich dich jahrelang als Kind damit erschreckt habe, dass ich hinter Türen und Ecken hervorgesprungen bin."

Sie schüttelt den Kopf und lächelt. „Du hast mir nie Angst gemacht. Ich hatte dich im Auge und war nie unachtsam."

„Ich meine mich an ein paar Jenna-Schreie zu erinnern."

Sie winkt das ab. „Nur zur Show, damit du dich gut fühltest. Du hast viel Zeit investiert, um leise darauf zu warten, dass du hervorspringen konntest."

Ich hebe eine Braue. „Du hast das mir zuliebe gemacht?"

Sie tätschelt mir den Kopf. „Armer kleiner Eli, die Wahrheit kommt heraus. Du warst nie der Schrecken, den du dir erhofft hast."

Ich versteife mich, aber es gelingt mir, ein Lächeln aufzusetzen. Der „kleine Eli" stört mich nicht annähernd so sehr wie das Tätscheln auf den Kopf.

Hier ist mein Herz, Jenna. Bitte nimm diese Blumen mit der geheimen Liebesbotschaft an.

Danke, kleiner Eli, tätschel, tätschel.

Sie hat mich nie ernst genommen, nicht damals, nicht jetzt. Es war nie nur Lust. Ich habe sie verehrt.

Es ist längst an der Zeit weiterzuleben. Ich räuspere mich und nehme den Stift von ihr, unterzeichne ihr Papier und gebe es ihr zurück.

„Warum bist du so nett zu mir?", fragt sie.

Ich setze mein neutrales Polizistengesicht auf. „Ich bin nett zu allen."

„Aber vorher hast du so wütend gewirkt."

„Ich bin darüber hinweg. Es war ein Unfall. Jetzt wird es repariert, und ich lebe weiter."

Sie mustert mich einen Moment lang, bevor sie den Stift nimmt und das Papier unterschreibt.

Ich stecke ihren Scheck in die Tasche. Ein Teil von mir möchte mit meinem männlichen Stolz durch diese Tür gehen, und ein Teil von mir will nichts anderes, als sie anzusehen. *Entscheidungen, Entscheidungen …*

„Du bist zu einem guten Kerl aufgewachsen", sagt sie.

Ich kann auch noch etwas länger bleiben. „Wenn du das Abzeichen trägst, musst du mit gutem Beispiel vorangehen."

„Es ist mehr als das." Sie lächelt und lehnt sich über den Tisch. „Du warst früher so unartig."

Ich schenke ihr mein sexystes Lächeln und senke meine Stimme zu einem rauen Ton. „Ich kann unartig sein, wenn der Anlass es erfordert."

Sie errötet und richtet sich auf, reibt sich seitlich den Hals. „Das wette ich." Sie sieht mir mit einem Lächeln in die Augen. „Du bist ein Flirter."

„Schuldig."

Ihre Lippen biegen sich nach oben, als sie das signierte Papier faltet und es in ihre Schürzentasche steckt.

Erinnern Sie mich noch einmal, warum wir nur Freunde sind? Sie sagte, es sei nichts Persönliches. Etwas über Dinge, die nicht funktionieren, und dass es möglicherweise unangenehm werden könnte. Heißt das, sie geht nie mit jemandem aus der Stadt aus, weil sie sie hinterher sehen muss? Es ist nicht so, als würden hier viele Single-Jungs durchkommen. Was ist mit ihr los?

Ich schaue mich um. Nicht die Zeit oder der Ort, um sie zu drängen. *Nett und freundlich, lass sie sich bei dir wohlfühlen.* „Wie läuft es mit deiner Konditorei?"

Sie lächelt strahlend, ihre grünen Augen leuchten auf. „Es läuft gut. Ich habe Stammkunden." Sie hört auf zu lächeln. „Oh. Verstehe. Du fragst dich, warum ich dir einen so kleinen Betrag als Zahlung gegeben habe, nicht wahr?"

„Nein, ich denke, du hast gezahlt, was du konntest. Mach dir deswegen keine Sorgen."

Sie deutet in den hinteren Teil des Ladens. „Ich habe

letztes Jahr alles, was ich hatte, in Renovierungen und Back-geräte gesteckt. Rainbow hatte den Laden seit den sechziger Jahren nicht mehr renoviert. Es musste viel getan werden. Ich habe auch die Küche und das Badezimmer oben in meiner Wohnung zur gleichen Zeit renoviert. Das waren dann meine Ersparnisse; und ich habe mir etwas Geld geliehen. Und jetzt habe ich zum ersten Mal eine Hypothek und Schulden, worüber ich mich nicht beklage. Das ist mein Traum, der wahr geworden ist. Ich habe einfach kein Geld für Extras wie einen Autounfall."

Ich reibe eine Hand über meinen sauber rasierten Kiefer und erwäge, sie vollständig vom Haken zu lassen. Da ist wieder dieser weiche Punkt. „Alles klar."

„Lass mich dir etwas aufs Haus holen. Du hattest noch nie eine meiner Leckereien." Sie deutet auf Cupcakes, Brownies, Riegel und Kekse in der Glasauslage.

„Ich esse keinen Zucker."

Sie sieht mich misstrauisch an. „Nie? Nicht einmal an deinem Geburtstag oder Weihnachten? Dies ist ein bedeut-samer Anlass – Eli Robinson hat meinen Laden besucht. Tatsächlich werde ich eine Gedenktafel anbringen, damit die Besucher es wissen. Ich wette, dass das Geschäft doppelt zunimmt!"

„Klugscheißer. Ich hätte nichts gegen eine Flasche Wasser."

Sie verdreht die Augen und geht Richtung Tresen. Ich folge ihr, mein Blick fällt auf die süße Kurve ihres Hinterns.

Sie sieht über die Schulter und erwischt mich dabei, dass ich sie anstarre. Ich rucke meinen Kopf hoch. *Mist.*

Ihre Stimme klingt atemlos. „Warum kommst du nicht mit mir nach hinten, und wir teilen uns einen kleinen Teller von etwas. Ich sollte wirklich hinter der Theke sein, falls jemand hereinkommt."

Nichts könnte mich davon abhalten.

Sie schneidet einen gesalzenen Karamell-Brownie in zwei Hälften und legt die eine für mich auf einen kleinen weißen Teller, wobei sie auf den Hocker neben der Theke zeigt.

„Du kannst den Stuhl haben", sage ich. „Ich habe nichts dagegen zu stehen."

Sie schnappt sich eine Flasche Wasser und eine Serviette für mich und gibt sie mir, bevor sie Platz nimmt. „Iss."

Ich beiße in eine karamellige Dekadenz, meine Augen weiten sich. „Der beste Brownie, den ich je hatte."

Sie grinst stolz und wirft ihr Haar zurück. „Das ist mein Bestseller." Sie nimmt einen Bissen von ihrem Brownie. „Jetzt bist du offiziell Team Jenna."

Ich werde vor dem Eingeständnis bewahrt, dass ich schon immer Team Jenna war, als das Glöckchen über der Tür bimmelt.

Joan Ellis kommt herein, die Großmutter, die Harper, eine der besten Freundinnen von Sydney, großgezogen hat. Harper hat sie hinter ihrem Rücken General Joan genannt, weil sie immer Befehle im Militärstil rief. Ich kenne Mrs. Ellis, weil sie in der dritten Klasse an meiner Grundschule Lehrerin war. Ich hatte sie nie, aber meine Freunde haben sich endlos über die vielen Hausaufgaben beschwert. Sie muss mittlerweile in ihren Achtzigern sein. Ihr Haar ist weiß und kurz, ihre braunen Augen scharf. Sie kleidet sich, als würde sie immer noch jeden Tag zur Arbeit gehen. Heute hat sie einen weißen Schal um den Hals gebunden, trägt eine pfirsichfarbene Bluse und eine schwarze Hose. Ihre schwarzen Schuhe sind dick besohlt, ihr einziges Zugeständnis an ihre schlechte Hüfte.

„Hi, Mrs. Ellis", sagt Jenna und steht plötzlich steif und gerade. *Der General ist da!* „Kann ich Ihnen helfen?"

„Ach was. Ich bin achtundachtzig Jahre alt, fidel wie eine Geige. Glaubst du, ich bin so, weil ich Süßigkeiten gegessen habe? Zucker ist der Teufel."

Ich schmunzele. „Siehst du? Ich bin nicht der Einzige, der auf Zucker verzichtet."

Mrs. Ellis richtet ihren scharfen Blick auf mich. „Eli Robinson, du siehst fit aus. Wenn du also nicht wegen Zucker hier bist, warum bist du dann hier?"

Schuldbewusst laufe ich rot an, als könnte man mir meine

Lust ansehen. Es ist beunruhigend, wie sie durch eine Person zu sehen scheint. Jetzt weiß ich, warum Sydney immer gesagt hat, dass sie alle Angst vor ihr hatten. „Ich dachte, ich schaue mir den Laden mal an, von dem alle immer schwärmen."

Sie wirft mir einen wissenden Blick zu, bevor sie sich Jenna zuwendet. „Er wäre gut für dich, Jenna. Solide und stabil, ein richtiger Mann. Die sind heutzutage nicht so einfach zu finden, also wenn, dann unternimm etwas. Hat er dich schon auf ein Date eingeladen?"

Mir fällt die Kinnlade herunter, und ich schließe den Mund mit einem Geräusch.

Jenna läuft leuchtend rot an, gestikuliert in meine Richtung, ihr Mund offen, aber nichts kommt heraus. Schließlich legt sie ihre Hände an die Hüfte, schaut zur Decke und atmet aus. „Mrs. Ellis, das ist sicherlich nicht der Grund, warum Sie heute vorbeigekommen sind."

Mrs. Ellis wirft mir einen vielsagenden Blick zu. „Es sieht so aus, als wäre es Zeit für dich, einen Schritt zu machen. Sie ist eindeutig überwältigt von dem Gedanken. Ein gutes Zeichen."

Ich grinse. „Ich bin dabei, Mrs. Ellis."

Sie reibt ihre Hände aneinander. „Exzellent. Jenna gehört zu den Guten."

Jennas Augen sind riesig und starren mich an. Ich zwinkere ihr hinter Mrs. Ellis Rücken zu und denke, dass sie erleichtert aussehen wird, aber stattdessen betrachtet sie mich. *Möchte sie, dass ich sie noch mal um ein Date bitte?*

Mrs. Ellis kommt zum geschäftlichen Teil. „Ich bin hier wegen des Herbsterntefestivals. Ich war nicht zufrieden mit der Art und Weise, wie das Treffen gestern Abend geendet ist." Das Herbsterntefest findet am letzten Samstag im September auf einem großen Grundstück neben der presbyterianischen Kirche statt.

Mrs. Ellis hält inne.

Und hält weiter inne.

Schließlich beißt Jenna an und fragt: „Warum waren Sie nicht zufrieden?"

„Weil wir immer noch nicht genug für die Kinder haben. Es dreht sich alles um das Bierzelt und die Imbissbuden."

Sie beginnen eine ausführliche Diskussion über das Festival. Jenna ist höflich und respektvoll, selbst als Mrs. Ellis erklärt, dass sie die Lösung hat, um Menschen zusammenzubringen – Square Dancing.

Jenna wirft mir einen entsetzten Blick zu. Ich verziehe das Gesicht.

Mrs. Ellis spricht fröhlich weiter. „Die Kinder haben das Square Dancing in der Turnhalle immer genossen. Sie kamen verschwitzt und mit rotem Gesicht ins Klassenzimmer zurück. Guter sauberer Spaß."

„Eher peinlich", sagt Jenna leise.

Obligatorisches Boy-Girl Square Dancing im Sportunterricht war in diesem Alter definitiv peinlich. Jungs wollten nicht, dass sich ein *Mädchen* bei ihnen einhakte. Igitt. Und Mädchen dachten, die Jungen hätten Schwänzchen. Sie schrien immer über sie.

„Und? Sag schon!", bellt Mrs. Ellis Jenna an.

„Ich glaube nicht, dass Square Dancing die Antwort ist", sagt Jenna ruhig.

Mrs. Ellis hebt eine Braue und schaut mich an. „Meinst du das auch?"

„Das tue ich. Es ist nicht das, was Kinder heutzutage mögen."

„Nun, wir brauchen etwas!", ruft Mrs. Ellis. „Ich schwöre, Kinder wissen überhaupt nicht mehr, wie man Spaß hat. Es geht nur noch darum, Tasten zu drücken und auf Bildschirme zu starren."

Jenna sieht nachdenklich aus. „Ich bin mir sicher, dass wir uns etwas einfallen lassen können, obwohl es nur etwas mehr als zwei Wochen entfernt ist. Wir dürfen nur nicht zu ambitioniert sein."

„Ein Tanzmarathon", sagt Mrs. Ellis mit einer gewissen Endgültigkeit. „Das ist es. In der großen roten Scheune von fünf Uhr bis Mitternacht, damit die Tänzer nicht zu müde werden. Kinder, Erwachsene, alle zusammen." Die große rote

Scheune ist die langjährige Heimat unserer eigenen, Standi-gen-O-Theatre Company.

„Hmm", macht Jenna.

Mrs. Ellis fährt begeistert fort. „Wir werden die Tänzer bitten, Sponsoren zu gewinnen, und verwenden das Geld dafür, das Festival im nächsten Jahr zu finanzieren und es noch größer zu gestalten. Die Leute können zur Scheune hinüberkommen, um zuzusehen."

„Wir müssten das Standing O fragen, ob es in Ordnung wäre", sagt Jenna. „Und was ist mit der Musik? Wir müssten einen DJ einstellen oder eine Live-Band engagieren."

„Den Teil überlasse ich dir", sagt Mrs. Ellis. „Ich bin nur die Ideen-Lady. Ihr jungen Leute habt die Energie, Dinge zu verwirklichen. Das war eine gute Unterhaltung." Sie deutet auf die Auslage. „Ich nehme einen dieser Schokoladenkekse zum Mitnehmen. Weißt du, nur für den Fall, dass Harper bald zu Besuch kommt."

Jenna sieht sie wissend an. „Dann werden Sie noch ein paar mehr brauchen. Sie hat jetzt einen Mann und ein Baby."

Mrs. Ellis seufzt dramatisch. „Dann können wir genauso gut ein Dutzend sagen." Mein Schwiegersohn Garrett ist ein großer Mann." Ihr Gesicht wird weicher. „Caroline ist zwei Monate alt und lächelt jetzt." Sie öffnet ihre Handtasche und zieht ein kleines Bild des Babys in Portemonnaie-Größe heraus.

„Sie ist wunderschön", sagt Jenna mit einem Hauch von Sehnsucht. Ihre Augen werden weich. *Interessant.*

Mrs. Ellis zeigt auch mir das Bild. Caroline ist ein molliges Baby mit einer rosa Schleife in ihren wenigen, hellbraunen Haarsträhnen.

„Glücklich aussehendes Baby", sage ich, unsicher, was angemessen zu sagen ist.

Mrs. Ellis zieht das Bild wieder zu sich und lächelt es für einen langen Moment an. „Ich war mir nicht sicher, ob ich lange genug leben würde, um Urgroßmutter zu werden. Harper hat sich ganz schön Zeit gelassen, einen richtigen Mann zu finden."

Ich lächle. So hat sie mich auch genannt – einen richtigen Mann. Ein ziemliches Kompliment vom General.

Jenna reicht ihr eine Bäckerei-Box mit Keksen. „Sie werden ewig leben, Mrs. Ellis. Genießen Sie es. Und sagen Sie Harper, sie soll das nächste Mal vorbeikommen, wenn sie in der Stadt ist."

Mrs. Ellis zieht einen neuen 20-Dollar-Schein aus ihrer Brieftasche und reicht ihn ihr. „Ich rufe sie an, wenn ich nach Hause komme, um sie wissen zu lassen, dass Cookies warten."

Sie bekommt ihr Wechselgeld und macht sich auf den Weg zur Tür, hinkt dabei ein wenig mit ihrer schlechten Hüfte.

Nachdem sie gegangen ist, sagt Jenna: „Sie wird Harper den ganzen Weg von Brooklyn aus nach Hause bestellen, damit die Cookies nicht verschwendet werden. Ich weiß, wie sie tickt." Sie nimmt wieder Platz, nimmt einen Bissen vom Brownie und schaut mich unter ihren Wimpern an.

Ich bin wieder ganz zu ihr hingezogen. Keine Frau hat jemals dem Vergleich mit ihr standgehalten.

Ich beende den Brownie in zwei weiteren Bissen und stelle den Teller neben die Spüle. „Umwerfend."

„Er muss dir wirklich geschmeckt haben, du hast ihn ja verschlungen. Kann ich dich zu noch mehr verführen?"

Ich trete näher, mein Blick fällt auf ihre rosa, üppigen Lippen. „Ich kann leicht verführt werden."

„Eli." Ihre Stimme klingt atemlos.

Ich überwinde die Distanz und streiche ihr eine Locke hinter das Ohr. Ihre grünen Augen sind weit und starren in meine; ihre Lippen teilen sich.

Ich lehne mich hinunter und hauche einen Kuss auf ihre Wange, bevor ich leise nahe an ihr Ohr spreche. „Ich sehe dich bald."

Ich richte mich auf und blicke ihr in die Augen. Sie legt eine Hand an ihre Wange, die ich gerade geküsst habe, und blinzelt mir zu.

Ich neige den Kopf. „Alles gut, meine Schöne?"

Sie erholt sich, erhebt sich und räumt hinter dem Tresen

auf. „Ja, sicher, ich muss mich wieder an die Arbeit machen. Ist viel los. Hab viel zu tun."

„Bye, Jenna."

Sie hält inne und mustert mich einen Moment lang, bevor sie leise sagt: „Sei kein Fremder."

Ich lächle, drehe mich um und gehe zur Tür hinaus. *Freunde. Ha*!

5

Jenna

Ich bin mit meinen Mädchen am Donnerstag für die Ladies' Night im Horseman Inn. Sydney musste etwas in der Küche überprüfen, aber sie kommt dann. Wir nennen die Ladies' Night unseren Donnerstagabendweinclub. Es begann als Buchclub – Audreys Idee, unser Lieblingsbücherwurm. Wie auch immer, wir haben viel mehr Zeit damit verbracht, Wein zu trinken und zu plaudern, als über das Buch zu sprechen, also hat Sydney es den Donnerstagabendweinclub genannt. Audrey war zuerst verärgert, aber jetzt hat sie einen echten Bücherclub in der Bibliothek am Dienstagabend für Leute, die viel ernsthafter damit umgehen, großartige Literatur zu diskutieren.

Ich nippe an einem trockenen Martini und Audrey an ihrem Lieblings-Pinot Grigio. Ich schwöre, dass sie versucht, wie eine Bibliothekarin auszusehen. Ich meine, sie ist eine, aber das bedeutet nicht, dass sie sich wie eine kleiden muss, nicht wahr? Sie trägt eine hellblaue Bluse mit Peter-Pan-Kragen, eine marineblaue Strickjacke und eine graue Hose mit Slippern. Wenigstens ist ihr langes schwarzes Haar offen, anstatt oben in einem mit Bleistiften zusammengehaltenen Knoten zu stecken. Ja, sie trägt ihre Haare tatsächlich manchmal bei der Arbeit so, und dann vergisst sie es und geht so auch abends aus.

Die Tatsache, dass wir beide im langjährigen Familienrestaurant der Robinsons sitzen und versuchen, zwei Robinson-Jungs, die wir schon unser ganzes Leben kennen, nicht zu bemerken, ist mir nicht entgangen. Eli und Drew sitzen an einem Ecktisch am anderen Ende der Bar und schauen sich die Yankees im Fernsehen an. Irgendwie haben sich die Dinge geändert. Eine neue Perspektive in meinem Fall? Eine Fehlkalkulation in Audreys Fall? Sydney und ich glauben, dass Audrey ihren Mut zusammengekratzt hat, Drew, Sydneys ältestem Bruder, ihre Gefühle für ihn irgendwann um Weihnachten im letzten Jahr zu gestehen, und es lief nicht so, wie sie gehofft hatte. Seitdem ist sie kühl ihm gegenüber. Trotz der Tatsache, dass wir einander so nah wie Schwestern sind, weigert sich Audrey, darüber zu sprechen.

Drew ist ein tougher Einzelgänger, den Audrey seit ihrem sechsten Lebensjahr schon liebt. Schwärmerei auf den ersten Blick. Er war elf. Ich habe ehrlich gesagt nie gedacht, dass ihr Schwarm so lange andauern würde. Meiner Meinung nach ist es zu einem Problem geworden, das sie daran hindert weiterzugehen. Sie ist so alt wie ich, neunundzwanzig, und sagt, sie ist bereit für die Ehe und Kinder. Eine Weile hat sie tapfere Anstrengungen unternommen, eLoveMatch zu nutzen, um ihren Mr. Right zu finden. Viele erste Dates mit Jungs, die sie nie wieder gesehen hat. Soweit ich weiß, hatte sie noch nie ein Date mit Drew.

Ich bin damit beschäftigt, Eli nicht in seinem weißen Button-Down-Hemd und den Jeans anzusehen. Lässig heiß. Gestern hatten wir einen Moment in meinem Laden. Einen *herzklopfenden Er-ist-dabei-mich-zu-küssen*-Moment, den ich nicht hätte beenden können, wenn ich es gewollt hätte. Die Anziehung war zu stark, um zu widerstehen. Er hat meine Wange geküsst, eine zarte Geste der Zuneigung, die meine Haut warm und prickelnd machte und mich mehr wünschen ließ.

Audrey stupst mich mit dem Ellbogen an. „Warum siehst du Eli immer wieder an?"

Ich wende den Blick ab. „Das tue ich nicht."

„Doch, tust du. Ist etwas zwischen euch beiden passiert?"

Ich trinke meinen Martini und täusche Lässigkeit vor. „Wir haben uns ein paar Mal wegen des Zusammenstoßes getroffen. Er war –" *Wunderbar. Zärtlich. Sexy.* „– liebenswürdig in der Angelegenheit."

Ihre blauen Augen werden größer. „Eli war liebenswürdig? Der gleiche Typ, der uns bei Übernachtungen terrorisiert hat?"

Ich merke, dass ich lächele. „Er war anstrengend, oder? Jetzt schau ihn dir an, ein so aufrechtes Mitglied der Gemeinschaft." Ich sehe ihm in die Augen, und er schenkt mir ein langsames, sexy Lächeln. Wärme rauscht durch mich, mein Körper summt in Erwartung.

Audrey lehnt sich an meine Schulter. „Nun, war das nicht flirtend? Er *ist* jetzt Polizist und Sydney sagt, dass er sich gut um seinen neuen Pitbull-Mischling, Lucy, kümmert. Sie hatten einige Hundespieltreffen." Sie richtet sich auf, sieht nachdenklich aus. „Okay, ich bin an Bord. Ein Mann, der sein Leben geordnet hat, der seinen Hund liebt, bedeutet, dass er jetzt einer der guten Jungs ist. Weiß Sydney, dass du auf ihn stehst?"

„Sag kein Wort zu ihr", flüstere ich. „Sie hat mich gewarnt, mich von ihm fernzuhalten."

Ihre Brauen schießen überrascht in die Höhe. „Warum?"

„Weil sie etwas Besseres für ihn will." Ich drücke meine Lippen fest zusammen, damit sie nicht zittern. Die Wahrheit tut weh.

„Ich bin mir sicher, dass das nicht stimmt."

„Das tut es! Sprich einfach nicht weiter darüber!"

„Okay, okay, tut mir leid." Audrey wirft mir einen mitleidigen Blick zu. „Aber ich denke, es wäre großartig für dich und –"

„Schh."

Sie senkt ihre Stimme. „Wenn jemand mit einem reformierten bösen Jungen umgehen kann, bist du es."

Ich schiebe mir die Haare hinter die Ohren. „Danke, denke ich. Er war nie wirklich böse."

„Jenna, er hat Autos gestohlen. Das ist böse."

„Aber er hat sie zurückgebracht. Es ist eher so, als ob er sie von den Leuten der Gemeinde geliehen hätte. So etwas wie das Programm, das sie in der Stadt haben, wo man ein Auto nimmt und es an einem bestimmten Ort für die nächste Person absetzt."

„M-hmm. Und wir dürfen nicht vergessen, wie er unsere Snacks gestohlen, Popcorn über unsere Köpfe geworfen und uns zu Tode erschreckt hat, wenn er sich um Ecken schlich und aus den Schränken sprang. Ich schwöre, dass ich zehn Jahre lang bei jeder Pyjamaparty mit einem offenen Auge geschlafen habe."

Ich schüttle den Kopf. „Du hattest ernsthafte Angst vor einem Jungen, der zwei Jahre jünger war als wir?"

Sie verengt die Augen. „Er war zum Bösen fähig."

Ich schaue Eli an, der so entspannt wirkt, während er sich das Spiel ansieht. „Ja, schon gut. Also schwärmst du stattdessen für den Ruhigen, der sich in einen gut ausgebildeten Mörder verwandelt hat."

„Er ist kein Mörder!", ruft sie und wird dann leuchtend rot, als sie erkennt, dass sie die Tatsache verraten hat, dass sie immer noch an Drew hängt. Sie hat es heftig geleugnet, aber sie kann mich nicht täuschen.

„Klar, okay."

Audrey ist immer noch in Rage und verteidigt ihre Liebe. „Er war ein Ranger der Army und hat das Militär mit Ehren verlassen. Drew würde niemals absichtlich jemanden ängstigen oder etwas von dem tun, was Eli getan hat."

„Trink deinen Wein aus. Du wirst es brauchen." Ich bin es leid, dass sie sich nach einem ahnungslosen Kerl sehnt. Sie muss entweder mit ihm zusammenkommen oder über ihn hinwegkommen. „Hey, Drew!", rufe ich. „Hast du mal eine Minute?"

Audrey packt meinen Arm mit einem Todesgriff. „Was machst du denn?"

„Ich möchte nur mit ihm reden."

„Nein. Sei cool."

Drew steht von seinem Stuhl auf, sein Blick klebt an Audrey.

„Zu spät", flüstere ich. „Hast du Angst, mit deinem lebenslangen Schwarm zu reden?"

Drew kommt in seiner stillen, aber tödlichen Weise auf uns zu. Sein braunes Haar ist frisch geschnitten – kurz an den Seiten, lang oben – sein Kiefer ist wie immer unrasiert. Sein dunkler Blick landet für einen langen Moment auf Audrey, aber sie weigert sich, Blickkontakt herzustellen, und starrt auf seine Brust. „Was ist los?"

Ich stupse Audrey mit dem Ellbogen an.

Sie schickt mir einen Todesblick, kippt ihren Wein runter und sieht ihm in die Augen, ihre Wangen leuchten rosa. „Nicht viel", zwitschert sie. „Ich habe mich nur gefragt, ob du am Samstag mit deiner Demo dabei sein würdest. Nicht am nächsten Samstag, in drei Samstagen. Wenn du nicht zu viel zu tun hast."

„Wenn du mit Samstag das Herbsterntefest für unsere Karate-Demo meinst, dann ja."

Sie winkt ihn fort. „Das ist alles, was wir wissen mussten, danke und gute Nacht."

Er nähert sich Audrey, seine Stimme senkt sich. „Ich habe das Gefühl, dass du mir in letzter Zeit aus dem Weg gehst."

„Nö", sagt sie zu seiner Brust. „Überhaupt nicht."

Er blickt auf mich, und ich sehe nach vorne, als würde ich nicht zuhören. Ich trinke hier nur meinen Martini und genieße die herrlichen Geräusche des Damenabends. Es gibt eine Gruppe von Frauen, die links von mir stricken, reden und lachen. Ich wünschte fast, ich könnte sie bitten, die Lautstärke zu reduzieren, damit ich besser lauschen kann.

Drews Stimme ist mürrisch. „Das ist jetzt schon seit letztem Silvester so. Neun Monate. Das ist genug Zeit, um über alles hinwegzukommen, worüber du hinwegkommen musst."

Ich kann nicht widerstehen, einen Blick hinüberzuwerfen.

Audreys Gesicht ist rot vor Wut, ihre Augen funkeln. „Es gibt nichts, worüber ich hinwegkommen muss. Überhaupt nichts, und wird es auch nie geben." Sie wendet sich ab und hebt ihre Hand zu der Barkeeperin Betsy, bedeutet ihr, ein weiteres Glas Wein einzuschenken.

Drew steht einen Moment da und starrt sie an, aber sie weigert sich, ihn anzusehen. „Richtig." Er dreht sich um und geht steif zurück zu seinem Tisch.

Ich warte, bis Audrey ihren Wein hat. „Was ist mit ihm los? Komm schon, Aud, du kannst es mir sagen. Du weißt, ich bin auf deiner Seite."

Sie starrt auf die Bar, ihre Stirn ist gerunzelt. „Sprich einfach nicht weiter darüber! Im Ernst." Sie nimmt einen gesunden Schluck Wein und wendet sich mir mit einem Lächeln auf ihrem Gesicht zu, das mich nicht für eine Minute täuscht. „Ich gehe mit niemandem aus, bis ich nicht weiß, dass er Mr. Right ist. Also, wenn das bedeutet, dass ich den Rest meiner Tage Single bin, dann sei es so."

„Du willst ihn also nicht mehr? Du siehst dich wirklich weiter um?"

Sie zeichnet mit gesenkten Augen einen Kreis auf den Tresen. „Ich will Mr. Right."

„Was, wenn es keinen Mr. Right gibt? Was ist, wenn es nur einen Mr. Fast-Richtig gibt, der etwas Training braucht?"

Sie lacht ein wenig. „Wie ein Welpe."

Ich lächle. „Genauso."

Ihre Lippen bilden eine flache Linie, ihr Ausdruck ist grimmig entschlossen. „Ich würde es vorziehen, wenn eine andere Frau ihn trainierte, ihn abservierte und er dann vollständig bereit wäre, mein Mr. Right zu sein."

Ich seufze. „Das ist der Traum, nicht wahr?"

Sydney steckt ihren Kopf zwischen uns. „Hallo, meine Damen, worüber reden wir?"

Ich wende mich ihr zu. „Gut ausgebildete Männer."

Sie strahlt. „Oh Mann, hab ich in diesem Bereich Glück gehabt. Wyatt ist mit drei Schwestern aufgewachsen. Er kennt sich nicht nur mit PMS aus, er klappt auch immer den Toilettensitz herunter."

Wir lachen.

„Jenna und ich sprachen über ein viel besseres Training als das", sagt Audrey. „Die Art von Typ, der geradezu ausstrahlt, dass er Mr. Right ist. Dass man es gleich weiß."

Sydney schüttelt den Kopf. „So ist es mir nicht passiert. Im Ernst, wenn nicht sein Nachname Right lautet, glaube ich nicht, dass so jemand existiert."

Ich zucke mit dem Daumen zu Audrey. „Aber darauf wartet sie."

Sydney öffnet ihren Mund und schließt ihn dann wieder, muss sich wahrscheinlich bemühen, Drew nicht zu erwähnen. Wir wollen beide, dass Audrey sich weiter umsieht. Es ist schon so lange her. „Ich hoffe, du findest ihn, Aud." Sydney umarmt sie kurz mit einem Arm. „Du solltest wieder auf die Suche gehen."

Audrey stöhnt.

Ich habe Mitleid mit ihr und lege einen Arm um ihre Schultern. „Kann es denn besser werden als das? Getränke mit meinen Mädchen in einer kalten Herbstnacht. Ich liebe diese Jahreszeit."

Sydney lehnt sich über Audrey vor, um mich anzusehen. „Okay, jetzt hast du mir Angst eingejagt. Was ist mit der abgestumpften Jenna passiert?"

„Kann ich den Herbst nicht einfach genießen?"

Sie mustert mich einen Moment lang. „Du hast mit jemandem rumgemacht, nicht wahr?" Sie dreht sich zu Audrey um. „Sie hat den Frisch-gefickt-Blick auf ihrem Gesicht, oder?"

Audrey wendet sich mir zu, ihre Augenbrauen schießen in die Höhe, eine Frage in ihren Augen. Sie weiß, wer es sein könnte. Sie dreht sich zu Sydney um. „Nö. Das ist nicht ihr Frisch-gefickt-Blick. Das ist ihr *Glücklich-mit-meinem Geschäft*-Blick."

Sydney und ich lachen beide. Es ist immer lustig zu hören, wie die prüde Bibliothekarin Audrey das F-Wort verwendet. Sie ist nicht wirklich prüde, sie sieht nur so aus. Sogar sehr.

Audrey seufzt. „Müsst ihr immer lachen, wenn ich offen spreche? Ich bin nicht prüde."

„Ehrlich", hallen Sydney und ich, bevor wir in Lachen ausbrechen.

„Was ist das für ein Lärm?", verlangt eine maskuline Stimme zu wissen.

Mein Blick kollidiert mit Elis Augen, die haselnussbraun funkeln vor Heiterkeit, auch wenn er einen strengen Ausdruck auf seinem Gesicht bewahrt. Ein Schimmer der Erregung strahlt durch meinen ganzen Körper, lässt jedes Nervenende kribbeln; sogar mein Magen flattert. Es ist nur Eli, auf den ich jemals so reagiert habe. „Gibt es ein Problem, Officer?"

Er beugt sich vor. „Ich könnte Sie wegen Ruhestörung verhaften."

Ich biete ihm meine Handgelenke an. „Wenn Sie müssen."

Er hält meine Handgelenke in einer Hand fest. Mein Puls rast, ein Schock der Empfindung kräuselt sich meine Arme hoch. „Verlockend."

Mein Atem stockt, während ich mir die Intimität vorstelle, von Eli gefesselt zu werden. Nackt. Wie würde es sich anfühlen, das Gewicht seines großen Körpers, die Hitze seiner Haut. Wie würde er schmecken?

Er streicht mit einem warmen Finger leicht über die Innenseite meines Handgelenks, bevor er loslässt. Er hebt einen Mundwinkel. *Konnte er spüren, wie mein Puls durch die empfindliche Haut pochte?*

Er neigt seinen Kopf zu Sydney und Audrey. „Meine Damen, machen Sie weiter."

Er marschiert zurück zum anderen Ende der Bar und nimmt seinen Platz bei Drew ein.

Jemand schnippt mit den Fingern vor meinem Gesicht. Ich wende mich zu Sydney um und erkenne verspätet meinen

Fehler. Ich war so froh, ihn zu sehen, dass ich vergessen habe, mich cool und lässig zu verhalten. „Ja?"

„Hallo! Was zum Teufel war das?"

Mein Bauch macht eine langsame Rolle. Ich drehe mich nach vorn und versuche, einen neutralen Gesichtsausdruck, während ich einen Schluck Martini nehme. „Nichts."

„Das war nicht nichts", blafft sie. „Du hast dich an Eli rangemacht."

„Das habe ich nicht." Ich spüre, wie ich rot anlaufe. „Wir haben einfach nur Scherze gemacht."

Audrey meldet sich zu Wort. „Ich würde sagen, er hat sich an sie rangemacht. Sie kann doch nichts dafür, wenn er mit ihr flirtet. Du willst nicht, dass sie unhöflich zu ihm ist, oder?"

Ich schätze Audreys Unterstützung, aber ich bin mir nicht sicher, ob das besser ist. Sydney sieht wütend aus.

„Ist etwas passiert?", fragt Sydney.

„Nein, nichts. Wir sind Freunde."

Audrey schaut ängstlich zwischen uns hin und her. Sie ist die Friedensstifterin unserer kleinen Gruppe.

Sydney schaut mich an. „Was macht er dann hier in der Damennacht?"

Ich wische meine verschwitzten Handflächen an meiner Jeans ab. Es stimmt, wir sehen ihn normalerweise nicht hier bei der Ladies' Night, es sei denn, er sieht hier auf seiner Schicht als Polizist kurz nach dem Rechten. „Ich weiß nicht. Es ist das Restaurant seiner Familie. Ist er nicht regelmäßig hier?"

„Ja, an Samstagen zweimal im Monat, um Gitarre zu spielen", sagt sie trocken. „Tu mir einen Gefallen und ermutige ihn nicht. Ich möchte nicht, dass er verletzt wird."

„Verstanden", schaffe ich über die Enge in meiner Kehle hervorzubringen. Es schmerzt mich, dass Sydney mich als den Bösewicht hier sieht. Ich bin keine schreckliche Person. Ich kippe den Rest meines Martinis herunter, mein Herz schmerzt, mein Körper wird taub.

Mein Blick wandert zurück zu Eli. Er zwinkert. Mein

Gesicht wird rot vor Hitze, und zum ersten Mal stelle ich mir eine Frage, die mich gleichzeitig bedrückt und aufgeregt macht –

Was würde passieren, wenn ich einen großen mutigen Sprung machen und meinem Herzen folgen würde?

Doch dann verschwindet diese Möglichkeit, als Sydneys Hocker über den Boden kratzt und sie eilig aufspringt. „Ich muss mich mal mit Eli unterhalten."

Eli

Meine Schwester nähert sich mit einem düsteren Blick der Entschlossenheit in ihren Augen. Sie schnappt sich einen Stuhl von einem Tisch in der Nähe und lässt sich an unserem kleinen Tisch fallen, direkt zwischen mir und Drew, aber ich bin es, auf den sie sich konzentriert. „Lass dich nicht mit Jenna ein."

Drew dreht sich überrascht zu ihr um und dann zum Spiel zurück. Er will nicht im Weg stehen, wenn unsere Schwester mit ihren hyper-beschützerischen Gesten zum Mama Bär wird. Sie ist nur bei mir und Caleb so, weil wir jünger sind als sie. Sie meint es gut, das ist der einzige Grund, warum ich es toleriere.

„Syd, das geht dich nichts an", sage ich.

„Es geht mich etwas an, wenn es um dich geht. Sie wird nur dein Herz brechen. Und das sage ich als ihre beste Freundin. Du kennst sie nicht so wie ich. Sie ist großartig in Freundschaft, schrecklich in Beziehungen."

Ich stoße einen Atem aus, bemühe mich um Geduld. Sydney hat als Kind viel für mich getan, aber ich bin kein Kind mehr. „Seit Mom gestorben ist, hast du dich um mich gekümmert, und das weiß ich zu schätzen."

Sie lächelt und drückt meinen Arm. „Natürlich. Dafür ist Familie da."

Ich deute auf Drew, den ältesten in unserer Familie.

„Genau wie Drew sich um dich gekümmert hat, als wir Kinder waren. Aber wir sind jetzt alle Erwachsene."

„Das weiß ich", sagt sie. „Das heißt nicht, dass ich nicht auf dich und Caleb aufpasse."

„Drew, hast du dich in ihrem besten Interesse in Sydneys Liebesleben eingemischt?"

Er verzieht das Gesicht. „Nein."

Ich hebe eine Hand. „Siehst du?"

„Das ist was anderes", sagt Sydney. „Drew kannte keinen der Jungs, mit denen ich zusammen war, gut genug, um mich vor ihnen zu warnen. Ich sage dir, Jenna ist nichts für dich."

„Du sagst das, als wüsstest du, wer gut für mich ist."

„Ich weiß, was du verdienst. Jemanden ohne viel Gepäck, der dich bedingungslos lieben kann. Jemanden, der sich niederlassen will und hoffentlich irgendwann in Zukunft heiraten und eine Familie haben will. Du willst das, nicht wahr?"

Drew mischt sich wieder in unser Gespräch ein und scheint neugierig auf meine Antwort zu sein.

„Ja", gestehe ich. „Keine Eile, aber ja."

Sydney beugt sich vor. „Das ist nicht Jenna. Sie hat diese Art von Leben nie gewollt." Sie richtet sich auf. „Tatsächlich dachten Wyatt und ich, dass du gut zu –"

Ich unterbreche sie. „Ich brauche keine Hilfe, um jemanden zu finden. Ich habe sie bereits gefunden."

Ihre Stimme nimmt einen sanften, mütterlichen Ton an, wie als wir Kinder waren. „Eli, ich versuche, dir hier eine Menge Kummer und Herzschmerz zu ersparen."

Drew schüttelt langsam den Kopf. „Syd, er muss es auf die harte Tour lernen."

Ich verziehe das Gesicht. „Du glaubst also auch, dass es schlecht enden wird?"

Er hebt gelassen eine breite Schulter. „Ich habe sowieso keine Meinung. Mein Punkt ist, dass man nur durch Erfahrung lernen kann, und keine Menge gut gemeinter Ratschläge wird irgendeine Wirkung haben."

Sydney dreht sich zu mir um. „Selbst wenn du sie um ein

Date bittest, wird sie es nicht tun. Ich habe ihr bereits gesagt, dass ich ihr nie verzeihen würde, wenn sie dir weh tun würde."

Ich schaue hinüber zu Jenna, die schnell wegschaut und ihre Schultern hängen lässt. Sie weiß wahrscheinlich, dass Sydney über sie spricht. Das gerät außer Kontrolle.

Ich gebe Sydney meinen strengsten Cop-Blick. „Misch dich hier nicht ein."

„Das tue ich schon. Sie ist meine beste Freundin; du bist mein kleiner Bruder. Ich muss zu eurem Wohl auf euch aufpassen. Wer sonst wird das tun?" Sie meint, weil unsere Eltern nicht mehr leben.

Ich stoße einen Atemzug aus und werfe Drew einen verärgerten Blick zu. Er neigt seinen Kopf leicht, einen flehenden Blick in seinen Augen. Er möchte, dass ich Frieden mit Sydney bewahre.

Na schön, aber ich mache es auf meine Art. „Okay, Syd, ich werde darüber nachdenken, was du gesagt hast. Danke, dass du auf mich aufpasst."

Ihr treten die Tränen in die Augen, und sie packt mich in einer heftigen Umarmung und würgt mich geradezu. Sie dreht sich zu Drew um, um mit ihm dasselbe zu machen, aber er schiebt stattdessen ihren Kopf beiseite.

Sie lächelt mich wässrig an und geht zu ihren Freunden zurück.

Sobald sie außer Hörweite, flüstert Drew: „Du machst es hinter ihrem Rücken, nicht wahr?"

Ich nehme einen Schluck von meinem Bier. „Gibt es einen anderen Weg?"

Er neigt seinen Kopf. „Aber –", er hebt einen Finger, „– wenn dieses Ding mit Jenna irgendwo hingeht, musst du es Syd sagen. Lass sie nicht zu lange im Dunkeln, sonst wird es ein Chaos. Ich mag kein Chaos in meiner Familie."

„Einverstanden."

6

Am nächsten Tag, bevor ich meine Spätschicht bei der Arbeit beginne, texte ich Jenna eine einfache Frage, die sich irgendwie anfühlt, als würde ich auf Zehenspitzen durch ein Minenfeld laufen. *Abendessen am Samstagabend?*

Sie reagiert sofort, wahrscheinlich schon von der Arbeit zu Hause.

Jenna: *Ich kann nicht.*

Ich: *Du meinst, du triffst dich mit jemandem?*

Jenna: *Nein.*

Ich: *Ist Syd das Problem?*

Jenna: *Sie hat recht, weißt du. Ich bin nicht das, wonach du suchst.*

Ich verkrampfe meinen Kiefer und tippe schnell. *Woher weißt du das, wenn wir nie Zeit zusammen verbringen?*

Es folgt eine lange Pause. Gerade als ich denke, dass sie nicht antworten wird, erscheint ein weiterer Text.

Jenna: *Ich werde an diesem Feiertagswochenende sowieso sehr beschäftigt sein. Das Labor Day Wochenende ist hier verrückt.*

Das stimmt, und ich werde auch viel arbeiten. Nicht nur, dass jeder in der Stadt das letzte lange Sommerwochenende feiert, sondern viele Ortsfremde mieten Seehäuser und feiern Partys. Dennoch werde ich so leicht nicht aufgeben. Ich muss nur ein wenig zurückrudern und ihr eine Option geben, die sich sicher anfühlt.

Ich schreibe zurück: *Den Samstag danach. Komm zum Horseman Inn und sieh zu, wenn ich Gitarre spiele. Zwangloser freundlicher Ausflug ohne Zeugen. Syd und Wyatt werden an diesem Abend bei einer Spendenaktion in der Stadt sein.*

Ich warte, als drei Punkte erscheinen. Sie ist dabei zu antworten, und ich merke, dass ich den Atem anhalte. Die Punkte verschwinden.

Ich stoße einen Atemzug aus. Verdammt. Ich schiebe das Handy in meine Tasche und mache mich bereit für die Arbeit.

Am Samstagabend bin ich wieder im Horseman Inn und spiele Akustikgitarre. Ich habe Jenna seit einer Woche nicht mehr gesehen, aber sie ist nie weit von meinen Gedanken entfernt. Ich kann nicht umhin zu denken, dass, wenn sie wirklich auf mich steht, sie sich nicht von Sydney zurückhalten lassen würde. Obwohl ich verstehe, dass sie Sydneys Freundschaft nicht verlieren will. Ich habe in dieser Hinsicht nichts zu verlieren. Sydney wird bei mir bleiben, egal wie sehr ich es vermassle. Sie war meine standhafteste Verteidigerin als ich ein eigensinniger Teenager war, und hat mir geholfen, den Weg zu finden, damit keine ernsthaften Anschuldigungen gegen mich erhoben wurden.

Aber Sydney ist heute Abend nicht hier. Jenna auch nicht.

Ich nehme die Noten zu einem neuen Lied, einer Ballade von Bob Dylan, und beginne zu spielen. Die Einheimischen mögen die sanfte Hintergrundmusik, und es entspannt mich. Es ist auch meine Art, zum Familienunternehmen beizutragen. Das Horseman ist seit vier Generationen in meiner Familie. Ich bin praktisch hier aufgewachsen, da meinem Vater das Geschäft gehört hat, als ich ein Kind war. Das Publikum in der Bar ist heute Abend gut. Betsy geht wie ein Profi damit um.

Nachdem ich das Lied beendet habe, schaue ich mich um.

Ein paar Kunden klatschen höflich, was ich mit einem Nicken und einem Lächeln anerkenne. Und dann kommt *sie* allein herein und geht direkt auf mich zu in einem roten Kleid, über das sie eine schwarze Lederjacke geworfen hat. Schwarze Lederstiefel mit hohem Absatz. Mein Herz klopft doppelt so schnell. Sie wirft mir ein Lächeln zu und setzt sich diagonal gegenüber von mir an den Ecktisch.

Ich stecke meine Gitarre in den Koffer und gehe zu ihr. „Hey, du hast es geschafft."

Sie scheucht mich weg. „Ich würde dich gern spielen hören."

„Hast du mich denn noch nie gehört? Ich bin sicher, dass du an einem Samstagabend ein- oder zweimal hier warst."

Ein langsames Lächeln breitet sich über ihr schönes Gesicht aus. „Ich war immer von meinen Freunden abgelenkt. Heute Abend werde ich wirklich zuhören."

Ich beuge mich vor und atme ihren blumigen Duft ein. „Irgendwelche Wünsche?"

Sie schaut auf zu mir, ihre grünen Augen blicken sanft, fast verletzlich. „Was auch immer du normalerweise tust."

Ich lege meine Hand über ihre und drücke sie. „Ich bin froh, dass du hier bist."

Rosa färbt ihre Wangen. „Das ist doch nichts." Sie sieht sich um. Mach keine große Sache daraus.

Ich gehe zurück zu meinem Stuhl, um noch mehr aus meinem Repertoire zu spielen. Normalerweise spiele ich von sieben bis zehn. Es ist jetzt acht. Wird sie die ganze Zeit bleiben?

Ich spiele eine Ballade und schaue sie gelegentlich an, um zu sehen, was sie denkt. Ihr Blick ist warm, ihr Körper bewegt sich im Takt zur Musik.

Sie steht auf mich.

∼

Jenna
Ich war lächerlich nervös, heute Abend hier aufzutauchen.

Ich bin so viele Male hin- und hergegangen, und jetzt, da ich hier bin, bin ich so froh, dass ich es gemacht habe. Ich bin nur eine einzelne Person in einem großen Publikum im hinteren Raum, und Syd ist heute Abend in der Stadt. Es ist völlig in Ordnung, ihm beim Spielen zuzuhören. Gibt es etwas Heißeres als einen Alpha-Mann in Kontakt mit seiner empfindlichen Seite?? Eli spielt Gitarre, als ob er die sanftesten, intimsten Töne daraus entlockt, Musik, die in meine Seele reicht. Keine Worte, nur Noten, die übereinander stürzen, sich zu einem Crescendo aufbauen und dann verblassen.

Ich bin begeistert, eingehüllt in einen weichen Kokon, der nur die Musik, mich und Eli enthält.

„Jenna, was machst du hier ganz allein?", fragt Audrey und erschreckt mich damit. Ich hatte ihr nicht erzählt, dass ich herkommen würde.

„Was tust *du* denn hier?", frage ich.

Sie deutet auf den Speisesaal hinter mir. „Ich habe gerade mit meinen Eltern zu Abend gegessen." Ich winke Mr. und Mrs. Fox zu.

Sie wirft mir einen wissenden Blick zu und neigt ihren Kopf in Richtung Eli. „U-uu-uund?"

„Ich war neugierig. Du weißt schon, das ganze Getue um die Samstagabend-Unterhaltung."

Sie setzt sich an meinen Tisch und flüstert: „Du stehst wirklich auf ihn."

„Schh." Ich schaue zu Eli hinüber, aber sein Kopf ist über seine Gitarre gebeugt. Kein Hinweis, dass er es gehört hat.

„Keine große Sache", sage ich. „Ich wollte ihn einfach gern spielen hören."

„Richtig."

Ich sehe ihm in die Augen, und er schenkt mir ein langsames, sexy Lächeln. Ich erröte, mein Magen flattert. Da ist es wieder – Schmetterlinge in meinem Bauch. Früher dachte ich, dass Frauen sich das bloß ausdenken.

Audrey beugt sich vor und flüstert: „Ich würde sagen, es beruht auf Gegenseitigkeit. Wirst du ihm wirklich eine Chance geben?"

Ich beobachte, wie Elis Finger die Gitarre streicheln, und ich möchte verzweifelt, dass diese Hände an mir liegen. Alles von ihm an mir. Ich kann nicht glauben, wie sehr ich ihn will. Und ich bin mir nicht mehr so sicher, dass es nur einfache Lust ist. Ich mag ihn wirklich. „Ich weiß nicht."

„Du weißt es nicht? Nun, das ist ein großer Fortschritt. Das ist das erste Mal, dass ich überhaupt gehört habe, dass du auch nur *überlegst*, ob es mit einem Kerl irgendwo hingehen könnte." Sie ergreift meine Hand. „Sweetie, du verdienst Liebe. Du kannst nicht zulassen, dass der Mist deiner Eltern deine Zukunft beeinflusst."

Die Erinnerung lässt Adrenalin durch mich strömen. Ich spiele hier ein gefährliches Spiel. „Ich sollte gehen."

Sie seufzt. „Du musst nicht gehen. Ich werde aufhören, dich deswegen zu nerven. Amüsier' dich heute Abend." Sie geht zurück zu ihren Eltern und mit ihnen aus der Tür.

Ich seufze. Was mache ich hier an einem Samstagabend und höre wie ein Fangirl Eli Gitarre spielen? Was dachte ich, würde passieren?

Ich hätte nicht kommen sollen. Das wird nicht gut ausgehen.

Die Musik stoppt. Mein Kopf ruckt hoch, mein Herzschlag beschleunigt sich, während sein Blick mich auffrisst.

„Das ist für dich", murmelt Eli.

Mein Atem stockt.

Er beginnt zu spielen, und ich erkenne es: Aerosmiths „I don't want to miss a thing". Er singt nicht, aber ich höre den Text in meinem Kopf. Es geht darum, jeden Moment zu schätzen. Ich kann jetzt nicht gehen.

Ich bin mir der Menge, die uns umgibt, kaum bewusst. Wärme erfüllt mich, als ob ich mit der Musik schwebe.

Und als das Lied endet, klatsche ich, meine Augen stechen, meine Kehle ist fast vor Emotionen verschlossen.

Er lächelt mich zärtlich an.

Jetzt flattert mein Herz zum ersten Mal überhaupt. Ich habe Angst vor allem, was ich fühle, aber ich scheine nicht gehen zu können.

Und als Eli den Abend beendet, legt er seine Gitarre weg, kommt rüber, nimmt meine Hand und zieht mich hoch. „Was meinst du?"

Meine Stimme klingt atemlos. „Das hat mir gefallen. Sehr." Aber ich meine ihn.

Er lächelt, seine haselnussbraunen Augen erhellen sich. „Ich habe morgen die Frühschicht, also muss ich gehen. Begleitest du mich hinaus, oder willst du noch ein wenig länger hierbleiben?"

„Ich bin nur gekommen, um dich spielen zu hören. Ich gehe auch."

Er bedeutet mir vorauszugehen, und ich durchquere das Restaurant und bin mir meiner selbst mehr als bewusst. Wird der Kellner erzählen, dass ich mit Eli gegangen bin?? Ich begleite ihn doch nur nach draußen. Schuldbewusstsein lastet schwer auf meinen Schultern.

Sobald ich draußen bin, gestikuliere ich zu meinem Auto, das in der hinteren Ecke des Parkplatzes näher an der Straße geparkt ist. „Nun, das bin ich da drüben."

Er begleitet mich zu meinem Auto und trägt seinen Gitarrenkoffer. „Danke, dass du heute Abend gekommen bist."

Ich bin mir seiner Anwesenheit an meiner Seite, seines sicheren, selbstbewussten Schrittes, des Fünf-Uhr-Schattens an seinem Kiefer übermäßig bewusst. „Klar, es hat Spaß gemacht."

Wir kommen zu meinem Auto, und der Bereich erhellt sich von dem Bewegungsmelder-Licht, das aus dem Baum über uns kommt. Ich erstarre, stehe mit ihm im Rampenlicht. Können uns die Leute im Restaurant sehen?

„Nun, dann gute Nacht." Ich drehe mich schnell um und öffne mein Auto.

„Hey", sagt er sanft.

Ich drehe mich zu ihm zurück und wappne mich gegen ihn. Ich muss der Versuchung widerstehen. Und das nicht nur wegen Sydney. Ich bin nicht für Beziehungen geschaffen, und er ist nicht jemand, mit dem ich jemals beiläufig zusammen sein könnte. Zu kompliziert. Und obwohl ich all das weiß, gehe ich nicht davon. Stattdessen starre ich ihn an und nehme den feinen Bogen seiner Stirn, die dichten Wimpern, die seine Augen umrahmen, den scharfen Winkel seines schattierten Kiefers wahr.

Er lächelt, und meine Schmetterlinge fliegen. Er hat das schönste echte warme Lächeln. Es lässt sein Gesicht strahlen. Es lässt mich strahlen. „Ich will dich ausführen, irgendwo weg von kritischen Blicken, wenn du weißt, wen ich meine."

Das tue ich. Natürlich tue ich das. Panik blitzt durch mich und lässt mein Herz klopfen. Dennoch wende ich mich nicht ab.

Er nimmt meine Hand, dreht sie und hebt mein Handgelenk an seinen Mund. Ein Ruck roher Begierde durchzieht mich durch die Berührung seiner Lippen. Ich bin sicher, dass er meinen hektischen Puls fühlt.

Wann werde ich jemals einen anderen Mann wie diesen finden – Alpha und zärtlich? Er macht etwas mit mir, lässt mich Empfindungen spüren, die ich noch nie zuvor hatte, Emotionen, die ich mich nie zuvor fühlen ließ. *Gefährlich.* Mein Mund ist trocken. Ich scheine die Worte nicht finden zu können, um ihn wegzustoßen. Er hält immer noch mein Handgelenk, und ich mag es.

Einer seiner Mundwinkel hebt sich, als er meine Hand an meine Seite zurücklegt. „Verlockt?"

„Ja", flüstere ich.

„Mehr brauche ich nicht zu wissen. Gute Nacht, Jenna." Er öffnet meine Autotür für mich, und ich schlüpfe hinein auf wackeligen Beinen.

Was habe ich da gerade akzeptiert?

Ich bin wieder bei der Arbeit, früh wie üblich am Montagmorgen, backe frische Muffins, Brownies und geschichtete Riegel. Zu den Cookies komme ich später. Audrey hat eine große Bestellung meiner meistverkauften gesalzenen Karamell-Brownies für ihren Buchclub aufgegeben, also musste ich extra früh hierherkommen, um sicherzustellen, dass ich genug für sie und mein übliches Inventar habe.

Normalerweise bin ich morgens ein wenig groggy, aber ich bin voller Energie. Fast jubelnd. Ich weiß nicht, was in mich gefahren ist. Ich habe nur eine Tasse Kaffee getrunken. Mir kommt ein schleichender Verdacht, warum ich so in Jubellaune bin, aber ich möchte nicht zu sehr darüber nachdenken. Es macht mich nervös, dass ich zugestimmt habe, Eli von den kritischen Blicken wegzubringen. Ich habe seitdem nichts von ihm gehört. Vielleicht war er gestern zu beschäftigt, um mir eine SMS zu schreiben. Oder vielleicht bereut er es. Mir geht die Luft aus, meine Jubelstimmung geht auf Tauchgang.

Der Timer dingt. Ich ziehe ein Blech mit Brownies aus dem Ofen und stelle sie zum Abkühlen. Dieser eingängige Song von Aerosmith ist, seit er ihn für mich gespielt hat, in meinem Kopf geblieben. Niemand hat mir jemals zuvor einen Song gewidmet. Eine weitere süße Geste. Er war auch so freundlich, unser kleines Problem mit dem Zusammenprall zu lösen, obwohl ich weiß, dass er über seinen neuen Mustang verärgert war. Ich schüttle den Kopf über meine Träumerei, und da ich allein bin, spiele ich meine Arbeits-Playlist mit fröhlichen Songs. Es hilft, einen guten Beat zu haben.

Ich komme in einen Rhythmus, die köstlichen Gerüche von Zimt, Zucker und Schokolade legen sich um mich. Soviel ich auch backe, das wird nie langweilig. Die Düfte, die Texturen, der Geschmack. Das liebe ich einfach.

Zwei Stunden später setze ich mich und lege die Füße hoch. Wir öffnen in einer Stunde. Ich esse einen frischen Kürbismuffin und gehe im Kopf eine Checkliste durch, was ich alles tun muss, bevor ich aufmache. Meine Gedanken wandern zurück zu dem Mann, der nie weit von meinen Gedanken entfernt ist.

Hat Audrey recht damit, dass ich die dummen Fehler meiner Eltern mein zukünftiges Glück ruinieren lasse? Gott, reicht es nicht, dass es meine Kindheit ruiniert hat?

Ich stelle meine Füße auf den Boden und setze mich

aufrecht hin. Werde ich das wirklich tun? Eine Beziehung versuchen? Mein Herz hämmert in meinen Ohren, und mir wird überall kalt, Übelkeit windet sich in meinem Magen. Ich lehne mich zurück und atme ein paar Mal durch. Ich kann es nicht. Die Nachwehen von Syd. Die knochenbrechende Enttäuschung, wenn sie in Flammen aufgeht.

Ich schließe die Augen und zwinge mich, mich auf die Arbeit zu konzentrieren – auf mein Inventar, meine Bestellungen für die Woche, Rezepte, die ich für die kommende Weihnachtszeit in Betracht ziehen sollte.

Zwei Stunden später gehe ich meine Inventarliste zwischen ein paar Kunden durch und versuche verzweifelt, konzentriert zu bleiben. Solange ich mich auf das fokussiere, was ich kontrollieren kann, geht es mir gut. Ich denke an nichts anderes als Summerdale Süßigkeiten. Die Wahrheit ist, ich habe seit mehr als einem Jahr nicht mehr viel über etwas anderes nachgedacht, seit ich im letzten Sommer eröffnet habe. Ich habe mir noch nicht einmal einen Tag freigenommen. Ich habe eine Teilzeitassistentin, die für mich ein paar Tage die Woche früh backt, aber den Rest mache ich. Ich habe nie härter gearbeitet, als wenn ich für mich selbst gearbeitet habe.

Die Glocke klingelt, ich schließe meinen Laptop und stehe auf, um meinen Kunden zu begrüßen. Meine Augen werden vor Überraschung ganz groß. Es sind Audrey und Eli. Normalerweise kommen sie nicht zusammen. Eli sieht zerzaust und männlich aus in einem blau karierten Flanellhemd, Jeans und Wanderschuhen, als wollte er an diesem schönen Herbsttag wandern gehen. Mein Blick kehrt zu Audrey zurück, die breit lächelt. Eine Ahnung von Unbehagen durchzieht mich.

Ich habe fast Angst, zu fragen. „Was ist los?"

Audrey marschiert auf mich zu. „Du bist offiziell aus dem Dienst. Schürze, bitte."

„Was!"

Audrey lächelt. „Du bekommst einen kleinen Urlaub."

Ich runzele verwirrt die Stirn. „Ich muss arbeiten."

Eli lockt mich mit dem Finger zu sich. Ich gehe um den Tresen zu ihm. Er lächelt nicht. Tatsächlich sieht er fast bedrohlich aus. Seine Augen glühen, sein Kiefer ist verkrampft.

Mein Atem stockt. „Eli, was ist denn los?"

Er bewegt sich so schnell, dass ich nur einen kurzen Blick auf glänzendes Silber erhaschen kann, bevor mir Handschellen angelegt werden. „Ich entführe dich."

7

„Was zum Teufel?", brülle ich.

Audrey klatscht. „Er stiehlt dich, wie er früher Autos gestohlen hat. Erinnerst du dich, dass du es „Ausleihen" genannt hast? Jetzt leiht er sich dich! Er hat versprochen, dich zurückzubringen."

Ich sehe sie finster an und wende mich zu Eli zurück. „Ich kann nicht einfach gehen. Ich bin die Einzige hier."

Er löst die Bänder meiner Schürze, zieht sie mir ab und übergibt sie Audrey. „Du hast zugestimmt, dass ich dich abholen darf, weg von den kritischen Blicken."

„Ich sagte nur, dass ich versucht sei!"

Er lächelt. „Natürlich bist du das. Betrachte dies als einen Überraschungsausflug, wenn es dir damit besser geht. Du warst überrascht, und ich habe einen Roadtrip geplant."

„Oh, er ist gut", sagt Audrey.

Er grinst Audrey verschlagen an. „Wie glaubst du, bin ich aus so vielen brenzligen Situationen ohne einen Kratzer herausgekommen?"

Ich hebe meine gefesselten Handgelenke. „Ich denke, Entführung trifft es eher."

Er wird ernst und zieht seine Schultern zurück, im vollen Polizeimodus. „Du bist für eine zweitägige Reise mit meiner Wenigkeit unter Arrest, während der du auf Herbstblätter und verschiedene andere Dinge schauen wirst, die vor Audrey nicht erwähnt werden sollten."

Audrey kichert.

Die Alarmglocken schrillen in mir. *Zwei Tage weg, nur wir?*

Ich schaue wild zwischen den beiden hin und her. „Ich kann meinen Laden nicht allein lassen!"

Audrey legt ihre Hände auf meine Schultern, ihre Augen sehen aufmerksam in meine. „Heute übernehme ich für dich, und dienstags hast du geschlossen. Geh. Du hast dir eine Pause verdient." Sie hebt meine gefesselten Hände. „Ist nicht so, als ob du mit denen arbeiten kannst."

Ich wende mich Eli zu, immer noch unter Schock und nicht gerade wenig besorgt darüber, so viel Zeit miteinander verbringen zu sollen. „Ich kann nicht glauben, dass du mich entführst."

„Audrey sagte, es sei in Ordnung."

„*Audrey* sagte –" Weiter komme ich nicht, bevor er mich über seine Schulter wirft.

Der Atem rauscht aus meinen Lungen. Niemand hat jemals versucht, mich so zu tragen. Ich bin zu groß dafür. Ich versuche, mich an dem Irren festzuhalten. Was für ein Typ entführt einen? Und was für eine Freundin hilft ihm, das heimlich zu planen?

Eli geht bereits Richtung Tür.

Ich konzentriere mich auf Audrey. „Ich werde mich so an dir rächen, Aud! Du wirst nicht wissen, wo oder wann, aber es kommt!"

Sie wackelt mit ihren Fingern in meine Richtung. „Viel Spaß!"

Und dann bin ich aus der Tür, die Sonne sticht durch leuchtende Blätter, die gerade erst anfangen, Gelb, Orange und Rot zu tragen. Wir müssen in Richtung Norden, wenn wir auf eine Reise mit Blätterbetrachten gehen. Dem habe ich *nicht* zugestimmt. Ich bin sicher, Sydney wird herausfinden, dass wir beide zwei Tage nicht in der Stadt sind. Der Mann ist verrückt!

Eli setzt mich bei seinem Mustang ab. „Ich hoffe, es macht

dir nichts aus, dass ich meine Lieblingsfrau für die Reise mitgebracht habe." Er deutet mit dem Daumen auf den Rücksitz, wo ein hellbraunes Pitbull-Weibchen mit weißem Fell auf der Schnauze sitzt und den Kopf aus dem Fenster hängen lässt. „Jenna, das ist Lucy."

Ich bin nicht einmal seine Lieblingsfrau. Und *ich bin* angebunden! Nicht der Hund! *Grr...*

„Lucy ist nicht so eingeschränkt wie ich", sage ich.

„Lucy springt mir in die Arme, wenn ich sie sehe. Das tust du nicht." Er öffnet die Autotür, legt mir eine Hand auf den Kopf und schiebt mich wie einen Verbrecher auf den Vordersitz. Ich tröste mich mit der Tatsache, dass er nicht so weit gegangen ist, mir Handschellen anzulegen und mich in sein Polizeiauto zu schieben. Was würden die Leute denken? Ich würde nie wieder Geschäfte machen. Die kriminelle Brownie-Bäckerin. Sie würden wahrscheinlich vermuten, dass ich Pot in meine Rezepte gerührt habe oder so etwas.

Einen Moment später steigt er auf die Fahrerseite, greift hinüber und legt meinen Sicherheitsgurt für mich an. Dann startet er den Motor und fährt los.

Ich lehne meinen Kopf zurück gegen die Kopfstütze, mein Geist springen zu dem, was all das bedeutet. Offensichtlich will der Mann Zeit mit mir verbringen, und er wird große Anstrengungen unternehmen, um das zu tun. Und er hat es mir leicht gemacht, Zeit allein mit ihm zu verbringen. Kein Quasseln, kein Überdenken, hat mich einfach mit dem Segen meiner Freundin entführt. Mein Magen flattert. Dumme Schmetterlinge.

Ich bin immer noch wütend. Er hat mir keine Wahl gelassen, und als Geschäftsinhaberin muss ich meine Freizeit planen. Nicht, dass ich das jemals tue. Ohh, deshalb hat Audrey eine große Bestellung meiner meistverkauften Brownies für ihren Buchclub aufgegeben. Sie wollte sicherstellen, dass ich genug für meine Auszeit auf Lager habe. Sie ist so vorausschauend. Nein, warte, ich bin auch wütend auf sie. Sie hätte mir sagen sollen, was er vorhat. Oder war das ihre Idee?

„Wessen Idee war das mit der Entführung?", frage ich.

„Ich denke, ich müsste sagen, es war deine. Du hast schließlich vor ein paar Wochen in der Bar angeboten, ich könne dir Handschellen anlegen –"

„Was! Das habe ich nicht."

„Oh, doch, das hast du. Ich sagte, ich müsse dich wegen Ruhestörung festnehmen, und du meintest, und ich zitiere: „wenn du musst." Wenn das Backen von Brownies um fünf Uhr morgens keine Ruhestörung ist, nun, dann weiß ich nicht, was es ist. Und vergessen wir nicht, dass du vor zwei Tagen gesagt hast, dass du versucht bist, mit mir auszugehen, weit weg von kritischen Blicken. Ich habe die Punkte verbunden, und hier sind wir – Roadtrip in Handschellen. Keine kritischen Blicke, nur Lucys anhimmelnde. Richtig, Lucy?"

„Es gibt keinen Roadtrip in Handschellen!"

„Lucy liebt dich bereits. Schau sie nur an."

Ich drehe mich zum Rücksitz in Richtung Lucy um. Sie sieht ganz begeistert aus, meine Aufmerksamkeit zu haben, und beugt sich nach vorne, um an mir zu schnüffeln, und leckt dann mein Kinn.

Ich drehe mich zurück nach vorn. Das ist das Tolle an Hunden – sie lieben jeden. *Ich habe dich gerade erst kennengelernt, und ich liebe dich!*

Ich schaue hinüber zu ihm, und er sieht zufrieden mit sich selbst aus. „Du hättest mich einfach wie ein normaler Mensch um ein Date bitten können."

„Könnte ich, oder hättest du dir solche Sorgen um kritische Blicke gemacht, dass du abgelehnt hättest, obwohl du auf mich stehst?"

Verdammt. Ich stehe auf ihn, und ich hätte wahrscheinlich aus Gründen, die jetzt, da wir beide aus der Stadt fahren, keine Rolle mehr zu spielen scheinen, versuchen sollen zu widerstehen. Ich schaue aus dem Fenster und versuche, mich mit diesem Wahnsinnigen abzufinden. Es ist falsch, jemanden zu entführen. Und auch noch Handschellen anzulegen!

Ich drehe mich zu ihm um. „Ich werde nicht aus einem fahrenden Fahrzeug springen. Du kannst meine Handschellen aufschließen."

„Das werde ich."

Ich halte sie hoch.

„In fünf Stunden. Sobald du sicher in unserem Zimmer eingesperrt bist. Oder vielleicht werde ich dich an den Bettpfosten fesseln. Denk doch mal darüber nach, meine Schöne. Du, meiner Gnade ausgeliefert."

Mein Geist beschwört das Bild so perfekt, dass ich poche. *Nein. Stopp. Das ist verrückt!* Ich werde *nicht* von Eli angetörnt, der das Falsche tut. Was wäre, wenn es bei der Arbeit niemanden gäbe, der für mich hätte einspringen können? Ich kann es mir nicht leisten, einen ganzen Tag Umsatz zu verlieren. Das Bild, wie Audrey wie eine Verrückte grinst, kommt mir in den Sinn. *Diese Verrückte.* Sie wird sich um meinen Laden kümmern, als wäre es ihr eigener.

Er sieht mich an. „Auf einer Skala von eins bis zehn, wobei 10 bedeutet, du könntest mir vor Wut vors Schienbein treten, wie wütend bist du über die Entführung?"

„Nimm meine Handschellen ab und sieh selbst", sage ich süßlich.

Er wirft mir einen Seitenblick zu. „Ich vermute zehn. Ich hätte wahrscheinlich auch deine Knöchel fesseln sollen."

„Komm nicht auf dumme Ideen. Also soll ich wohl die ganze Zeit die gleichen Klamotten tragen und mir nie die –"

„Audrey hat sich darum gekümmert. Die Tasche ist im Kofferraum."

Mir fällt die Kinnlade herunter. Sie hat meinen Ersatzschlüssel für den Notfall, aber trotzdem. „Wann ist das passiert?"

„Heute Morgen, als du bei der Arbeit warst. Gern geschehen."

Ich schürze meine Lippen. „Wohin fahren wir?"

„Eine Lodge in den White Mountains von New Hampshire. Sie erlauben auch Hunde, und wir haben eine Suite im ersten Stock mit Terrasse, sodass Lucy dort rumhängen kann, wenn sie will. Und da oben kann man sich gut die Blätter ansehen. Nicht gerade die Spitzenzeit, wo wir gegen die Massen kämpfen müssten, aber genug, um bunt auszusehen."

Ich möchte angepisst sein und ihm einhämmern, dass das, was er getan hat, falsch ist, aber es klingt tatsächlich fantastisch. Ich hatte seit Ewigkeiten keinen richtigen Tag mehr frei. Selbst wenn mein Laden dienstags geschlossen ist, kümmere ich mich am Ende immer um die Wäsche, mache Besorgungen, koche für die Woche im Voraus, Rechnungen usw. All den langweiligen Erwachsenenscheiß. Ich chille nie einfach nur so.

Er hält an einer roten Ampel an und wirft mir einen strengen Blick zu. „Erwarte auf dieser Reise keinen Sex."

Meine Brauen schießen überrascht in die Höhe.

Die Ampel wird grün, und er tritt aufs Gaspedal. Wir fahren wieder weiter, während ich fassungslos dasitze. Der Mann entführt mich und nimmt ein Zimmer für uns, will aber keinen Sex. Und er hat sogar Scherze darüber gemacht, dass er mich an den Bettpfosten fesseln wird. Ich muss es wissen.

„Was für ein verdrehtes Spiel spielst du hier?"

Er lachte schallend.

„Teilen wir ein Schlafzimmer?" Er ist wirklich verrückt, wenn er denkt, dass Sex in diesem Szenario nicht passiert.

„Es ist eine Suite mit zwei Schlafzimmern. Ein Zimmer für mich und Lucy, und eines für dich."

Er würde lieber mit seinem Hund schlafen als mit mir? Nun, sie ist seine Lieblingsfrau. „Das ist ein Scherz!"

„Nö."

„Und was werden wir auf diesem Überraschungs-Roadtrip machen, auf dem ich mit Handschellen gefesselt bin und du mit deinem Hund schläfst?"

Er grinst. „Wir wandern, pflücken Äpfel und essen Eis. Dein grundlegendes Albtraum-Szenario."

Ein Lachen entkommt ihm. „Ich fasse es nicht, dass du das alles geplant hast."

„Es war nicht so schwierig, und es gibt mir eine Gelegenheit, dich besser kennenzulernen."

Ich schlucke, mein Herz donnert. „Jemand könnte verletzt werden. Und Sydney möchte, dass du mit Brooke zusammen bist. Sie hat ziemlich deutlich gemacht, dass ich dich in Ruhe lassen soll. Sie weiß, wie beschädigt ich bin."

„Brooke, Wyatts Schwester?"

„Ja."

„Warum um alles in der Welt solltest du denken, dass ich einfach blind mit jemandem zusammen sein würde, mit dem meine Schwester mich haben möchte? Sie hat kein Mitspracherecht, mit wem ich Zeit verbringe."

Ich starre ihn an „Hast du nicht den Teil gehört, dass jemand verletzt werden könnte? Das ist, worüber Sydney so besorgt ist und, ehrlich gesagt, ich auch."

Er schweigt einen Moment. „Hör zu, gib mir diese zwei Tage, und dann lasse ich dich für immer in Ruhe."

Ich blinzle. „Wirklich? Nur zwei Tage?"

„Das stimmt."

Ich zappele in meinem Sitz und versuche, das in meinen Kopf zu bekommen. Aus irgendeinem Grund dachte ich, wir hätten es hier mit etwas viel Größerem zu tun. Das große B – Beziehung. Ich weiß nicht, warum ich das gedacht habe. Ich vermute, es gab einige unerwartete Gefühle auf meiner Seite – wirklich warme Gefühle – aber er empfindet nicht genauso. Ich sollte erleichtert sein. Es ist nur eine geheime, ungezwungene Sache. Nicht einmal eine Affäre, da er sagte, kein Sex. Eher wie ein geheimer Kurzurlaub.

„Was ist, wenn Sydney das herausfindet?", frage ich.

„Audrey hat geschworen, es bliebe privat." Er grinst. „Würde nicht gut aussehen, wenn der zukünftige Polizeichef ein bekannter Entführer wäre, und Syd ist wahrscheinlich zu beschäftigt mit Wyatt, um zu bemerken, was wir an einem Montag tun."

„Und Dienstag."

„Und Dienstag, ja. Ich sehe sie nie früh in der Woche, oder?"

„Nein, normalerweise nicht."

„Was Sydney dann nicht weiß, macht sie nicht heiß."

Er kann bei Sydney nicht so sicher sein. Sie könnte es herausfinden und sauer werden, dass ich sie hintergangen habe, aber es ist nicht so, als hätte ich eine Wahl. Ich stoße verärgert einen Atemzug aus. Ich wurde von einem ahnungslosen Alpha mit Handschellen gefesselt, der nicht über alle Konsequenzen nachgedacht hat.

Ich schaue ihn an. Er sieht so entspannt hinter dem Steuer aus. Ich hingegen kann mich nicht ganz entspannen, bis ich sicher bin, dass er die Schwere der Situation versteht, in die er mich gebracht hat. „Sydney hat mir gesagt, dass sie mir nie verzeihen wird, wenn ich dir weh tue."

„Hast du vor, mich zu verletzen?"

„Nein, aber ich glaube nicht, dass sie zustimmen würde –"

„Zwei Tage. Mehr nicht. Wenn sie das herausfindet und sich aufregt, werde ich mich um sie kümmern."

„Sydney und ich sind wie Schwestern. Ich möchte mit ihr zusammen alt werden, den Gin runterkippen und beim Kartenspiel schummeln."

Er lacht. „Ihr im Altersheim?"

„Es klingt albern, aber es ist wahr. Sie ist meine Familie."

„Das bedeutet nicht, dass du alle männlichen Leute fernhalten musst, oder? Sie ist jetzt verheiratet. Wenn sie in ihrem Leben Platz für einen Mann zwischen Gin und Karten schaffen kann, warum kannst du das dann nicht?"

„Ich werde nie heiraten."

„Okay."

„Nein, ich meine es so."

„Ich weiß das. Entspann dich. Du wirst gerade zu einem zweitägigen Zwangsurlaub entführt, wo du nichts von meiner süßen Liebe bekommen wirst. Genieß es."

Ich lache ein wenig.

Es sind nur zwei Tage.

Er hält an einer roten Ampel an, fischt einen kleinen Schlüssel aus seiner Tasche, öffnet meine Handschellen und wirft sie in den Becherhalter. Ich reibe meine Handgelenke, und er hebt sie zu seinem Mund, seine haselnussbraunen Augen sind auf meine gerichtet, bevor er einen sanften Kuss auf die Innenseite jedes einzelnen drückt. Hitze blitzt durch mein System, mein Puls trommelt durch meine Venen. Es fühlt sich fast romantisch an.

Er starrt auf das Licht, immer noch rot, dreht sich zu mir zurück, legt seine Hand um meinen Nacken und zieht mich für einen Kuss an die Seite. Ein Ruck durchzieht mich bei dem Kontakt. Das Streichen seiner warmen Lippen auf meinen lässt mich nur mehr wollen. Ein perfekter erster Kuss.

Er löst sich weit genug von mir, um mir in die Augen zu sehen. „Ich erwarte nicht viel, Jenna. Nur eine Chance, einander ein wenig besser kennenzulernen."

Meine Lippen teilen sich überrascht. Das klingt nicht so erschreckend, wie ich zuerst dachte. In der Tat klingt es sehr machbar. Zwei Tage, in denen wir uns ein bisschen besser kennenlernen. Ich muss zugeben, dass seine Erwartungen beruhigend niedrig angesetzt sind.

Die Ampel wechselt, und er fährt weiter und nimmt die Abbiegung auf den Highway.

Ich bin ruhig auf der Fahrt und beobachte die schöne Landschaft, während wir weiter nach Norden in Richtung der Ausläufer der Appalachen fahren, die Bäume in leuchtenden Farben zwischen einigen immergrünen. Der blaue Himmel ist übersät mit dünnen Zirruswolken, leicht und einfach wie die Dinge mit Eli.

Ich entspanne mich zum ersten Mal seit langer Zeit. Ich fahre mit einem sexy Mann in den Urlaub, der die Notwendigkeit von Diskretion und klaren Grenzen versteht. Ich glaube nicht, dass es besser wird als das. Fügen Sie dies der Liste von Dingen hinzu, die ich noch nie mit einem Kerl getan habe. Nie zusammen weggefahren, nie entführt worden, und nie war der Sex vom Tisch gewesen. Hmm …

„Ist Küssen erlaubt?", frage ich.

Er zwinkert. „Nur, wenn du nett fragst."

8

Eli

So weit, so gut. Jenna und ich haben es uns gerade in der Lodge – einem großen zweistöckigen Blockhaus – gemütlich gemacht, nach einem kurzen Halt zum Mittagessen und einer kurzen Wanderung bei einem Wasserfall auf dem Weg nach oben. Es ist jetzt Nachmittag, und das Anwesen rund um die Lodge bietet zahlreiche Wanderwege durch Wälder mit einem sprudelnden Bach. Lucy rennt durch die Suite und ist froh, aus dem Auto zu sein. Wir haben ein Wohnzimmer mit einer kleinen Galley-Küche und zwei Schlafzimmern auf jeder Seite mit eigenem Bad. Es sind nur ein paar andere Paare hier, wie der Angestellte an der Rezeption uns mitteilte. Der größte Teil des Hotels ist leer. Nicht überraschend für einen Montag, wenn die Bäume sich noch nicht bunt gefärbt hatten.

„Das ist so schön", sagt Jenna, mit Blick durch die Glastüren auf die sanften Hügel und Wälder. Es ist ein schöner Tag, den ich mit einer schönen Frau teilen kann. Ursprünglich hatte ich das als ein erweitertes erstes Date gedacht, aber nachdem ich all ihre Sorgen gehört hatte, erkannte ich, dass ich nicht zu weit nach vorne denken sollte. Zwei Tage. Eine Art Test. Wenn es nur um uns geht, gibt es etwas, das es wert ist, verfolgt zu werden, trotz dem, was sie für ihren Schaden hält, und dem möglichen Streit mit Sydney? Ich möchte auch

nicht, dass sie diese Freundschaft verliert. Ich bin hoffnungsvoll, was uns angeht, aber viel hängt davon ab, wie die Dinge
zwischen uns hier laufen, isoliert in den Bergen von New
Hampshire. Kein Druck.

Ich stelle mich hinter sie und lege meine Arme um sie. „Es
freut mich, dass es dir gefällt."

Sie sieht mich über ihre Schulter an. „Ich dachte, wir
hätten keinen Sex."

„Und ich dachte immer, jemanden ganz bekleidet zu
umarmen sei kein Sex."

„Es ist ein Vorspiel."

„Kann ich nicht einfach nur anhänglich sein?"

Sie dreht sich in meinen Armen um und umschlingt meine
Mitte. „Wohin ist die Lust gegangen? Oder war das nur ich?"

Meine Lippen verziehen sich nach oben. „Oh, sie ist da,
vertrau mir."

Sie streicht mit ihren Fingern durch das Haar in meinem
Nacken. „Vielleicht könnten wir andere Dinge tun."

Ich löse mich von ihr, schon zu versucht. „Nö. Ich hole
Lucys Leine, und wir werden das Grundstück erkunden."

„Und danach?"

„Wir werden Poker spielen, während du mir all deine
Geheimnisse verrätst."

„Strip Poker?", fragt sie hoffnungsvoll.

Ich stöhne. „Du bringst mich noch um."

„Ich denke, es wäre okay", sagt sie leise.

Ich wende mich ab und ergreife Lucys Leine. Es muss so
sein. Das weiß ich auf Bauchebene. Ich möchte hier etwas
aufbauen, eine Grundlage.

Ich rufe Lucy, und sie läuft direkt auf mich zu und springt
in meine Arme. Ich lache, als sie mir das Gesicht leckt.

Jenna kommt lächelnd herüber. „Dieser Hund liebt dich
wie verrückt."

„Das hat sie vom ersten Tag an gemacht, als ich sie vom
Tierarzt Dr. Russo bekommen hab. Sie war so dankbar, adop-
tiert zu werden." Ich setze sie ab und lege ihr die Leine an.
„Bereit?", frage ich Jenna.

Sie lächelt Lucy immer noch an, nur jetzt sind ihre Augen wässrig. „Ja, bereit." Sie schnappt sich ihre Jacke, und wir gehen durch die Terrassentüren.

„Der Herbst ist meine Lieblingsjahreszeit", sagt sie. „Ich liebe die kühlen Temperaturen, die Blätter, all das leckere Backen mit Äpfeln, Kürbis und Zimt."

„Ich mag es auch. Vor allem, weil es eine ruhigere Zeit bei der Arbeit ist, wenn die Sommerferien vorbei sind. Und das Wetter ist nicht schlecht. Aber der Frühling ist mein Favorit."

„Baseballsaison", sagt sie.

„Genau."

„Die Yanks hatten eine gute Saison." Und dann überrascht sie mich, als sie mit Begeisterung über die Aufstellung spricht und dass sie weiß, dass sie in der nächsten Saison den ganzen Weg gehen werden. Die meisten Frauen sind nicht so begeistert über Baseball. Das ist sehr vielversprechend. Eine Frau, die die Yankees genauso liebt wie ich.

„Wir sollten gemeinsam ein Spiel sehen", sage ich.

„Sehr gerne." Sie wird ernst. „Ich meine, wir könnten wahrscheinlich eine Gruppe zusammenbringen oder so."

„Was ist das Verrückteste, das du gerne tun würdest?", frage ich und versuche, die Stimmung aufzulockern. Ich darf nicht zulassen, dass sie Panik bekommt. Vertrauen aufzubauen braucht Zeit, und ich habe sie nur für die nächsten sechsunddreißig Stunden.

Sie schüttelt den Kopf. „Das werde ich dir gegenüber nicht zugeben."

„Warum nicht? Ich werde dich nicht verurteilen."

Sie verkneift sich ein Lächeln. „Doch, das wirst du."

„Nö. Ich bin sicher, ich habe in der Stadt viel Schlimmeres gesehen und gehört."

„Wie zum Beispiel?"

Lucy zieht an der Leine, angelockt von einem Eichhörnchen. „Fuß!", befehle ich und halte sie nahe an meiner Seite. Sie zieht noch einmal und schaut dann zu mir auf, ihre Augen flehen mich an, sie zu ihrer Beute zu lassen. „Das ist Fuß", sage ich und füttere sie mit einem Leckerbissen aus meiner Tasche.

Jenna schaut mich erwartungsvoll an. Ach, richtig. All die verrückten Sachen, die in Summerdale vor sich gehen.

„Ich kann dir nur Dinge sagen, die im Polizeifunk waren", sage ich.

„Sie veröffentlichen das immer noch? Ich dachte, die Zeitung gäbe es nicht mehr."

„Sie haben jemanden, die Tochter von Mrs. Shire, die das Ganze leitet und online veröffentlicht."

„Hm. Und heißt es immer noch *Summerdale Sheet*?"

Ich führe Lucy näher an den Bach heran und spaziere am sprudelnden Wasser entlang. „Und ob."

„Da habe ich was verpasst. Das werde ich mir ansehen. Gib mir in der Zwischenzeit ein paar Neuigkeiten."

„Es gibt so viele. Ich habe dir von Rainbow erzählt, die nackt in der Öffentlichkeit sonnenbaden war, dann war da das Kind, das sich heimlich ein Eichhörnchen als Haustier hielt, und dann steckte es im Sofa fest. Hmm, was sonst? Mr. Needles ist mit seinem Auto gegen die Garage gekracht und hat behauptet, es sei ein Hurrikan gewesen. Eigentlich war das Letzte nicht öffentlich. Behalte das also für dich. Er hat auf Versicherungsgeld gehofft, und ich habe ihm ausgeredet, einen Betrug zu begehen."

Sie lächelt zu mir auf. „Du kannst gut mit den Menschen umgehen."

„Sie sind alle so verschieden. Wäre es nicht langweilig, wenn wir alle gleich wären?"

„Schätze schon."

Ich nehme ihre Hand, und es fühlt sich an wie die natürlichste Sache der Welt. „Also, was ist das Verrückteste, das du gern tun würdest?"

„Das darfst du aber niemandem erzählen. Es würde meinen Ruf als Summerdales beste Konditorin ruinieren."

Ich täusche Keuchen vor. „Was könnte es sein? Gibst du tiefgefrorenen Kuchen als hausgemacht aus?"

„Niemals!"

„Deine Kekse kommen aus einem Schlauch?"

„Nein, nein, nein. Alles ist authentisch und aus den frischesten Zutaten von Grund auf neu zubereitet."

„Was dann? Die geheime Zutat ist Schmalz?"

Sie lacht. „Nein, nur Bio-Butter in meinen Rezepten. Okay, vielleicht ist mein Ding doch nicht so schlimm." Sie hält inne und schaut sich um, aber es ist niemand hier, nur wir, die Eichhörnchen, die Eicheln sammeln, und ein glücklicher Hund. „Ich esse gerne gefrorene Twinkies, die in Milch getaucht sind."

Ich täusche Entsetzen vor und mache große Augen. „Nein, Twinkies sind das Gegenteil von was Frischgebackenem. Das ist Kuchen, der so voller Konservierungsstoffe ist, dass er die Menschheit überleben könnte."

Sie lacht. „So schlimm ist es gar nicht. Ich tauche sie in Milch, weil der Kuchen wegbröckelt und dann gibt es nur noch gefrorene Sahne. Es ist eine Riesenschmiererei, aber es ist so gut. Und dann trinke ich die Milch mit all den Krümeln am Boden."

„Igitt! Das muss ich sehen."

„Es ist nicht schön. Ich esse sie so, seit ich ein Teenager war, und obwohl ich wirklich gute hausgemachte Sachen habe, muss man manchmal einfach nur seine gefrorenen Twinkies in Milch tunken."

„Das verstehe ich. Das ist wie bei mir mit meinen Grünkohlsmoothies."

Sie blickt auf meine Brust und dann auf meine Schulter. „Du trinkst Grünkohl-Smoothies?"

„Nah, das ist Quatsch. Ich wollte mir nur etwas so Ekliges einfallen lassen wie dein gefrorener Twinkie, der in Milch zerfällt. Ich bleibe bei Lebensmitteln, die ich kauen kann. Echtes Essen."

Sie stößt spielerisch gegen meine Hüfte. „Also erzähl mir das Verrückteste, das du gerne machst."

Ich drücke ihre Hand. „Ich entführe gerne schöne Frauen namens Jenna Larsen und habe keinen Sex mit ihnen."

„Das ist wirklich verrückt!"

Wir brechen beide in Lachen aus.

Jenna

Hier gibt es kein Nachtleben, was bedeutet, dass wir nach dem Abendessen im Speisesaal der Lodge wieder in unsere Suite zurückkehren. Wir hatten diesen erstaunlichen Ahorn-Whiskey-Cider beim Abendessen – ich habe sogar das Rezept bekommen – also denke ich, dass die Hemmschwelle für den Rest unseres Abends schön flach ist. Eli schließt die Tür auf und hält sie offen, damit ich zuerst hineingehen kann. Lucy läuft auf mich zu, und ich springe zurück.

„Lucy, sitz!", befiehlt Eli.

Sie hält an und sieht unsicher aus.

„Sitz!", wiederholt er.

Sie setzt sich, ihr Schwanz wedelt kräftig. Er streichelt sie, und ich gehe in den Raum und kraule sie hinter den Ohren. Sie lehnt sich für einen Moment an mein Bein, bevor sie zu Eli hinübertrabt, der die Vorhänge an der Terrasse schließt.

Er hockt sich hin und streichelt sie, bevor er mich anschaut. „Ich sollte ihr wahrscheinlich abgewöhnen, in meine Arme zu springen, wenn ich nach Hause komme. Sie hat es fast mit dir gemacht, und sie könnte dich aus dem Gleichgewicht bringen."

Das bedeutet, er erwartet, dass ich häufig genug in seinem Haus sein werde, um Lucy richtig zu trainieren.

„Aber es sind nur zwei Tage", platze ich heraus.

„Sie muss dennoch für andere Menschen richtig ausgebildet werden." Er streichelt sie mit beiden Händen und reibt hinter ihren Ohren. „Aber es macht so verdammt viel Spaß, nicht wahr, Lucy Girl?" Sie wedelt so kräftig mit dem Schwanz, dass ihr gesamtes Hinterteil wackelt. Er steht auf. „Ich werde sie für einen kurzen Spaziergang mitnehmen, und dann werden wir Poker spielen. Es sei denn, du möchtest etwas anderes tun."

Ich schaue automatisch zum Schlafzimmer und drehe mich zu ihm um. „Poker ist in Ordnung."

Sein Lächeln ist langsam und sicher, seine Augen wissend „Cool. Bis nachher." Er holt sich Lucys Leine und führt sie durch die Terrassentür hinaus.

Ich gehe in mein Zimmer und denke, ich könnte mich genauso gut aufs Bett vorbereiten. Was gibt es sonst noch zu tun? Ich nehme mir meine Kosmetiktasche und gehe ins Badezimmer. Ich möchte minzig frisch sein, falls wir uns küssen, was zu mehr führen könnte. Das ist nur natürlich. Niemand kann mir einen Vorwurf machen, dass ich mich auf eine nächtliche Entführungssituation eingelassen habe. Eigentlich würde niemand wissen, was hier passiert ist, außer Lucy, und sie spricht nicht. Der Gedanke ist befreiend. Gleichzeitig weiß ich, dass ich aufpassen muss, ihm nicht zu nahe zu kommen. Ich mag ihn jetzt schon zu sehr. Ich darf keine nähere Verbindung riskieren, die nur zerrissen wird.

Lucy ist auch großartig. Ich bin froh, dass er sie mitgebracht hat. Ich sollte mir einen Hund zulegen. Ich habe das nie gemacht, nachdem ich meinen Hund als Kind durch die Scheidung meiner Eltern verloren hatte. Gott, ich verweigere mir sogar die Gesellschaft eines Hundes wegen dem, was sie getan haben. Ich muss aufhören, mich selbst zu bestrafen.

Ich bestrafe mich selbst.

Der Gedanke macht mich plötzlich unruhig, und ich halte mich am Waschtisch fest und starre auf mein blasses Spiegelbild. So habe ich nie darüber nachgedacht. Bestrafung für etwas, von dem ich logischerweise weiß, dass es nicht meine Schuld ist, aber ein Teil von mir – der tief verborgene Teil eines wütenden kleinen Mädchens – glaubt es.

Ich spritze mir Wasser ins Gesicht. Es reicht. Ich lege mir einen Hund zu. Nicht die Art, die ich als Kind hatte. Etwas ganz anderes. Vielleicht kaufe ich mir einen Pitbull wie Lucy, und dann könnten sie zusammen spielen. Bei dem Gedanken rast mein Herz. Eine Zukunft mit Eli und Lucy in meinem Leben.

Zwei Tage. Das ist alles. Eli denkt nicht so. Sei nicht albern.

Morgen gehe ich nach Hause, zurück in mein wahres Leben mit meinen Freunden, meinem Geschäft und meiner gemütlichen Wohnung. Es wird so sein, als ob diese Reise nie stattgefunden hätte. Außer, dass ich mich mit beiden Händen an jedem Moment festhalten will. Erinnerungen zu haben, auf die man in einsamen Zeiten zurückblicken kann.

Ich bin im Badezimmer fertig und gehe zu meinem schwarzen Rollkoffer für meinen Schlafanzug. Audrey hat keine Dessous für mich eingepackt. Es ist mein übliches *Mädelsabend-zu-Hause*-Outfit: marineblaues Yankees T-Shirt mit passender karierter Flanellhose. Vermutlich möchte Audrey, dass ich mich darauf konzentriere, Eli kennenzulernen, oder vielleicht wusste sie, dass er ein großer Yankees-Fan ist und hat gehofft, dass es ihn locken würde. Sex ist einfach; Intimitäten zu teilen ist schwer.

Die einzigen Menschen, die mein tiefes dunkles Selbst kennen, sind meine engsten Freunde. So etwas habe ich noch nie mit einem Typen geteilt. Vor allem, weil nichts mit einem Kerl jemals lange dauert. Es ist nicht so, dass ich immer den falschen Typ wähle, es ist, dass ich, nachdem ich versehentlich Herzen gebrochen habe, gelernt habe, Jungs im Vorfeld zu sagen, dass ich nur etwas Lockeres möchte. Auf diese Weise wird niemand verletzt. Die meisten Jungs sind erleichtert. Mit Eli war es umgekehrt. Er sagte mir, wie es sein würde, nachdem er mich gekidnappt hat. Ich merke, dass ich lächele. Ich kann immer noch nicht fassen, dass er das getan hat.

Ich gehe ins Wohnzimmer und setze mich auf ein kleines kastanienbraun geblümtes Sofa. An der Wand gegenüber von mir gibt es einen Fernseher. Ich schätze, wir könnten immer noch fernsehen, wenn uns die Themen ausgehen.

Eli kommt kurze Zeit später an. Lucy hüpft zu mir, und ich sage ihr, dass sie sitzen soll, damit sie mich nicht umwirft. Das tut sie, und ich streichle sie. Sie keucht fröhlich. Was für ein guter Hund.

Eli zieht langsam seine Jacke aus und mustert mich.

„Dieser Pyjama ist *heiß*. Ich glaube, Audrey hätte kein besseres Outfit einpacken können."

Ich lache. „Richtig. Ich bin mir sicher, die Flanellhose macht dich wirklich an."

„Du bist ein Yankees-Fan. Das macht mich an. Der Punkt geht an Audrey."

Ich schüttle den Kopf und lächle. „Lächerlich."

„Warte mal." Er geht in sein Zimmer und kehrt mit einem Kartenstapel zurück. „Hier, misch die, während ich mich umziehe."

„Okay." Ich mische ein paar Mal, und meine Gedanken wandern, wie der heutige Abend gehen wird. Wird er mich für alle meine Geheimnisse grillen? Ich habe noch nie eine Pyjamaparty mit einem Mann gehabt.

Ein paar Minuten später springt Lucy auf ihre Füße und eilt zu Eli.

Er befiehlt ihr, sich zu setzen. Mir fällt die Kinnlade herunter. Er trägt ein graues T-Shirt und genau die gleiche karierte Yankees-Schlafhose wie ich. Er zieht an seinem Hosenbein. „Sieht so aus, als passten wir zusammen."

Ich stöhne. „Zu seltsam."

Er setzt sich neben mich, legt einen Arm um meine Schultern und drückt mich. Ich laufe rot an, aber er tut nichts mehr, schnappt sich einfach die Karten und gibt sie aus. Er hält seine Karten nahe an seine Brust. „Wie sind deine?"

Ich rutsche zurück. „Schrecklich." Ich habe eine tolle Hand, aber ich darf ihn das nicht wissen lassen. Das ist wie Poker-Regel *numero uno*.

Er hebt einen Mundwinkel. „Ich freue mich, dass du ein schlechtes Pokerface hast. Das bedeutet, dass du grundehrlich bist."

„Und du bist nicht ehrlich?"

„Bin ich, aber ich kann bei Bedarf völlig ausdruckslos sein. Siehst du?"

Er sieht völlig leer aus. Es ist sein Copgesicht, wenn er eine Situation überprüft – professionell, ruhig und neutral.

„Weißt du, ich dachte sicher, du würdest mich irgendwann mal wegen überhöhter Geschwindigkeit rechts rauswinken."

„Du fährst sehr schnell, aber nicht so wie manch andere Leute." Er lächelt, seine haselnussbraunen Augen tanzen vor Vergnügen. „Ich musste General Joan einmal ein Ticket geben, weil sie zu langsam gefahren ist. Sie zog eine riesige Schlange hinter sich her."

Ich lache. „Das kann ich mir absolut vorstellen. Okay, spielen wir."

Wir haben drei Runden gespielt – ich habe eine gewonnen, er zwei. Wir haben viel gelacht und die ganze Zeit gesprochen. Es hilft, dass wir eine gemeinsame Vergangenheit haben, weil es Spaß gemacht hat, aus der Perspektive des anderen über die alten Zeiten zu sprechen, da er männlich und zwei Jahre jünger ist. Das war ein großer Unterschied, als wir Kinder waren. Es gibt hier ein Komfortniveau, das ich noch nie mit einem anderen Mann hatte.

„Möchtest du einen Film sehen?", fragt er.

„Klar."

Er reicht mir die Fernbedienung. „Die Lady hat die Wahl."

„Ach, wirklich? Die meisten Jungs hätten Angst, dass ich mir etwas zu Mädchenhaftes aussuche."

„Du trägst einen Yankees-Schlafanzug. Ich mache mir keine Sorgen."

Ich blättere durch die Liste und wähle einen meiner Lieblingsfilme aus. Es geht um eine Gruppe männlicher Stripper, und die Choreographie ist erstaunlich. Ja, deshalb mag ich es – die *Choreographie*.

Er greift nach der Fernbedienung. „Nein, du hast es verwirkt, weil du falsch gewählt hast."

Ich greife nach der Fernbedienung, und er hält sie knapp über meinem Kopf. Ich versuche es noch einmal und bin am Ende halb auf ihm, und ich kann sie immer noch nicht erreichen. Die Hitze seiner Brust dringt in mein Hemd ein, und ich schaue auf ihn hinunter. Seine Augen brennen in meine.

Mein Atem zittert. „Du solltest mich wirklich wählen lassen, da ich diejenige war, die entführt wurde."

„Ja, aber du hast falsch gewählt."

„Es gibt kein Falsch. Ich habe einen wunderbaren Film ausgewählt."

„Für Frauen."

Ich bin dabei zu protestieren, als seine Hand meinen Nacken umfasst und seine Augen auf halbmast gehen.

„Frag mich nett", murmelt er.

9

„Küss mich bitte", flüstere ich.

Seine Lippen treffen auf meine in einem sanften Hauch und dann wieder. Ich schmelze gegen ihn, Begehren durchdringt mich. *Oh, ja, mehr davon, bitte.*

Plötzlich ist es vorbei. Er hebt mich von sich hoch, richtet die Fernbedienung auf den Fernseher und schaltet ihn aus. „Gute Nacht."

„Eli."

Er bleibt einen Meter entfernt stehen. „Ich werde Lucy hereinschicken, damit sie dich schön früh weckt. Wir haben eine Apfelernte und eine Wanderung vor der Heimfahrt vor uns."

Normalerweise wäre ich jetzt müde, da ich um fünf Uhr morgens aufstehe, aber ich bin voller Energie. Offenbar ist ein Kuss von Eli wie ein Koffeinschub.

„Geh nicht", sage ich. „Wir können etwas anderes sehen, worüber wir uns beide einig sind." *Und noch mehr küssen.*

Er starrt auf meinen Mund. „Ich halte das nicht für eine gute Idee."

„Aber ich bin gar nicht müde." *Ich bin voller Lust.*

Er hebt seine Hand in die Höhe. „Was ein Entführer nicht alles zu tun hat. Okay, du sitzt auf dem Sofa, ich sitze auf dem Boden dir gegenüber, und wir reden."

Ich versuche, meine Enttäuschung zu verbergen. „Worüber reden?"

„Über die vielen Abenteuer von Jenna Larsen."

„Es gab nicht so viele Abenteuer."

Er schnappt sich ein großes, violettes Samtkissen vom Sofa, wirft es auf den Boden und setzt sich mit gekreuzten Beinen darauf. Lucy schließt sich ihm an und legt ihren Kopf in seinen Schoß. „Sprich. Beginn damit, wie dein Leben in Brooklyn war. Kein Urteil, und es verlässt diesen Raum nicht."

Ich schaue weg, nervös, aber gleichzeitig begeistert von der Freiheit, so viel zu teilen, wie ich will, ohne verurteilt zu werden. Ich drücke das andere violette Samtkissen an meine Brust und entscheide mich, mich vorzuwagen. „Bei meinem alten Job hatte ich diesen kompletten A-Loch-Chef. Wir haben uns gezofft wie Katzen und Hunde, bis wir eines Nachts nach Feierabend auf dem Tisch des Konferenzraums gerammelt haben."

„Lügnerin. Ganz ehrlich, oder ich bin draußen."

Ich halte den Atem an. Ich kann nicht glauben, dass er meinen Test so leicht durchschaut hat. Absolute Ehrlichkeit, wie? Dann möchte ich etwas von ihm wissen.

„Warst du jemals verliebt?", frage ich.

Er hält inne.

„Komm schon, ganz ehrlich."

Er studiert mich einen Moment lang, bevor er schließlich zugibt: „Ich habe mal ein Mädchen namens Beatrice geliebt."

„Beatrice", wiederhole ich. „Ist das nicht eher ein Name für eine alte Frau?"

„Sie wurde nach ihrer Großmutter benannt. Jedenfalls haben Beatrice und ich uns in einem Club kennengelernt, und wir waren gute sechs Monate zusammen, danach noch nicht ganz so gute drei Monate. Ich habe es beendet. Sie war, gelinde gesagt, nicht glücklich. Sie weigerte sich, mir die Sachen zurückzugeben, die ich bei ihr gelassen hatte, und als sie es schließlich tat, war es nichts anderes als eine Schachtel Asche."

„Oh, wow, sie hat deine Sachen verbrannt."

„Japp, einschließlich meines Lieblingshemdes."

„Kein Yankees-Trikot, oder?"

„Nei-i-i-n. Das wäre unverzeihlich gewesen. Nur ein Button-Down-Shirt, das ich oft in Clubs getragen habe. Es war der perfekte Grünton, um das Grün in meinen haselnussbraunen Augen zu betonen. Zumindest hat sie das immer gesagt."

Ich lege das Kissen auf den Boden, strecke mich seitlich aus und stütze mich auf einen Ellbogen. „Warst du am Boden zerstört, weil es zu Ende war?"

„Für eine Weile, aber ich habe mich erholt. Und jetzt bist du dran. Und stell mir nicht immer wieder Fragen, um selbst nichts erzählen zu müssen."

Ich rolle auf meinen Rücken und starre an die Decke. Dann stehe ich auf und dimme das Licht, damit es nicht in meinen Augen ist. Ich lasse mich wieder fallen. „Ich habe mal gedacht, ich sei verliebt. Das war in der Highschool. Wir sind ein paar Mal ausgegangen, immer in einer Gruppe, aber ich vermute, dass ich mir in den Kopf gesetzt hatte, wir hätten gleich tiefe Gefühle. Wie sich herausstellte, stand er in Wirklichkeit auf jemand anderen, und ich war mehr ein Kumpel, mit dem er herumgealbert hat. Mein Herz war gebrochen, was dumm klingt, weil ich noch ein Kind war, weißt du? Siebzehn. Es passiert. Aber ich denke, es hat mich für eine Weile von Beziehungen abgeschreckt."

Bis ich eine im College hatte, die ich vermasselt habe. Und die danach auch. Ich habe meine Lektion gelernt, das schwöre ich!

Er schaut mich erwartungsvoll an.

Ich hasse es zuzugeben, dass ich unfähig bin, einem Typen nahe zu sein, also gebe ich ihm stattdessen einen Teil der Wahrheit. „Ich entschied, dass es den Schmerz nicht wert war, Gefühle zu haben, die nicht erwidert wurden."

„Verständlich. Kurzsichtig, aber verständlich."

Wir reden stundenlang. Nicht nur über unsere Geschichte, sondern auch über unsere Träume für die Zukunft. Er plant, bald Polizeichef zu werden, was ich wusste, aber ich erfuhr auch, dass er mit dem Tierarzt in der Stadt gut befreundet ist und ihm helfen möchte, Geld für ein Tierheim in Summerdale zu sammeln. Eli ist unglaublich. Ein Mann mit überraschender Tiefe, der sich um die Gemeinschaft kümmert, einschließlich der Tiere.

Wir sitzen jetzt zusammen auf dem Sofa mit einer Wurfdecke über unserem Schoß. Mir wurde irgendwann kalt, und er hat mir die Decke gebracht. Natürlich habe ich angeboten, zu teilen. Jetzt ist es supergemütlich mit unserer kombinierten Körperwärme. Lucy liegt auf dem Kissen auf dem Boden, den Eli verlassen hat, hat sich zusammengerollt und schläft.

Ich werde müde, aber ich will nicht gute Nacht sagen und diese wundervolle Zeit mit ihm beenden. „Hast du irgendwelche schmutzigen Geheimnisse?"

Er stupst meine Schulter mit seiner an. „Du meinst wie deine widerliche, gefrorene Twinkie-Sucht?"

Ich tue, als sei ich empört und schnappe nach Luft. „Was ist aus „kein Urteil" geworden? Und es ist nicht ekelhaft. Es ist köstlich. Verteufle es nicht, bis du es versucht hast."

Er nimmt meine Hand in einem warmen Griff und verflicht unsere Finger auf der roten Fleecedecke. Seine Finger sind lang und schmal und bedecken meine kleineren. „Du hast recht. Kein Urteil über das, worauf du stehst."

Ich fühle mich ihm so nahe, dass ich in seinen Schoß klettern, mein Gesicht an seinen Hals legen und ihn einatmen möchte. Ihn probieren. Ihn berühren.

Seine tiefe Stimme rüttelt mich aus meinem lustvollen Tagtraum. „Ich habe ein Geheimnis."

Ich schenke ihm meine volle Aufmerksamkeit, bereits lächelnd in Erwartung. „Was?"

Er lässt meine Hand los, schiebt ein Haar hinter mein Ohr, sein Finger streicht leicht an der Seite meines Halses nach unten. Ein Schauer durchfährt mich. „Du warst mein Teenager-Traummädchen."

Ich sehe ihm in die Augen, meine Stimme ist atemlos. „Sydney sagte, dass sie dachte, du wärst in mich verknallt gewesen, als du fünfzehn warst."

Er mustert mich für einen langen Moment, bevor er zugibt: „Es war ein wenig länger als das."

„Oh."

Er blickt nach vorne, wahrscheinlich verlegen, dass er es mir erzählt hat.

Ich versuche, ihn sich besser fühlen zu lassen. „Tja, du warst so jung, ich denke, das ist nur natürlich. So, wie Audrey Drew verehrt hat, obwohl er älter war und sie nie zu bemerken schien." Ich kneife den Mund zu, weil ich die Ältere war, und es hört sich an, als hätte ich ihn nie bemerkt, aber natürlich habe ich das. „Du hast mir am Tag meiner Abreise zum College Blumen gebracht. Das war eine nette Geste. Es hat einen ansonsten chaotischen bittersüßen Tag erhellt."

„Nette Geste", wiederholt er.

„Ja, es war schön, dass du vorbeigekommen bist, um mich zu verabschieden und mir ein kleines Geschenk zu bringen."

Sein Kiefer verkrampft sich. „Das ist es, wofür du es gehalten hast? Nur ein kleines Geschenk?"

Ich blinzele ein paarmal verwirrt. „Äh, es war ein tolles Geschenk. Wer mag es nicht, Rosen zu bekommen? Ich wollte sie mit in mein neues Studentenwohnheim nehmen, aber ..."

„Also hat dir die Notiz nichts bedeutet?"

„Welche Notiz?"

Er starrt mich an.

„Eli, welche Notiz?"

Er spricht langsam und vorsichtig. „Die Notiz bei den Rosen. Ich habe sie in das Papier um die Blumen gesteckt."

Ich schüttle den Kopf. „Ich habe nie eine Notiz gesehen."

Meine Gedanken kehren zurück zu diesem Sommertag. Ich bin immer wieder hin und her zum Auto gegangen, habe alles für die Reise nach North Carolina eingepackt, Mom rief ständig, ich solle dieses oder jenes nicht vergessen. Sie ist für einige Last-Minute-Artikel in den Laden gegangen, und dann war da Eli, groß und schlank, schob ein Dutzend rote Rosen in meine Hand und sagte, er würde mich vermissen.

Ich runzle die Augenbrauen und versuche, mich daran zu

erinnern, was danach mit den Blumen geschah. „Ich habe die Blumen mit ins Auto genommen, weil ich dachte, dass sie in meinem neuen Wohnheim nett sein würden, aber Mom sagte, dass sie die Hitze der langen Reise nicht überleben würden. Sie hat sie mit hineingenommen, um sie in eine Vase zu stellen, und dann sind wir gefahren." Ich hebe eine Hand. „Vielleicht ist die Notiz irgendwo auf dem Weg herausgefallen, oder sie hat sie versehentlich in der Eile, aufzubrechen, mit dem Papier weggeschmissen. Sie hat nie erwähnt, eine Notiz gesehen zu haben."

Er lehnt sich auf das Sofa zurück, schaut zum Himmel und stöhnt.

„Was? Was stand denn darin?"

Er schließt die Augen. „Ich bin solch ein Idiot. All die verlorene Zeit, als du in die Stadt zurückkamst."

Ich schlage seine Schulter. „Du hast *mich* gemieden! Ich wusste es!" Mir fällt die Kinnlade herunter, als mir die Implikationen klar werden. „Es muss etwas wirklich Peinliches in dieser Notiz gewesen sein. Hat der Teenager Eli mir ein kitschiges Liebesgedicht geschrieben?"

Er greift mich an, und ich schreie überrascht und lachend. Er knabbert an meinem Hals, sein stoppeliger Kiefer reibt an mir, während sein Körper meinen bedeckt. Die Reibung ist köstlich, die plötzliche Hitze, sein Gewicht. Ich lege meine Arme um seinen Hals, alles Necken ist verschwunden.

Er hebt seinen Kopf, seine Stimme ist rau. „Du warst mein Traummädchen. Du warst schon immer mein Traummädchen."

Mein Atem stockt. „Eli, das ist so –"

„Sag nicht nett."

Ich schüttle den Kopf, die Augen weit vor Staunen. „Das ist das Umwerfendste, was jemals jemand zu mir gesagt hat."

Seine Lippen treffen auf meine in einem sengenden Kuss, der meinen Atem stiehlt. Denn es ist nicht nur ein Kuss, jede Bewegung, jeder dringende Druck seiner Lippen und seiner Zunge fühlt sich wie mehr an. Wie aufgestaute Gefühle, die zum ersten Mal vollständig zum Ausdruck

gebracht werden – Leidenschaft, Bedürfnis, Zärtlichkeit ...
Liebe?

Ich reiße meinen Mund los. Eli, was stand in der
Nachricht?"

„Nicht jetzt", sagt er heiser.

Seine warme Hand umfasst meinen Kiefer, während er
den Kuss vertieft. Ich packe sein Hemd, halte ihn nah an
mich, brauche seinen Kuss mehr als Antworten.

Einen langen Moment später steigt er von mir herunter
und zieht mich mit sich hoch. Wir stehen da und starren
einander in die Augen. Mein Atem kommt angestrengter,
jeder Teil meines Körpers schreit nach mehr. Er ist sexy und
zugleich sicher. Jeder Typ, mit dem ich je zusammen war, war
ein Risiko, weil ich sie nicht so gut kannte. Werden sie zu
aggressiv sein, ein Idiot oder auf andere Weise ätzend? Eli ist
nicht ätzend. Er ist umwerfend.

Ich bin mir nicht sicher, wer sich zuerst bewegt, aber wir
stoßen zusammen. Der Kuss brennt, seine Finger verheddern
sich in meinen Haaren, seine andere Hand umfasst meinen
Hintern, hält mich fest und löst ein dringendes Bedürfnis in
mir aus, das nicht geleugnet werden kann. Ich bin in Flammen, fieberheiß. Meine Hände wandern zum unteren Teil
seines Hemdes und reißen es hoch. Er reißt sein Oberteil
heraus und küsst mich dann lang und tief, als hätte er alle
Zeit der Welt. Ich mache die verlorene Zeit wieder gut, all die
Anziehungskraft, die ich zu leugnen versuchte, die Gefühle –
alles sprudelt über.

Ich drücke gegen seine Brust, und er zieht sich sofort
zurück. Ich ziehe mir das Oberteil über den Kopf.

Er hält den Atem an. „Wunderschön. So vieles, was ich
gern mit dir tun würde."

„Ich will alles. Jetzt sofort."

Seine Arme umhüllen mich, als er leise an mein Ohr sagt:
„Wir haben die ganze Nacht."

Er beugt seinen Kopf, küsst den weichen Punkt hinter
meinem Ohr und dann tiefer, langsam meinen Hals hinunter.
Ich gleite mit meinen Händen über seinen breiten Rücken, an

seinen Seiten hinab und genieße das Spiel der harten muskulösen Grate. Meine Finger halten inne, während seine Zähne
an mir kratzen. Er küsst weiter meinen Hals entlang, bis er an
eine empfindliche Stelle kommt und meine Knie nachgeben.
Ich spüre, wie sich seine Lippen an meinem Hals verziehen,
seine Hand zum Bund meiner Hose gleitet und darunter
rutscht.

Er zieht mich zwischen den Küssen aus, und ich erwidere
den Gefallen, während wir uns auf den Weg zu seinem
Schlafzimmer machen. Er schaltet das Licht ein, dimmt es
und führt mich dann zu seinem Bett. Er schlägt die Decke
zurück und gibt mir einen kleinen Stoß. Ich sitze auf der
Matratze und schaue zu ihm auf.

Seine Augen leuchten, sein Ausdruck ist wie der eines
Jägers, der endlich seine Mahlzeit einholt. Mein Atem stockt.
Ich habe noch nie einen Mann gesehen, der mich so anschaut.
Als wäre er gierig auf mich.

Er fällt auf seine Knie, schiebt meine Beine auseinander
und schaut einfach nur. Ich bin versucht, mich umzulegen,
unvorbereitet auf eine solch offene Intimität. Er streicht mit
seinen Fingern über mich, und es fühlt sich so gut an, dass es
mir nichts ausmacht, dass er mich so sieht. Und dann küsst er
mich intim, die Belohnung ist so angenehm, dass ich schwach
auf die Matratze zurückfalle und mich sofort ergebe. Er
summt sein Vergnügen gegen mich, bevor er mich auf einen
langsamen Rutsch zur Lust mitnimmt. Meine Hüften
bewegen sich aus eigenem Antrieb nach dem Rhythmus, den
er als feuriges Vergnügen immer weiter aufbaut.

Er ist gut darin.

Großartig.

Oh Gott.

Ich breche mit einem heftigen Schrei, weißglühendes
Vergnügen überschwemmt mich. Ich greife verzweifelt nach
ihm. „Ich brauche dich in mir."

Er zögert nicht, nimmt ein Kondom von seinem Nachtschränkchen und rollt es über.

Ich lächle. „Du bist vorbereitet."

„Ich habe das nicht erwartet, Jenna. Ich meinte es, als ich sagte, Sex sei vom Tisch, aber ich musste die Möglichkeit in Betracht ziehen."

„Entschuldige dich nicht. Ich bin begeistert. Und wage es nicht, jetzt aufzuhören."

Er dringt mit einem harten Stoß ein, der mir den Atem raubt. Und dann gibt es kein Reden mehr. Ich hebe meine Hüften und komme ihm eifrig entgegen, als er in mich hämmert. Es ist genau das, was ich brauche. Unglaublich, ich spüre, wie es sich wieder aufbaut. Das passiert mir nie. Einmal und fertig, und ich bin dankbar, überhaupt ein Mal zu bekommen. Meine Welt umwölkt sich, meine Vision verschwimmt, klingt gedämpft, während sich die Empfindungen enger, heißer schrauben, der Druck baut sich auf.

Seine Finger gleiten zwischen meine Beine und streicheln mich fachmännisch. *Zu viel.* Ich zittere unter ihm.

Er flüstert mir ins Ohr, quält mich mit einer heiseren Stimme, sagt mir, er werde mich dorthin bringen, dass ich mich entspannen und ihm die Kontrolle geben soll.

Klänge, die ich noch nie zuvor gemacht habe, dringen aus meiner Kehle, während er übernimmt, mein Geist schaltet sich ab, mein Körper reagiert auf seine Berührung, seinen Moschusduft, das tiefe Timbre seiner Stimme, drückt mich weiter und weiter.

Der Orgasmus knallt in mich, mein Körper zittert dabei, Welle für Welle des Vergnügens rauscht durch mich. Ich werde schlaff, benommen davon.

„Gut, so gut", sagt er mit rauer Stimme in mein Ohr.

Und dann geht er weiter und entfacht mit jedem Schlag ein Feuerwerk der Freude in mir. Ich keuche, überwältigt von Empfindungen, von ihm erschüttert, bis er endlich mit einem tiefen Stöhnen loslässt. Wir bleiben so für einen langen Moment, eng aneinandergedrückt, versuchen, zu Atem zu kommen.

Die Worte sind heraus, bevor ich sie stoppen kann. „Ich will mehr als zwei Tage."

Er hebt seinen Kopf, seine haselnussbraunen Augen

funkeln. „War es der zweite Orgasmus, der die Waage gekippt hat?"

Ich umfasse seinen stoppeligen Kiefer, eine Welle der Zuneigung durchfährt mich. „Du bist es."

„Hmm, lass mich mal nachdenken." Er rollt auf seinen Rücken und nimmt mich mit. Ich lande mit einem Lachen auf ihm. Seine Arme umschlingen mich, und er legt meinen Kopf gegen seine Brust. Ich stoße einen glücklichen Seufzer aus.

Er bewegt sich und schaltet das Licht aus, seine Arme umhüllen mich wieder sicher. Ich bin zufrieden, warm und schlaftrunken. Eine anhaltende Frage schwebt in meinem Kopf, und ich rufe meine letzte Kraft auf, um meinen Kopf zu heben. „Eli?"

„Ja?" Er klingt müde.

„Kannst du mir bitte sagen, was in der Notiz stand?"

Er drückt meinen Kopf zurück auf seine Brust. „Schlaf jetzt, Jenna."

Und das ist das Letzte, woran ich mich erinnere.

10

Das Nächste, was ich weiß, ist, dass Lucy mein Gesicht leckt. Ich streichele sie, steige aus Elis Bett und gehe in das Wohnzimmer der Suite.

Er steht in der Pantryküche, sein Haar feucht von der Dusche, er trägt ein schwarzes Flanellhemd, Jeans und Wanderschuhe. „Guten Morgen, meine Schöne."

Meine Lippen verziehen sich zu einem Lächeln, mein Herz schlägt hart. „Morgen."

Er klatscht sich in die Hände. „Hopp-hopp. Wir haben Äpfel zu pflücken, Blätter zu sehen und Eis zu essen."

Ich eile an seine Seite, von Zuneigung überwältigt, und werfe meine Arme um ihn. „Das klingt alles wundervoll." *Genau wie du.*

Er umfasst meinen Kiefer und lächelt mich an. „Es sieht so aus, als ob dir Entführung gefällt."

Ich küsse ihn und trete einen Schritt zurück, überwältigt von allem, was ich fühle. Ist das Liebe? Es ist beängstigend, aber gut beängstigend, wie der Nervenkitzel einer Achterbahnfahrt. „Ich werde duschen und mich anziehen." Ich gehe zu meinem Zimmer.

„Ich hole Frühstück."

Er ist so ein großartiger Typ. Vielleicht lag ich all die Jahre falsch, einen Teil von mir bei Jungs zurückzuhalten.

Oder vielleicht hatte auch nur Eli diese Wirkung auf mich.

Ich drehe mich zurück. „Du bist ein wirkliches Juwel, weißt du das?"

Seine Augen sind auf meine gerichtet. „Denk daran, wenn wir in die reale Welt zurückkehren."

Mein Glücksgefühl lässt bei dem Gedanken nach. Ich bin noch nicht bereit, an die Realität zu denken. Ich eile zurück in mein Zimmer.

Es ist spät, und ich bin müde nach einem anstrengenden Tag mit Wandern und Äpfelpflücken. Vielleicht sind es einfach nur die frische Luft und der Sonnenschein, die mir zusetzen. Oder vielleicht ist es die doppelte Portion Minzschokoladen-chip-Eis, die ich gerade gegessen habe, aber ich kann meine Augen nicht offenhalten. Ich döse auf der Heimfahrt ein, sobald die Sonne untergeht.

Wir halten zum Abendessen für Burger an, füttern Lucy mit etwas davon und fahren nach Hause. Jetzt bin ich hell-wach. Ich hatte eine wirklich gute Zeit mit ihm, aber ich mache mir Sorgen. Ich weiß nicht, wie ich in Beziehungsge-biet navigiere. Was ist zu viel? Wo sind die Grenzen?

Er biegt in meine Einfahrt und stellt den Motor aus. „Ich hole dir deine Tasche."

„Warte!"

Er sieht mich an, eine Frage in seinen Augen.

„Ich hatte eine großartige Zeit. Danke dir!"

„Ich auch. Ich freue mich, dass es geklappt hat. Hätte mit der Entführung nach hinten losgehen können. Andererseits hat Audrey zugestimmt, dass es die einzige Möglichkeit sei, dich allein zu bekommen, lange genug, um eine echte Verbin-dung herzustellen."

Mein Herz ist in meiner Kehle. „Nun, Audrey muss es ja wissen."

„Sei nicht wütend auf sie. Sie kennt dich gut und sagte

mir, sie wolle, dass du glücklich bist. Offensichtlich dachte sie, dass wir beide zusammen eine gute Sache sind, sonst hätte sie nicht geholfen."

Meine Augen stechen vor unvergossenen Tränen. Ich weine sonst eigentlich nie. Es ist nur, dass ich mich mit ihm verbunden fühle, und ich hätte nie gedacht, dass ich das mit jemandem haben würde. „Ich habe ... Gefühle für dich."

„Jenna." Er lehnt seine Stirn gegen meine. „Ich weiß, dass du das hast, aber danke, dass du es ausgesprochen hast."

Ich lache ein wenig. „Es ist, als kennst du mich oder so etwas." Er ist sehr aufmerksam. Das gehört wohl zum Job eines Cops.

„Ja, und umgekehrt, hoffe ich."

Ich küsse ihn. „Möchtest du über Nacht bleiben oder ist das zu –"

„Sehr gerne. Ich hole Lucy." Er steigt aus dem Wagen, lässt Lucy vom Rücksitz, nimmt meinen Koffer und folgt mir nach oben.

Lucy schnüffelt in meinem Wohnzimmer herum, bevor sie sich auf dem Teppich neben meinem Sofa niederlässt.

Ich drehe mich zu ihm um. „Also, da wären wir." Irgendwie fühlt es sich zwischen uns anders an, und ich bin mir nicht sicher, wie es weitergehen soll.

Er nimmt meine Hand und führt mich ins Schlafzimmer, schließt die Tür hinter uns. „Keine Hundezeugen."

Ich lächle. „Nur wir."

Wir greifen zur gleichen Zeit nach einander, und dieses Mal gibt es kein Zögern. Nur gierige Küsse, unersättliche Hitze, die in ein Inferno aufblitzt. Wir stürzen ins Bett für einen aufregenden Ritt.

Und als wir fertig sind, zieht er mich fest an seine Seite, seine Brust hebt und senkt sich, während er versucht, zu Atem zu kommen.

Mein Verstand arbeitet auf Hochtouren, was als Nächstes geschieht. Sind Eli und ich wirklich eine feste sichere Sache? Sollte ich Sydney alles beichten? Ein Teil von mir hat das

Gefühl, dass diese neue Sache zwischen uns zu zerbrechlich ist, um sie ans Licht zu bringen.

Ich starre auf sein Profil, den Winkel seines männlichen Kiefers, die Art und Weise, wie seine Wimpern sich auf seinen Wangen ausbreiten, wenn seine Augen geschlossen sind. „Also … ich denke, das bedeutet, dass wir irgendwie daten?"

Er küsst meine Haare. „Ich hole dich am Samstag zum Abendessen und Tanzen im Happy Endings ab."

Es klingt so einfach, so lustig. Und es ist in Clover Park, was es einfacher macht, das mit uns für uns zu behalten. Keine kritischen Blicke von Summerdale da drüben.

Er öffnet die Augen und dreht sich zu mir um. „Okay?"

„Ja, okay. Dann ist das ein Date."

Es muss einen Hauch von Angst in meiner Stimme geben, weil er auf mich rollt und an meinem Ohr knabbert. „Keine Sorge, ich werde vorsichtig sein."

Ich packe seine Schultern. „Wir können das nur tun, wenn es in völliger Geheimhaltung geschieht."

Er hebt den Kopf. „Ich halte das nicht für eine gute Idee."

„Wir müssen."

Er zögert und mustert mich. „Aber nicht lange."

Ich sehe weg.

Er hält mein Kinn fest und zwingt meinen Blick zurück zu seinem. „Geheimnisse kommen immer heraus. Es gibt keinen Grund für uns, uns zu verstecken."

Ich drücke gegen seine Brust, aber er rührt sich nicht. „Doch, gibt es."

Er greift eine meiner drückenden Hände und küsst die Handfläche. „Das wird nicht lange funktionieren. Du verstehst das, richtig?"

Wer weiß, wie lange diese Sache zwischen uns dauern wird? Wenn es kurz ist, gibt es keinen Grund, einen Riss mit Sydney zu verursachen. Es ist für mich ein enormer Vertrauensschritt, auch nur einem Date zuzustimmen

Er knabbert an meiner Unterlippe. „Willst du wirklich, dass ich das Offensichtliche ausspreche? Du bist bei weitem die heißeste, sexyste Frau, die ich in meinem Leben getroffen habe, und ich bin noch nicht fertig mit dir."

Er senkt sich auf meinen Körper, küsst, schmeckt, streichelt. Mein Widerstand schmilzt in einem Dunst ekstatischen Vergnügens.

~

Der Rest der Woche vergeht zwischen der Arbeit und meiner Verantwortung im Herbsternteausschuss. Wir treffen uns dienstagabends, und ich habe das Treffen in dieser Woche verpasst, weil ich da mit Eli auf dem Heimweg war. Dann gab es eine Flut von E-Mails und Telefonaten, die mich aufgehalten haben. Das Komitee besteht aus lokalen Ladenbesitzern, dem Bürgermeister, mit dem ich aufgewachsen bin, Levi und einigen interessierten Bürgern, darunter General Joan. Sie hat die Highschool-Jazzband rekrutiert, um für den Tanz-Marathon zu spielen, was interessant werden sollte. Werden wir Swing tanzen?

Nun gut, ich werde heute Abend tanzen. Direkt auf Stichwort flattert mein Magen, wenn ich daran denke, Eli wiederzusehen. Ich wische mit einem roten Lippenstift über meine Lippen. Ich bin immer noch ein bisschen schockiert darüber, wie schnell die Dinge von der Entführung bis zu unserer Verbindung vorangeschritten sind. So habe ich noch nie für jemanden empfunden. Und ich bin auch begeistert zu tanzen. Audrey geht nicht gerne in Clubs, und Sydney arbeitet immer am Wochenende in ihrem Restaurant.

Ich sprühe etwas Parfüm auf, das ich liebe. Es ist blumig mit einem Hauch von Vanille. Männer lieben es und ich auch. Ich trage einen schwarzen Rollkragen und einen samtgrünen Minirock mit Stiefeletten.

Eli klingelt einige Minuten früher. Ich lege eine Hand an mein Herz, überrascht, dass es rast. Es ist nicht so, als wäre es ein erstes Date. Ich sollte jetzt etwas ruhiger sein, wenn ich ihn sehe.

Ich greife nach meiner schwarzen Clutch und öffne die Tür. „Hallo."

Er betrachtet mich von meinen Haaren über meine roten Lippen, um dann mein Outfit langsam zu begutachten. „Sehr schön", murmelt er, und ich spüre das tiefe Timbre seiner Stimme bis in meine Zehen. Sein Blick wandert langsam meinen Körper wieder hinauf und trifft schließlich auf meine Augen. „Wunderschön."

„Danke!"

Er beugte sich hinab und küsst meine Wange. Er riecht unglaublich, frisch und sauber, seine dunklen Haare sind immer noch feucht von der Dusche. Und er trägt eine Lederjacke über einem schwarzen T-Shirt und Jeans und bringt den kantigen guten Kerl, den ich mir vorstelle, scharf in den Fokus.

„Bereit?", fragt er.

Ich nicke und gehe voraus nach draußen

Als wir zu seinem Auto kommen, sehe ich mir die Front an. Es wurde diese Woche repariert. Zum Glück hat die Versicherung alles außer dem Eigenanteil übernommen. „Sie haben gute Arbeit an deinem Auto geleistet. Es sieht brandneu aus."

Er verzieht das Gesicht. „Nicht ganz, aber fast. Sloane sagt, du bringst dein Auto nächste Woche."

„Ja, ich dachte, ich sollte es aus Sicherheitsgründen tun." Ich habe vor, es auf meine Kreditkarte zu setzen und jeden Monat das Minimum zu bezahlen. Eines Tages werde ich alles abzahlen. Es braucht Zeit, bis ein neues Unternehmen wie das meine floriert.

Er öffnet die Beifahrertür seines Mustang für mich. Nervosität packt mich, weil es sich anfühlt, als wären wir jetzt ein echtes Paar.

Ich rutsche auf den schwarzen Ledersitz, und er schließt die Tür hinter mir. Vielleicht entspanne ich mich, sobald wir in Clover Park sind. Als er in das Auto steigt, sage ich ihm: „Ich war als Kind im Happy Endings, als es noch das Garner's war."

„Hat es dir gefallen?"

„Ja." Sein Auto riecht immer noch nach Neuwagen. „Es tut mir wirklich leid, dass ich dein neues Auto touchiert habe."

„Mir auch. Aber Trixie und ich haben uns erholt."

„Das ist das erste Mal, dass ich gehört habe, dass du dein Auto beim Namen nennst. Jetzt fühlt es sich noch persönlicher an, dass ich ihr Schaden zugefügt habe. Gibst du deinen Autos immer Namen?"

„Natürlich. Macht das nicht jeder?" Er schaltet es ein, und der Motor erwacht zum Leben. „Ich war zu spät dran, dem hier einen Namen zu geben, und schau, was passiert ist."

„Ich habe meinem Auto noch nie einen Namen gegeben. Nicht einmal."

Er navigiert durch die Seitenstraßen in Richtung Route 15, die nach Clover Park führt. „Na ja, das solltest du. Dein Auto könnte dich besser behandeln, anstatt Blechschäden zu verursachen."

„Das war ein Benutzerfehler."

„Keine Frage."

Er biegt sanft auf die Route 15 und gibt Gas. Ich muss zugeben, sein Auto fährt sich gut.

„Also, wie ist das mit dir, Jenna? Schon mal eine ernste Beziehung gehabt? Irgendein Gepäck, von dem ich wissen sollte? Ein Ex, der plötzlich aus dem Unterholz hervorspringen könnte?"

„Wow. Wir springen hier gleich ins tiefe Ende, oder? Wenn wir schon Fragen stellen, dann würde ich wirklich gerne wissen, was in dieser Notiz gestanden hat, dass du mir ein Jahr lang aus dem Weg gegangen bist."

„In Ordnung", sagt er sportlich. „Ich brauche nichts über deine früheren Beziehungen zu wissen."

Ich lache. „Wie schlimm kann es schon sein? Rosen sind rot, Veilchen sind blau, fügen Sie Teenagerreim hier ein?"

Er räuspert sich. „Ich erinnere mich nicht genau. Es ist so lange her."

Ich mustere ihn. Er hat diesen neutralen Ausdruck, den er

so gut kann. Ich bin misstrauisch, aber ich lasse es ihm durchgehen. „Da du es mir nicht sagen willst, erzähle mir von *deiner* Beziehungsgeschichte."

„Das fühlt sich in der Mitteilungsabteilung sehr einseitig an. Ich muss nur wissen, ob ich irgendwann meine Ninja-Fähigkeiten bei einem deiner Ex einsetzen muss."

Ich lächle. „Du musst dir darum keine Sorgen machen. Ich habe es nie so weit kommen lassen, meine Wahl."

„Was meinst du mit so weit?"

„Ich meine, du weißt schon, Beziehungsgebiet. Nicht mehr als einen Monat seit dem College und laut meinem Alumni-Magazin ist er verheiratet."

Seine Augenbrauen heben sich. „Hm, okay. Nun, ich denke, ich bin an der Reihe. Du weißt schon von Beatrice. Mit den meisten, die ich gedatet habe, hält es nicht lange, wir haben einfach nicht genug gemeinsam oder was auch immer, aber mit Rebecca war ich fünf Monate zusammen. Ich fürchte, ich habe ihr das Herz gebrochen, als ich mich mit ihr Schluss gemacht habe."

„Warum hast du das gemacht?"

„Ich war einfach nicht glücklich. Als hätte ich mich nicht gefreut, sie zu sehen. Sie hat sich auch oft beschwert."

„Also hast du die Nörgelliese abserviert. Da kann ich dir keinen Vorwurf machen."

„Sie ist jetzt verheiratet. Du und ich, wir sind also sauber. Kein Gepäck, keine Ex, die auftauchen könnten."

„Schätze schon."

„Lieblingsposition beim Sex?"

Ich zucke zusammen.

Er grinst.

Ich drücke seinen Schenkel. „Das musst du auf die harte Tour herausfinden."

Er nimmt meine Hand und küsst meine Knöchel. „So gefällt es mir auch am besten."

∾

Wir sitzen in einer Nische am Fenster vom Happy Endings mit Blick auf die Main Street, eine von Bäumen gesäumte Straße mit vielen netten Geschäften. Das Happy Endings ist eine Bar und ein Restaurant mit zusätzlichem Platz zum Tanzen und ein paar Billardtischen. Nach einem köstlichen Abendessen mit gebratenem Huhn und Kartoffelpüree fragt mich Eli, ob ich nach dem Essen noch einen Spaziergang machen möchte.

Ich schiebe meinen Teller zurück. „Absolut! Ich muss ein bisschen von diesem Grillhähnchen abarbeiten."

„Toll, weil sie die Jukebox erst um neun Uhr im hinteren Raum starten."

„Eine Jukebox?"

„Ja, das ist cool. Eine Vintage-Maschine, die Vinyl spielt."

Ich rutsche aus der Nische. „Also nicht wirklich Club-Feeling hier, vermute ich."

Er schließt sich mir an. „Eher so, dass man tatsächlich miteinander reden kann, und es gibt keine rauchende Nebelmaschine."

„Sollte interessant sein."

Er legt seine Handfläche unten an meinen Rücken und führt mich zur Tür. Meine Haut erhitzt sich an der Stelle, und ich möchte plötzlich, dass die großen Hände an mehr von mir liegen. „Ich komme regelmäßig hierher. Es ist ein großartiger Ort, um Menschen zu treffen, weil man sich tatsächlich sehen und hören kann."

„Werden wir auf eine deiner Ex treffen?", frage ich über meine Schulter.

Er öffnet mir die Tür. „Würde ich nicht merken, wenn ich in deiner Nähe bin."

Ich stolpere fast auf meinem Weg hinaus, aber er fängt meinen Arm und hält mich fest. *Die Dinge, die er sagt.*

Wir gehen die Straße hinunter. Ich bin mir meiner Umgebung kaum bewusst, so gefangen in dem verträumten Zustand, den Eli um mich webt.

Ein glücklich aussehendes Paar kommt auf uns zu und isst Eishörnchen. Etwas an ihnen ist vertraut.

Ich blinzle und erstarre, packe dann Elis Arm, um ihn aufzuhalten.

„Was ist los?"

Ich packe ihn fester, mein Herzschlag brüllt in meinen Ohren. „Meine Eltern. Hier." Sie müssen gerade aus Shanes Scoops gekommen sein. Mein Gott, sie sehen aus, als wären sie auf einem Date. Nach dem Krieg, der ihre Scheidung mit all den Verwüstungen war, die sie angerichtet haben, haben sie ein verdammtes Date?

Meine Vision wird zu einem Tunnelblick auf ihre lächelnden Gesichter, die Welt fällt weg. Tu ich so, als hätte ich sie nicht gesehen, oder sage ich Hallo?

„Jenna!", ruft Mom. „Welch Überraschung. Ich wusste ja gar nicht, dass du hier noch Zeit verbringst. Weißt du noch, dass wir früher im Garner's zum Brunch waren, als ihr klein wart? Nun, Happy Endings jetzt, aber sie bieten immer noch Brunch."

Brunch? Sie spricht vom Brunch? Das geschieht gerade nicht.

„Eli?", fragt Mom, als sie uns erreicht. Sie hat ihn seit einer Weile nicht mehr gesehen, seit sie aus der Stadt gezogen ist, als ich aufs College ging. Sie hat unser Haus verkauft und ist in eine Wohnung gezogen. Auch nicht in Clover Park. Das ist zu verrückt, ihnen hier zu begegnen.

Eli streckt ihr seine Hand entgegen. „Ja, Ma'am, schön, Sie wiederzusehen." Er schüttelt auch Dad die Hand.

Mein Mund ist trocken. „Was ist hier los?"

Meine Eltern schauen einander mit verliebten Augen an, bevor sie sich zu mir umdrehen.

„Wir haben wieder eine Verbindung hergestellt", sagt Mom lächelnd.

„Evie ist wegen eines Jobs nach Kalifornien gezogen, und ich habe sie vermisst", sagt Dad. „Ich habe mich mit deiner Mom in Verbindung gesetzt, um darüber zu sprechen. Wir sind jetzt beide leere Nester. Wie auch immer –" er nimmt ihre Hand „– wir hatten ein gutes Gespräch."

„Und wir haben beschlossen, zu vergeben und zu vergessen", sagt Mom.

„Vergeben und vergessen", wiederhole ich ungläubig. *Nach der Hölle, die ihr mir und Evie angetan habt?*

Mom wirft einen Blick auf Eli, bevor sie sich zu mir zurückwendet. „Wir sollten reden. Ich rufe dich an."

Ich halte eine Handfläche hoch. „Ich muss gehen." Ich zerre an Elis Hand, drehe uns zurück in die Richtung, aus der wir gekommen sind, und gehe in zügigem Tempo davon. „Vergiss das Tanzen", sage ich zu ihm. „Ich muss in die Bar."

„Das war seltsam", sagt er.

„Meinst du? Meine Eltern daten. Nicht das, was man nach einer höllischen Scheidung sehen möchte."

Sobald wir im Happy Endings sind, gehe ich geradewegs zur Bar. Der Barkeeper, ein entspannt aussehender Kerl in seinen Dreißigern mit zerzaustem braunem Haar und einem stoppeligen Kiefer, der ein Flanellhemd mit Jeans trägt, schenkt mir ein Lächeln. „Was kann ich euch bringen?"

Ich lasse mich auf einen Barhocker fallen. „Zwei Tequilas und lass sie weiter kommen."

Eli schließt sich mir an. „Geht es dir gut?"

„Ich fasse es nicht. Nachdem sie meine Kindheit zerstört, meine Familie zerrissen, meinen Hund verschenkt haben ..." Meine Stimme erstickt. Kein Wunder, dass ich so verkorkst bin, wenn es um Beziehungen geht.

Eli legt einen Arm um meine Schultern und zieht mich an sich. Ich bin zu wütend, um zu weinen, aber ich lasse ihn mich einen Moment lang festhalten, bevor ich mich von ihm löse.

Meine Getränke kommen, und ich kippe das erste hinunter und greife nach dem zweiten. Eli nimmt es mir aus der Hand.

„Auf dem steht mein Name", sagt er und kippt es runter.

„Hey, Josh, können wir noch zwei Bier bekommen?", fragt ein hübscher dunkelhaariger Kerl mit gebräunter Haut und einem charmanten Lächeln am anderen Ende der Bar. Er sitzt mit einem Kerl mit sandbraunen Haaren und einem T-Shirt zusammen, auf dem Elegant Land Designs steht.

„Kommt sofort, Rico." Josh macht sich an ihre Biere, aber ich glaube wirklich, dass mein Tequila Vorrang hat.

„Wenn Sie mit Ihrer Bestellung fertig sind, können wir bitte noch ein paar Shots bekommen?", frage ich Josh.

„Nur Wasser für mich", sagt Eli. Er dreht sich zu mir um. „Ich muss ja noch fahren."

Josh neigt den Kopf. „Aber klar."

Er gibt ihnen ihr Bier und kehrt zu uns zurück, nimmt unsere leeren Schnapsgläser und stellt sie unter die Bar.

„Daddy!", quietscht ein kleines Mädchen und läuft zur Bar. Sie sieht aus, als wäre sie etwa fünf, hat honigbraune Haare, die über ihre Schultern fallen, und trägt einen pink-weißen Schlafanzug mit Punkten und Turnschuhe.

Joshs Gesicht leuchtet auf. „Mackenzie, mein Mädchen." Er kommt um die Bar, um sie in die Luft zu heben, und sagt über ihre Schulter: „Cooper the Super! Hailey, meine Krieger-prinzessin. Was macht ihr alle hier vor dem Schlafengehen?"

„Sie wollten Daddy vor der Gutenachtgeschichte", sagt die Kriegerprinzessinnen-Mom. Sie ist eine atemberaubende blonde Frau, die einen Jungen auf der Hüfte hält, mit den gleichen honigbraunen Haar wie seine Schwester. Er trägt einen Superman-Schlafanzug mit einem Umhang. Wahr-scheinlich etwa drei Jahre alt. Die Mom kleidet sich nicht wie eine typische Vorstadtmutter. Sie sieht aus, als ob sie gerade in einem marineblauen Etuikleid mit kniehohen schwarzen Lederstiefeln vom Laufsteg gekommen ist.

„Ich, ich", sagt Cooper.

Josh stellt Mackenzie ab, hebt Cooper hoch und lässt ihn in einem schnellen Kreis unter einem Arm fliegen. Der Junge strahlt, während er herumfliegt. Josh stellt ihn ab und lächelt seine Frau an, wobei er leise etwas flüstert.

Hailey lächelt und tritt näher, um leise mit ihm zu sprechen.

Meine Kehle zieht sich zusammen, als ich diese glückliche Familie beobachte. Jetzt hat Josh ein Kind, das an jedem Arm hängt, während er seiner Frau zuhört. *War meine Familie jemals so glücklich?*

Mehr Leute nähern sich der Bar.

Josh schaut zurück zur Bar. „Hailey, ich muss …"

Hailey nickt einmal. „Dann lasse ich dich mal weiterarbeiten. Sagt Daddy gute Nacht."

„Gute Nacht, Daddy!", ruft Cooper.

„Innenstimme, Coop", sagt Hailey.

„Gute Nacht, Daddy", flüstert Cooper und schreit dann: „Bye!" Er rennt hinten durch das Restaurant und läuft durch die Doppeltüren, die zur Küche führen. Seine Mom läuft ihm nach.

Eli flüstert mir ins Ohr: „Dieser Junge erinnert mich an mich."

Ich grinse. „Ich habe genau dasselbe gedacht."

Mackenzie verdreht die Augen und legt eine Hand an ihre Hüfte. „Er läuft immer weg, Daddy. Wir müssen ihm eine Leine wie Rose und Max anlegen."

„Dein Bruder ist kein Hund", sagt Josh mit einem Schmunzeln und zerzaust ihre Haare. „Warte, bis Mommy mit ihm zurückkommt."

Einen Moment später kommt Hailey, die Haare zerzaust, ihr Kleid leicht verrutscht, Cooper sicher auf ihrer Hüfte. „Er ist auf die Küchentheke geklettert, weil er helfen wollte, Salat zu machen."

„Mommy mag Salat", sagt Cooper, als ob es offensichtlich sei, warum er die Theke erklimmen musste.

Josh schüttelt den Kopf. „Coop, du bleibst aus der Restaurantküche, es sei denn, Mommy oder Daddy ist bei dir."

Cooper sieht feierlich aus. „Okay."

„Bye, Daddy", sagt Mackenzie.

„Bye, Munchkin", sagt Josh.

Mackenzie hüpft zu ihrer Mom und nimmt ihre Hand.

Meine Brust schmerzt. Wie toll wäre es, einen herzlichen, liebevollen Ehemann und glückliche Kinder mit einem Lächeln um sich zu haben? Ich habe keine Ahnung, wie dieses Paar das geschafft hat, aber ein Teil von mir ist neidisch darauf, dass sie die Art von Familie haben, die ich mir als Kind immer gewünscht habe. Natürlich starb dieser

Traum vor langer Zeit, als ich die Realität in den Griff bekam. Es ist selten, was sie haben.

Josh geht hinter die Bar und ist damit beschäftigt, Getränke zu servieren. Zum Glück erinnert er sich, dass wir als Nächstes dran waren, und gibt uns sofort unsere Getränke, bevor er die neuen Kunden bedient.

Eli und ich stoßen an. Ich kippe meins runter, und er nippt an seinem Wasser und beobachtet mich über den Rand seines Glases.

„Glückliche Familie", flüstere ich ihm zu.

Er beugt sich vor. „Sieht ganz so aus."

„Deine Familie war glücklich, bevor deine Mutter starb. Ich erinnere mich daran."

Er wird ernst, und ich bereue sofort meine Worte. Ich lege eine Hand an seine Brust. „Das tut mir so leid. Das hätte ich nicht sagen sollen." Ich bin sicher, dass er nicht gerne an den Tod seiner Mutter erinnert wird. Himmel, was ist los mit mir?

„Es ist okay", sagt er, legt seine Hand über meine und hält sie gegen seine Brust. „Meine Eltern standen sich nahe. Wir wussten, dass sie uns liebten. Ich hoffe, eines Tages dasselbe zu haben."

Ich ziehe meine Hand weg, mein Geist summt mit einem Hornissennest von bösen Warnsignalen. Ich bin der Sache mit Eli gerade nicht gewachsen. Das Drama meiner Eltern ist mir zu frisch im Kopf. Ich rufe Josh zu: „Bitte noch einen Tequila!"

Großer Fehler.

Innerhalb von Minuten nach dem Austrinken taucht mein Summen in Verzweiflung, und ich bin erneut von meiner verkorksten Familie am Boden zerstört. Ich sage Eli, dass er mich nach Hause bringen soll.

Dann gestehe ich auf der Heimfahrt all den Müll, den meine Eltern mir und meiner Schwester angetan haben. Ich bin gerade fertig, als wir in meine Einfahrt biegen.

Er ist still.

Er weiß *alles*. Wie schlimm meine Eltern mich vermasselt

haben, wie sie mir meine Schwester weggenommen haben, wie ich meinen geliebten Hund verloren habe.

Ich kann es nicht ertragen. „Ich fühle mich nicht gut. Du solltest gehen."

Das Date ist offiziell ruiniert. Das gilt auch für die junge Beziehung, die wir hatten. Es ist zu spät. Ich kann mein hässliches Geständnis nicht zurücknehmen.

Ich steige aus dem Auto und mache mich blind auf den Weg zur Treppe, die zu meiner Wohnung führt, Tränen verwischen meine Sicht. Elis Arm legt sich plötzlich um meine Seite, und er begleitet mich.

Ich schiebe seinen Arm weg, und er legt ihn zurück und führt mich nach oben. Ich kann die Kraft nicht finden, ihm zu widerstehen.

11

Ich wache voll bekleidet in meinem Bett mit einem Kater aus der Hölle auf. Langsam werde ich mir der Hitze bewusst, bewege meinen Arm und nehme Kontakt mit einem großen männlichen Körper an meiner Seite auf. Eli. Ich schaue unter die Decke. Er trägt nur blaue Boxershorts.

Die letzte Nacht kommt in einer Flut zurück zu mir, meine Eltern, die daten, dass ich zu viel getrunken habe, dass ich Eli alles erzählt habe, all die grässlichen Details, die ich nie einem Typen erzählt habe. Ich bedecke mein Gesicht mit den Händen, mehr als beschämt. Ich kann es nicht fassen, dass er nach all dem die Nacht hier verbracht hat. Wahrscheinlich wollte er warten, bis ich meinen Rausch ausschlafe, bevor er mir sanft die Nachricht überbringt, dass er nicht mehr *so* für mich empfindet. Ich hätte es sowieso nie so weit kommen lassen sollen. Ich weiß nicht, was ich gedacht habe. Ich habe nicht nachgedacht. Das ist das Problem.

Ich lasse meine Hände fallen und halte meine Augen geschlossen. Meine Eltern waren auch so ungezwungen dabei, wieder zusammenzukommen. Es beweist nur, dass man Menschen nicht vertrauen kann. Sie haben den Schaden, den sie angerichtet haben, nie anerkannt. Ich glaube nicht, dass ich dieses Ding mit Eli retten kann, mit all dem Mist in meinem Kopf und der Art, wie er mich jetzt sehen muss. Es ist lächerlich, dass er mich jemals als sein Traummädchen gesehen hat. Das ist so schlimm. Ich mag ihn sehr und hatte mich gerade so hoffnungsvoll gefühlt.

Ich reibe mir die Schläfen. Mein Kopf bringt mich um.

Ich manövriere mich langsam in eine sitzende Position und schiebe die strubbeligen Haare aus meinem Gesicht. Eli rollt auf seinen Rücken, seine nackte Brust über dem Laken, und entblößt die definierten muskulösen Linien seiner Schultern und Brust. Das werde ich vermissen. Ich werde ihn vermissen. Warum musste ich es ruinieren, indem ich ihm all die hässlichen Teile meines Lebens erzählt habe?

Ich schwinge meine Beine zur Seite der Matratze und stehe langsam aus dem Bett auf. Meine Zunge fühlt sich pelzig an. Ich schlurfe ins Badezimmer und mache mich in Zeitlupe fertig, damit ich meinen Kopf nicht zu sehr bewege, einschließlich einer langen Spülung mit Mundwasser, bevor ich mich in die Küche begebe, um Wasser und Medikamente gegen diese Kopfschmerzen zu besorgen. *Warum verstaue ich Medikamente nicht im Badezimmer, sondern im Küchenschrank?* Eine Frage, mit der sich Jenna ohne Kater befassen muss. Wahrscheinlich fehlt es an Platz.

„Hey, wie fühlst du dich?", fragt Eli.

Ich halte inne. Er steht in meiner Küche, voll bekleidet in dem schwarzen T-Shirt und der Jeans von gestern Abend, die Kaffeemaschine läuft hinter ihm. *Wie lange war ich im Badezimmer?*

„Kaffee", flüstere ich. „Gesegnet seist du."

Er marschiert auf mich zu, sein Ausdruck ernst. „Schätze, du bist ziemlich schlimm verkatert."

Ich nicke und bedauere es sofort. Ich nehme ein paar Pillen und lehne mich gegen die Theke, schlucke das Wasser. Und dann nehme ich mir Kaffee und füge einen Würfel aus dem Zuckerglas hinzu, das ich auf der Theke habe. Das wird hart werden, aber ich muss mich der gestrigen Nacht im harten Licht des Tages stellen.

Ich lege meine Hände um den dicken weißen Becher und nehme einen stärkenden Schluck. „Eli, es ist mir überaus peinlich, dass du mich so gesehen hast. Und ich bedauere es so sehr, all den Müll auf dich geladen zu haben."

Seine Stimme ist weich, seine haselnussbraunen Augen voller Sorge. „Du trinkst, wenn du traurig bist. Es muss ein Schock gewesen sein, deine Eltern nach ihrer bitteren Scheidung zusammen zu sehen. Ich habe von Menschen gehört, die sich scheiden lassen und dieselbe Person mehrmals heiraten."

Ich schaue ihn an, überrascht, das zu hören. „Sie heiraten definitiv nicht noch einmal."

„Ich denke, sie sind der Grund, warum du nicht heiraten willst. Du hast gesagt, du hast keine langfristigen Beziehungen gehabt, also weiß ich, dass es nicht wegen eines Ex ist, dass du dich so fühlst."

Meine Unterlippe zittert. Er ist so intuitiv und klug, dass er alle Teile zusammenfügt. Die offensichtliche Schlussfolgerung ist der Elefant im Zimmer – er will eines Tages heiraten, genauso wie seine glücklichen Eltern und seine ältere Schwester und sein Bruder, und er verdient es, mit jemandem zusammen zu sein, der dasselbe will. Das war die ganze Zeit Sydneys Punkt, als sie meinte, dass wir nicht zueinander passten. Es war so dumm von mir, etwas anderes vorzutäuschen, weil das Ende jetzt viel zu sehr schmerzt.

Er stellt seinen Becher auf den Tresen. „Jenna", sagt er sanft.

Ich kann es nicht ertragen, dass er mir die Nachricht in so sanften Tönen beibringen will, also komme ich ihm zuvor. „Das hier war ein Fehler. Ich glaube, wir sollten uns nicht mehr sehen. Wir wollen verschiedene Dinge, und das ist dir gegenüber nicht fair."

„Was für verschiedene Dinge?"

„Du verdienst jemanden, der dir das ganze schöne Bild geben kann. Du weißt schon, das Haus mit einer Frau und Kindern." Meine Stimme bricht. „Jemanden wie Brooke."

„Würdest du aufhören, Brooke zu erwähnen?", blafft er. „Nur, weil Sydney mich mit ihr zusammenbringen will, heißt das nicht, dass ich sie will. Ich habe sie *einmal* auf Sydneys Hochzeit getroffen."

Seine Lautstärke lässt mich zusammenzucken. „Tut mir leid, aber du weißt, was ich meine. Jemanden wie sie, jemanden, der nicht so beschädigt ist." Ich schlucke kräftig. „Es ist vorbei."

„Warum? Gib mir einen guten Grund."

Er klingt wütend. *Sieht er nicht, dass ich nur versuche, ihn vor zukünftigen Verletzungen zu bewahren?*

„Weil ich nicht das bin, was du brauchst", sage ich leise.

Seine Augen blitzen. „Warum kannst du sagen, was ich brauche? Woher willst du das überhaupt wissen?"

Ich stelle meinen Becher ab. „Siehst du nicht, dass dies der einzige Weg ist? Ich möchte dir nicht wehtun."

Er stellt seinen Becher ab. „Zu spät." Er geht aus der Küche, hält an und dreht sich um. „Weißt du, ich verurteile dich nicht, weil du verkorkste Eltern hast, aber ich denke, du bist ein Feigling, weil du sie als Ausrede benutzt, um nicht mit mir zusammen zu sein."

Ich schlucke über den Kloß der Emotionen, der in meinem Hals festsitzt. „Wie kannst du es wagen? Ich habe dir *alles* erzählt, und du nutzt es gegen mich."

Er schüttelt den Kopf. „Nein, es ist genau umgekehrt. Du verwendest diesen Scheiß gegen *mich*. Deswegen glaube ich, dass du ein Feigling bist."

„Ich bin kein Feigling!"

„Bye, Jenna." Er runzelt einen Moment lang die Stirn, bevor er auf dem Absatz kehrtmacht und hinausgeht.

Sofort brummt ein Hornissennest von Gedanken in meinem Gehirn – meine Eltern kommen zusammen, der Verlust meiner Schwester in meinem Leben, Eli verurteilt mich so hart, nachdem ich ihm mein Herz ausgeschüttet habe. Ich lege die Hände an den Kopf und versuche, ihn dazu zu bringen, Ruhe zu geben. Ich brauche eine heiße Dusche. Ich werde mich später mit all dem befassen.

Doch als ich unter der dampfenden Brause stehe, ist es der

Schmerz in Elis Augen, den ich nicht aus dem Kopf bekomme.

Eli

Am nächsten Morgen bin ich immer noch sauer. Jenna hat mich ohne Grund abgesägt, nachdem sie mich gebeten hat, die Nacht bei ihr zu verbringen! Sie war betrunken, als sie das gefragt hat, aber dennoch. Die Dinge waren großartig zwischen uns, bis sie ihre Eltern gesehen hat, und wissen Sie was? Sie haben nichts mit uns zu tun. Der schlimmste Teil ist – der Teil, der mir das Gefühl gibt, als würde ich mit meinem Herzen frei im Wind herumlaufen –, diese ganze Sache zwischen uns ist von Anfang an schiefgelaufen. Nicht nur, weil ich seit meiner Jugend eine Fantasie darüber hatte, mit Jenna zusammen zu sein, sondern weil ich es zugegeben habe. Das hätte ich nie tun sollen. Mein Stolz ist genauso verletzt wie mein Herz.

Mein jüngerer Bruder, Caleb, kommt in die Küche, ohne Hemd und barfuß in Jeans, um seinen üblichen grünen Smoothie zu machen. Wir teilen uns das zweistöckige Kolonialhaus, in dem wir aufgewachsen sind. Dad hat uns allen das Haus hinterlassen, aber Drew und Adam hatten bereits ihre eigenen Häuser, und Sydney wollte aus praktischen Gründen in der Wohnung über dem Horseman Inn wohnen. Jetzt lebt sie mit ihrem Mann Wyatt auf der anderen Seite der Stadt. Caleb hat auch eine Wohnung in der Stadt, also kommt er und geht, wann immer er dort einen Modelgig hat. Er arbeitet auch Teilzeit bei unserem Bruder Drew im Dojo.

„Morgen", sagt er, kurz angebunden wie üblich. Er ist einer jener Menschen, die mit einer dauerhaft sonnigen Veranlagung geboren wurden. Nichts bringt ihn runter. Ist das der Grund, warum Frauen in Scharen zu ihm hingezogen werden? So ist es schon immer gewesen. Sogar in der Grundschule hatte er einen Harem von Mädchen, die ihm hinterherliefen. Sicher, er sieht gut aus mit seinem hellbraunen Haar mit Buzz Cut, seinem sauber rasierten Gesicht und dem sonnigen Lächeln, aber nicht mehr als jeder von uns Robinsons. Ziemlich sicher ist es etwas anderes, das Frauen wie einen Magneten zu ihm zieht. Ich brauche keinen Harem. Ich will nur eine Frau, die genauso auf mich steht wie ich auf sie. Ist das denn zu viel verlangt?

„Morgen!", grummele ich. Mein Pitbull Lucy legt ihren Kopf auf mein Bein und blickt mit Sorge in ihren braunen Augen zu mir auf. Sie ist eine Schönheit mit einem kurzen hellbraunen Mantel und weißem Fell an der Brust, den Vorderpfoten und der Spitze ihrer Schnauze. Ich reibe ihre Seite, und sie lehnt sich schwer an mich und tröstet mich.

„Was ist los?", fragt Caleb. „Du klingst mürrischer als gewöhnlich am Morgen."

„Nichts." Jenna und ich waren noch nicht an die Öffentlichkeit gegangen, also kann ich jetzt nicht herumlaufen und erzählen, dass wir eine Sache hatten, die nun vorbei ist. Ich war so sicher, dass es der Beginn von etwas Realem war. Sie war verärgert, als sie es beendete, als hätte sie Schmerzen. Und ich habe sie einen Feigling genannt

Ich schiebe eine Hand durch mein Haar. Vielleicht muss ich geduldiger sein. Ich musste mich nie mit einem solchen Familiendrama auseinandersetzen wie sie.

Caleb nimmt Grünkohl, Karotten und Lauch aus dem Kühlschrank. „Willst du einen Smoothie?"

Ich kämpfe bei dem Gedanken gegen meinen Würgereflex an. „Nein, danke, mir reicht der Kaffee."

Er wirft es zusammen mit etwas Eis, und der Mixer macht einen Riesenlärm, während ich innerlich koche. Er gießt sich ein großes Glas dunkelgrünen Smoothie ein und nimmt einen langen Schluck, wobei er mich über das Glas ansieht.

Ich bin mit meinem Kaffee fertig und sollte mich auf die Arbeit vorbereiten, aber ich bleibe. Es ist nicht so, dass ich Rat von meinem jüngeren Bruder brauche. Es ist nur, dass dieses Jenna-Ding ein Rätsel ist, das ich lösen muss.

„Ich bitte nicht um Rat", fange ich an und überdenke meine Worte sorgfältig.

Caleb bedeutet mir weiterzureden, wackelt mit den Fingern und lehnt sich zurück gegen den Tresen. „Nur zu."

„Da ist diese Frau. Wir hatten eine gute Zeit zusammen, sind ein paar Mal ausgegangen, und dann hat sie einfach Schluss gemacht." Ich schaue aus dem Fenster über der Spüle auf die hellen Herbstblätter im Hinterhof und erinnere mich an unsere gemeinsame Reise. „Vorher war alles großartig."

„Sie hat sich einfach ohne Grund von dir getrennt? Vielleicht gab es einen anderen Kerl."

„Nein, nichts in der Art. Sie hatte ein Problem mit der Familie."

Sie hat Annahmen über meine Erwartungen gemacht, unsere Zukunft, die Hoffnungslosigkeit von allem. Und dann hab ich mir ins Knie geschossen, weil ich zugegeben habe, wie sehr ich auf sie stehe. *Mein Traummädchen.* Ich verziehe das Gesicht.

„Und?", lockt er mich, mehr zu sagen.

Ich starre auf den Tisch und versuche, eine Perspektive dazu zu bekommen. „Ich glaube, ich war gerade im Kampf gefangen." Ich sehe in seine haselnussbraunen Augen, die so sehr sind wie meine eigenen. Ich habe seitdem nicht mit Jenna gesprochen. Vielleicht geht es ihr so elend wie mir. „Denkst du, sie hat überreagiert und bedauert es, mit mir Schluss gemacht zu haben?" Mein ganzes Gesicht brennt. Gott, ich klinge erbärmlich. Das ist das Problem, wenn man so lange schon hinter jemandem her ist. Ich bin für immer in der Verfolgerposition. Ich möchte, dass sie mich einmal verfolgt, um zu beweisen, dass nicht nur ich in diesem Tiefe-Gefühle-Territorium festsitze.

Er schüttelt den Kopf. „Zweifelhaft, aber wer weiß? Ich habe das gegenteilige Problem. Frauen wollen ständig mit mir zusammenbleiben. Es ist, als ob sie mich umso mehr wollen, je weniger ich mich auf sie einlassen möchte." Er klingt nicht sehr niedergeschlagen deswegen.

„Und du hast die Gefühle nie erwidert?"

„Nö. Ich bin mit meinem Leben so glücklich wie es ist." Er kippt mehr dunkelgrünen Smoothie hinunter. Vielleicht sind es die Phytochemikalien, die Frauen zu ihm ziehen. Aber das kann ich nicht probieren, nicht einmal für Jenna. Eklig.

Jenna sagte, dass sie nie eine ernsthafte Beziehung hatte – ihre Wahl. Dennoch kann ich nicht anders, als derjenige sein zu wollen, der sie dazu bringt, die Dinge anders zu sehen. Es könnte sich lohnen, einander wiederzusehen. Richtig?

Ich starre auf den Tisch. Oder vielleicht hänge ich einfach zu sehr an ihr, um der harten Wahrheit ins Gesicht zu sehen – sie steht nicht so sehr auf mich wie ich auf sie.

„Ist es Jenna?", fragt er.

Mein Kopf zuckt hoch. „Woher weißt du das?"

Er grinst. „Wir haben uns doch früher ein Zimmer geteilt. Ich habe gesehen, wie du jedes Mal, wenn sie vorbeikam, Parfum aufgesprüht hast. Du stehst schon immer auf sie. Und dein ganzes Gesicht hat gestrahlt, als du mir von deinem Parkplatzunfall mit ihr erzählt hast, fast als ob du froh warst, dass es passiert ist. Krank."

Ein glücklicher Unfall.

„Das war ich nicht." Ich konzentriere mich auf meinen Kaffee, sehe ihn nicht wirklich. „Das war ich natürlich nicht."

„Tu einfach, was ich tue. Leb weiter. Schenk ihr überhaupt keine Aufmerksamkeit. Wenn sie interessiert ist, wird sie direkt vor dir sein, wenn du es am wenigsten erwartest."

„Dann lass sie zu mir kommen."

Er hebt sein Glas zu einem Toast darauf. „Ganz genau. Nichts Schlimmeres als eine Verfolgungsjagd mit jemandem, der nicht erwischt werden will."

Er ist ein wenig zu nah an meinem schlimmsten demütigenden Szenario. „Und das weißt du wie?", blaffe ich.

Er grinst. „Ich bin derjenige, der immer gejagt wird."

~

Jenna

Ich bin seit einer ganzen Woche am Tisch für das Herbsterntefest, nachdem ich mit Eli die Sache beendet habe, und ich bin immer noch unglücklich. Ich habe ihn verletzt, und das war das Letzte, was ich tun wollte. *Ich vermisse ihn.*

Ich vermisse sein warmes Lächeln, seine selbstbewusste Haltung, die mir das Gefühl gab, etwas Besonderes zu sein. Ich habe kaum geschlafen. Ich verbringe zu viel Zeit in meinem Kopf und spiele alles mit Eli noch einmal durch. Nun, ich kann es jetzt nicht zurücknehmen. Und es hat sich auch nicht wirklich etwas geändert. Ich versuche, für uns beide praktisch zu sein. Das ist nicht feige. Es ist selbstlos. Wenn ich egoistisch wäre, hätte ich mich so lange wie möglich an ihn gehängt, weil ich mich bei ihm so gut fühle, sogar wissend, dass es in einer Katastrophe enden würde.

Es ist am besten so.

Ich schlucke kräftig und versuche, mich auf meine Umgebung zu konzentrieren. Die Luft ist gefüllt mit dem köstlichen Duft meiner eigenen frisch gebackenen Doppel-Fudge-Kekse, zusammen mit gegrillten Burgern, Hot Dogs und Huhn aus dem nahegelegenen Zelt, das vom Horseman Inn betrieben wird. Es ist der letzte Samstag im September, und an diesem wunderschönen Herbsttag sind viele Besucher gekommen. Die Luft ist frisch, der Himmel ein perfektes Blau mit weißen, flauschigen Wolken, und Herbstblätter sind sowohl über unseren Köpfen als auch auf dem Boden.

Die Kinder laufen mit bemalten Gesichtern durch die raschelnden Blätter und halten an den verschiedenen Zelten und Tischen von lokalen Ladenbesitzern, der Bibliothek und einigen Handwerkern an. Auf dem Rasen neben der Presbyterianischen Kirche gibt es weiteren Spaß für Kinder – Spiele, eine Hüpfburg und eine aufblasbare Rutsche. Es gibt auch einen Spielplatz für Kleinere, der zur Vorschule der Kirche gehört. Ihr Lachen hebt meine Stimmung.

Summerdale hat zwei Kirchen – presbyterianisch und episkopal – an den gegenüberliegenden Enden der Peaceable Lane mit konkurrierenden Vorschulen. Die Leute sagen, dass die Presbyterianische Vorschule streng ist, und die episkopale wird von einem Haufen Möchtegern-Hippies geleitet. Man meldet Kind aufgrund dessen Persönlichkeit an. Sydneys

Familie wählte die Presbyterianische Vorschule, weil ihre Mutter dort in die Kirche ging. Sydney sagte immer, dass es viel weniger Anrufe bei ihrer Mutter wegen Eli und Caleb gegeben hätte, wenn sie über ihren eigenen Schatten gesprungen wäre und sie in der Hippie-Version der Vorschule angemeldet hätte. Ha! Störenfried Eli.

Guter Eli.

Verdammt. Ich vermisse ihn viel zu sehr.

Kunden warten auf dich! Ich serviere ein paar Brownies und Cookies an ein paar junge Familien an meinem Tisch. Ein Haufen älterer Kinder kommt mit Bargeld in den Händen, bereit, meine Leckereien zu verschlingen. Alle sind gut gelaunt. Ich bemühe mich sehr, fröhlich zu sein und den Schmerz zu verdrängen. Es hilft wahrscheinlich nicht, dass meine Eltern mich beide mehrmals in dieser Woche angerufen haben. Ich habe jeden Anruf ignoriert, nicht bereit, mit der Tatsache ihres Datens umzugehen. Ich bin gespannt, was meine Schwester davon hält. Sie war genauso betroffen von dem Tauziehen um das Sorgerecht und den Folgen. Sie war gezwungen, ihre Mom zu besuchen und ist ihr gegenüber immer kühl geblieben. Meine Familie ist so verkorkst.

Eine bekannte tiefe Stimme erklingt hinter mir: „Mädchen, aus dem Baum! Wir wollen doch nicht, dass sich jemand weh tut."

Mein Herz stolpert. Eli steht in seiner knackig blauen Uniform in der Nähe und beobachtet, wie zwei Mädchen gehorsam von einer jungen Eiche herunterklettern. Ich öffne meinen Mund, um ihn zu rufen, aber er wendet sich ab, setzt seinen Spaziergang durch das Festival fort und behält die Dinge im Auge.

Ich atme aus, mein Körper ist plötzlich so schwer, dass ich mich auf einen Metall-Klappstuhl sinken lasse.

Ein Trio von Mädchen kommt an den Tisch, Bargeld fest in ihren Händen. „Können wir ein paar Kekse haben?", singen sie im Chor.

Ich nicke ihnen zu, und sie schauen sich alle Angebote an und plaudern miteinander darüber, was sie nehmen wollen.

Sie sind wahrscheinlich neun Jahre alt und tragen funkelnde Spangen im Haar.

Ich stehe auf und helfe wieder meinen Kunden. Beschäftigt zu sein ist die beste Ablenkung.

Ich verbringe Stunden damit, Kekse, Cupcakes und Brownies zu servieren, während ich das Treiben auf dem Fest beobachte. Ich sehe Eli ein paar Mal, immer mit dem Rücken zu mir. Audrey ist auf der anderen Straßenseite in der Bibliothek, wo sie mehrere lange Tische für einen Buchverkauf aufgestellt hat, hauptsächlich aus Spenden und abgenutzten Bibliotheksbüchern. Sie macht einen ganz schönen Umsatz da drüben. Ein Haufen Kinder springt in einer Hüpfburg und rennt dann zu der aufblasbaren Rutsche. Die Spiele sind bei Familien mit kleinen Kindern beliebt. Es gibt Angeln nach einem magnetischen Fisch in einem Kinderbecken, wirbelnde Sandkunst und ein Lollipop-Spiel, wo man einen Lutscher von einem großen Holzbrett auswählen kann, um einen Preis zu gewinnen, der auf einer Zahl auf dem Stiel basiert. Es scheint, dass jeder das Spiel mit einem Lutscher verlässt.

Ich erinnere mich, wie ich diese Spiele als Kind gespielt habe, die Hand meiner kleinen Schwester hielt und dann später mit Sydney, Audrey und Harper herumlief. Summerdale ist ein toller Ort zum Aufwachsen, ein toller Ort, um Kinder aufzuziehen. Geringe Kriminalität, hohe Lebensqualität. Radwege schlängeln sich durch die Gemeinde, um den See herum und auf jeder Straße. Solange Sie sich nicht auf die geschäftige Route 15 wagen, kann ein Kind so ziemlich überall hinfahren.

Ich winke Sydney auf der anderen Seite zu, die gerade dabei hilft, Essen für The Horseman zu servieren. Sie ist zu beschäftigt, um mich zu bemerken.

Eine Gruppe von sechs Jungen im Teenageralter scharen sich vor meinem Tisch, lachen und stoßen sich gegenseitig in die Rippen. Ich erkenne Chris. Er ist Hilfskellner im The Horseman. Guter Junge.

Ich lächle sie an. „Hallo, Chris und Freunde, was kann ich euch geben?"

Ein rothaariger Junge meldet sich zu Wort. „Du bist der große arbeitende Mann, Chris. Das sollte auf dich gehen."

„Ich habe dir doch gesagt, dass ich für ein Auto spare", erwidert Chris. „Bitte einen Doppel-Fudge-Cookie und eine Flasche Wasser."

Ich gebe es ihm, nehme sein hart verdientes Geld und helfe dann seinen Freunden in einer Flut von Aufträgen. Sie kaufen viele Kekse. Ich werde wieder in meinen Laden gehen müssen, um die Schokoladenchips nachzufüllen, nachdem die fast ausverkauft sind. Ich schaue zu meinem nächsten Kunden auf und erstarre.

Die großen Jungen hatten die Sicht auf meine Eltern blockiert. Sie halten Händchen, anscheinend warten sie in der Schlange, um mich zu sehen.

Ich halte eine Handfläche hoch. „Was auch immer das ist, nein. Ich habe viel zu tun."

„Wir haben versucht, dich anzurufen, aber du rufst nicht zurück", sagt Mom.

Ich versuche, tief durchzuatmen, aber ich schaffe es nicht, mein Herzschlag brüllt in meinen Ohren. „Ich bin nicht an Bord hierbei. Ich will nicht hören, dass ihr beide zusammen seid, und ich will es definitiv nicht sehen."

„Aber, Jenna, wir werden wieder heiraten", sagt Dad.

Ein hohes Klingeln in meinen Ohren übertönt den Rest. Moms Mund bewegt sich, aber ich kann nichts hören. Die Welt schwimmt vor meinen Augen, und dann wird alles schwarz.

Langsam komme ich zu mir, ich liege irgendwo im Schatten. Ich höre Audreys sanfte Stimme.

„Wach auf, Jenna. Komm schon, Süße."

Ich konzentriere mich auf ihre freundlichen blauen Augen. „Was ist passiert?"

„Du hattest einen Schock", sagt Mom von meiner anderen Seite.

„Du bist ohnmächtig geworden", sagt Audrey.

Dad steht an meinen Füßen und starrt mich mit einem besorgten Ausdruck an. Ich bin auf einer Liege im Schatten bei der Ambulanz.

Mike, einer unserer Notärzte, nähert sich, und Mom schließt sich Dad an, um Mike Raum zu geben. Ich konzentriere mich weiterhin auf Mike, der mir eine Reihe medizinischer Fragen stellt. Ich spüre, wie meine Eltern mich anstarren.

Ich setze mich auf. „Mir geht es gut. Danke für eure Sorge. Ich habe einfach vergessen, zu Mittag zu essen." Ich drehe mich zu Audrey um. „Wer passt auf meinen Tisch auf?"

„Ich habe Cecilia gerufen." Das ist meine Assistentin, die im Laden gearbeitet hat. Wenn sie jetzt in meinem Zelt ist, bedeutet das, dass mein Laden geschlossen ist.

„Mir geht es gut. Ich gehe zurück in den Laden und öffne ihn wieder."

„Wir werden dich begleiten", sagt Dad. „Nur um sicher zu sein, dass es dir gut geht."

Euretwegen geht es mir nicht gut!

Ich stehe von der Liege auf und greife Audreys Schulter, um mich zu halten. „Nein, Dad. Das ist keine gute Zeit."

„Wann ist denn eine gute Zeit?", fragt Mom. „Sag es uns einfach, und wir werden da sein."

Wie wäre es mit nie?

„Ich muss mich jetzt wieder an die Arbeit machen."

Audrey legt einen schützenden Arm um meine Taille, gesegnet sei sie, obwohl sie acht Zentimeter kleiner ist als ich. Es ist mehr ein Zeichen der Solidarität als der physischen Unterstützung, während wir den Weg zu meinem Laden hinuntergehen.

„Was ist denn zum Teufel mit deinen Eltern los?", flüstert sie. „Nach Armageddon wieder zusammen? Sie hätten sich und euch fast zerstört."

„Nicht wahr? Das Letzte, woran ich mich erinnere, bevor ich ohnmächtig wurde, ist, dass sie sagten, sie würden wieder heiraten."

„Hör auf!" Sie sieht sie über ihre Schulter an. „Sie kommen uns hinterher. Himmel, ich wäre auch ohnmächtig geworden. Du hast deine Schwester und deinen Hund verloren, und du hättest genauso gut deinen Vater verlieren können, so selten, wie du ihn gesehen hast, weil sie ihren Scheiß nicht auf die Reihe gebracht haben, und nun das? Es ist falsch, falsch, falsch."

„Ich weiß." Das ist alles, was ich mit dem Engegefühl in meinem Hals schaffen kann, aber ich fühle mich bestätigt. Ich reagiere nicht über. Audrey weiß es. Etwas ist hier ernsthaft verkehrt.

Wir kommen wieder in meinen Laden, und ich gehe hinter den Tresen und fühle mich bereits besser. Es ist kühl im Laden, ich bin umgeben von meinen Lieblingsdüften und Küchengeräten, und es gibt einen Tresen als Barriere, wenn ich sie brauche.

Audrey führt mich zum Hocker hinter dem Tresen. „Du solltest sitzen, während du hier bist. Ich bin mir sicher, dass hier keine Menschenmassen durchkommen während des Fests."

„Ich muss nur für den Fall geöffnet haben." Ich setze mich. „Wie auch immer, keine Sorge, ich werde nicht wieder ohnmächtig. Mir geht es gut hier. Es war nur der Schock, und ich habe nicht viel geschlafen, also bin ich nicht mein übliches energisches Selbst."

„Wegen Eli?", fragt sie sanft.

Ich nicke. Ich erzähle ihr, was geschehen ist. Sie war die Einzige, die überhaupt wusste, dass ich mit ihm zusammen war

Sie streichelt meine Haare. „Ich glaube nicht, dass du den Tanzmarathon nachher machen solltest. Wenn das Fest aus ist, solltest du dir ein entspannendes Abendessen zu Hause gönnen. Ich werde etwas Wein mitbringen, und wir können chillen."

„Aud, es ist eine Spendenaktion, und ich weiß, dass du dich auch dafür angemeldet hast. Ich werde einfach ein kurzes Nickerchen machen, nachdem ich geschlossen habe, und ich bin bereit zu gehen. Du wirst mit mir dort sein, genauso wie Sydney und Kayla, und es ist nicht so, als würden meine Eltern teilnehmen. Sie sind zu alt."

Ihre Brauen ziehen sich zusammen. „Sie sind nicht so alt. Vierzig irgendwas, oder?"

Ich stehe auf, nehme einen Lappen und reinige den bereits sauberen Tresen. „Wie auch immer. Sie sind nur hierhergekommen, um mir ihre großen Neuigkeiten zu erzählen. Jetzt, da sie es mir gesagt haben, gibt es nichts mehr zu reden."

„Irgendwann musst du dich ihnen stellen."

Ich schrubbe kräftiger. „Ich will keinen Teil dieser Paarsache, und ich werde sicherlich nicht auf ihre Hochzeit gehen. Es hat wirklich keinen Sinn, auch nur darüber zu sprechen. Was mich betrifft, ist diese ganze Sache nie passiert."

„Es zu leugnen, wird nicht helfen", sagt sie leise.

Ich werfe den Lappen beiseite. „Wir alle tun, was wir tun müssen." Ich lasse in einem Versuch zu lächeln meine Zähne aufblitzen.

Audrey bedeutet mir, mich wieder hinzusetzen. Ich schnaube, aber ich gebe nach. Sie beugt sich vor und küsst meine Stirn. „Ich bin für dich da, egal, was passiert."

Ich blinzele Tränen beiseite und nicke.

„Kommst du allein hier klar? Ich kann –"

In dem Moment taucht Sydney auf. „Deine Eltern sind unzurechnungsfähig! Ich möchte Eiswasser über ihren Kopf schütten und ihren Arsch auf den Weg aus der Stadt treten."

Dieses Mal lächle ich echt. „Ja, Aud, mir wird es gut gehen. Sydney wird die schmutzige Arbeit für mich tun."

Audrey grinst, geht zur Tür hinaus und drückt Sydneys Schulter auf dem Weg nach draußen. Audrey muss sich um den Buchverkauf kümmern, der eine Spendenaktion für die Bibliothek ist.

Sydney schließt sich mir hinter dem Tresen an und stemmt die Hände in die Hüften. „Und dann noch hier aufzutauchen und es dir einfach so vor den Latz zu knallen!"

„Eigentlich habe ich sie schon letztes Wochenende in Clover Park getroffen, wo es aussah, als wären sie auf einem

Date. Seitdem rufen sie mich an. Ich habe ihre Anrufe nicht entgegengenommen, also hätte ich erwarten sollen, dass sie einfach hier auftauchen."

„Ich bin für dich wütend", sagt Sydney. „Du schuldest ihnen nichts. Verschwende nicht einmal einen Moment daran, darüber nachzudenken."

Ich schenke ihr ein wässriges Lächeln. „Ich liebe dich, Lady."

„Ich liebe dich auch." Sie verzieht das Gesicht. „Die haben Nerven. Was denken sie, dass du dich für sie freuen wirst?"

Es ist so gut zu wissen, dass sie mich unterstützt. Audrey auch. „Ich habe keine Ahnung, was sie denken."

Sie zeigt auf mich. „Du schreibst mir, wenn sie wieder beide auftauchen, und ich bin da. Wir sind eine vereinte Front gegen alle Eindringlinge."

Ich lache über ihre lustige Wendung und sie legt einen Arm um mich und umarmt mich von der Seite.

„Du bist die Beste", sage ich ihr.

„Vergiss das nicht. Schwestern fürs Leben."

Ich blinzele Tränen zurück, wieder einmal dankbar für meine besten Freunde.

12

Ich bin froh, dass ich mir trotz der heutigen Ereignisse die Mühe gemacht habe, zum Tanzmarathon zu gehen, denn jetzt habe ich Spaß beim Tanzen mit meinen Freunden. Ich habe mich umgezogen in ein schwingendes, gelbes Blumenkleid in A-Linie und schwarze High Heels. Gott sei Dank sind meine Eltern nicht hier. Aber Eli, ohne Uniform, in einem hellblauen Button-Down-Shirt, offen am Kragen, in Jeans und Slippern. Wir sind nicht dazu gekommen, miteinander zu tanzen. Er hat mich in dem Moment, als ich hereinkam, gesehen und zuckt mit seinem Kinn in meine Richtung. Ich habe mit mir gehadert, ob ich hingehen soll, um Hallo zu sagen, aber ich habe mich für ein Winken entschieden. Jetzt ist er mit seinem jüngeren Bruder, Caleb, am Erfrischungstisch.

Die große rote Scheune ist mit funkelnden Lichtern an der Decke sowie Herbsterntedekorationen geschmückt. Der Eingang und die drei Ecken der Scheune sind mit dekorativ aufgestellten Heuballen, Kürbissen und Maiskolben ausgestattet. Es gibt sogar eine Vogelscheuche mit einem rot karierten Hemd und Jeans-Overall. Die Highschool Jazzband steht in einer anderen Ecke.

Alle jubeln General Joan zu, die in ein Megaphon schreit, während sie über die Tanzfläche im Zentrum patrouilliert und uns in den Twist, den Swim und den Bunny-Hop organisiert. Sie weiß nicht, wie man einen Square Dance leitet und war erfolglos darin, unseren Sportlehrer, Mr. Perez, aus dem Ruhestand zu holen, um die Ehre zu übernehmen.

Schließlich macht General Joan eine Pause, als die Jazz-band einpackt. Sie hatten nur für eine Stunde Lieder, die sie für uns spielen konnten. Ihr Musiklehrer hat ein DJ-Pult aufgebaut und bezieht Posten, um die Musik am Laufen zu halten, und spielt ein Lied, das ich liebe, mit einem schnellen Beat. Ich werfe mich hinein, und Eli und Caleb kommen zu uns. Caleb nähert sich Audrey, die einen sinnlichen Rhythmus hat, und Eli tanzt in meiner Nähe. Sydney und Wyatt sind weg, um mit Kayla und Adam etwas zu trinken.

Ich rücke näher, hebe meine Stimme über die Musik und versuche einen freundlichen Ton. „Schon dienstfrei?"

„Japp. Ich habe die Tagesschicht übernommen; der Chief den Abend. Normalerweise ist es umgekehrt, aber er hatte heute früh die Taufe seiner Enkelin und wollte sie nicht verpassen. Jeden, der hier in der Scheune durchdreht, kann er übernehmen. Er bespricht sich gerade mit dem General. Sie weiß alles, sieht alles."

Vielleicht können wir doch Freunde sein. Er klingt nicht mehr wütend auf mich.

Ich lächle. „Ich kann mir nicht vorstellen, wer außer Kontrolle geraten könnte, solange der General aufpasst."

Wir blicken auf Mrs. Ellis, die auf einem Klappstuhl auf einem erhöhten Podest sitzt und dabei alle im Auge behält, während sie Chief Daniels auf den neuesten Stand bringt. Sie sieht aus wie eine Königin, die ihre Untertanen überwacht.

Eli nimmt meine Hand und dreht mich herum, zieht mich dann an sich, tanzt schnell mit mir in einem schnellen Boxschritt, bevor er mich über einen Arm beugt. Ich quietsche überrascht, mein Arm fällt herunter.

Er zieht mich wieder hoch, sein Blick brennt sich in meinen. Mein Körper sehnt sich nach Kontakt. Der Rest der Welt verschwindet. Wir bewegen uns immer noch, aber jetzt langsamer und kommen näher zusammen.

„Mehr Raum zwischen euch beiden!" General Joan bellt in ihr Megaphon und verengt ihre Augen in unsere Richtung.

Ich zucke zusammen, mein Blick sucht augenblicklich nach Sydney. Sie ist zu beschäftigt, mit Wyatt, Kayla und Adam zu reden und zu lachen, um auf den General zu achten. Ich sollte mich nicht so schuldig fühlen. Das war bloß ein freundschaftlicher Tanz.

Eli bewegt sich hinter mir, tanzt immer noch und versteckt sich wahrscheinlich vor dem General.

Ich drehe mich zu ihm um. „Du bist ein guter Tänzer."

„Und du bestehst nur aus Armen und Beinen", gibt er zurück.

Ich tue so, als sei ich empört, und schnappe nach Luft. „Ich habe nicht erwartet, dass du mich über deinen Arm beugen würdest."

Audrey erscheint an meiner Seite, greift meinen Arm und flüstert mir ins Ohr: „Deine Eltern sind hier. Sie sprechen mit dem DJ."

Ich fluche leise. Jetzt habe ich zwei Möglichkeiten – so tun, als ob alles in Ordnung sei, oder die Weite suchen. Ich möchte nicht mehr über ihre lächerliche Hochzeit reden. Zwei Personen könnten nicht schlechter für eine zweite Hochzeit geeignet sein.

Ich sehe zu ihnen hinüber. Sie wünschen sich wahrscheinlich ein kitschiges Liebeslied. Mein Darm dreht sich, Galle steigt in meinen Hals. Sydney kommt in diese Richtung, was bedeutet, dass ich Distanz zu Eli wahren muss. Mist. *Was soll ich tun, was soll ich tun?*

Elis Augenbrauen ziehen sich über besorgten Augen zusammen. Er spricht an meinem Ohr. „Du siehst aus, als würdest du gerade gern entführt werden."

„Ja!"

Ich übernehme die Führung, überquere die Tanzfläche, Eli dicht hinter mir. Wir schaffen es den ganzen Weg bis zu den offenen Stalltüren, bevor wir von einer strengen Mrs. Ellis aufgehalten werden, die uns den Weg versperrt, die Arme verschränkt. Selbst der General kann mir dieses Mal nicht im Weg stehen.

„Ich hoffe, ihr werdet euch nicht hinter der Scheune verstecken", sagt sie. „Das wäre ein schlechtes Vorbild von zwei so prominenten Mitgliedern der Gemeinde, vor allem für einen Polizisten." Sie verengt die Augen. „Hier sind auch Kinder, wisst ihr."

Ich werde direkt in meine Teenagerjahre zurückgebracht, als würde ich mit einem Jungen herumschleichen. „Bye, Mrs. Ellis. Sagen Sie meinen Eltern nicht, was für ein unartiges Mädchen ich bin. Sie tanzen dort drüben, und ich bin weg hier."

Ihr fällt die Kinnlade herunter. „Deine Eltern? Gemeinsam?"

„Widerlich, nicht wahr?"

Ich warte nicht auf eine Antwort, stürme an ihr vorbei und aus der Scheune, atme tief die kühle Luft ein.

„Jenna!"

Ich wirbele zu Sydney herum, mein Herz schlägt doppelt so schnell.

„Wohin geht ihr?", fragt sie und schaut von mir zu Eli und wieder zurück. „Was ist hier los?"

Meine Worte stolpern nur so heraus. „Meine Eltern sind aufgetaucht. Ich brauche nur Luft."

„Mit Eli?", fragt sie streng. „Wie wäre es –"

Eli unterbricht sie. „Ich werde ein wenig mit ihr herumfahren. Nichts Besseres als eine Fahrt in einem Cabrio, um den Kopf freizubekommen. Du solltest besser wieder reingehen, bevor der General denkt, dass wir hier draußen eine Party schmeißen. Wir dürfen doch den Kindern kein schlechtes Vorbild sein."

Sydney lacht nicht; stattdessen wendet sie sich an mich. „Ich kann mit dir herumfahren."

„Du hast kein Cabrio", sage ich. „Ich muss wirklich gehen, bevor meine Eltern mich sehen." Ich drehe mich um und gehe schnell über den Parkplatz, Eli an meiner Seite. Ich wage nicht, über meine Schulter zu schauen, aber ich kann ihren

Blick auf mir fühlen. Ist doch bloß eine Fahrt. Wir sind nicht einmal mehr zusammen, aber ein Teil von mir hat das Gefühl, dass ich sie verraten habe, weil ich nicht alles zugegeben habe, was vorher passiert ist. Es hat jetzt keinen Sinn!

Ein paar Minuten später sind wir auf dem Weg. Eli öffnet für unsere Fahrt durch eine Nachbarstadt mit sich windenden Straßen das Verdeck, vorbei an Pferdefarmen mit sanften grünen Hügeln und hin und wieder einem Wohnhaus. Ich schüttle meine Haare im Wind aus. Es ist wundervoll. Genau das, was ich gebraucht habe. Langsam löst sich die Spannung in mir.

Ich drehe mich zu ihm um. „Ich habe das Gefühl, wieder atmen zu können."

Seine Lippen heben sich zu einem sexy Lächeln. „Gut. Atmen ist wichtig. Musik?"

„Ja!"

Er schaltet das Radio ein, aus dem ein klassischer Rocksender erschallt. Ich tippe mit den Fingern im Takt zur Musik, nehme die Schönheit der untergehenden Sonne wahr, Streifen von Orange und Pink am Himmel, als ein Lied beginnt, das mich zum Singen bringt, Cheap Trick's „I Want You To Want Me."

Ich bin überrascht, weil Eli es ebenfalls mit echter Begeisterung mitsingt. Die Worte bedeuten plötzlich mehr. Er will, dass ich ihn will, und ich tue es. Ich tue es wirklich.

Nach einer Weile dreht er die Musik leiser. „Es wird dunkel. Wohin wollen wir? Soll ich dich nach Hause fahren oder …"

„Ja, das klingt gut." Ich weiß, dass das das Richtige ist, auch wenn ich nicht möchte, dass unsere gemeinsame Zeit schon zu Ende geht.

Er wird ernst. „Klar, kein Problem."

Er biegt in irgendeine Einfahrt, kehrt auf die Straße zurück und wendet das Auto zurück in Richtung Summerdale. Die lustige Zeit ist vorbei. Den Rest des Weges nach Hause bin ich still. Mein Geist wirbelt, aufgeregt von meinen Eltern und allem, was sie mir angetan haben, nur um am Ende wieder zusammenzukommen Es bringt eine kalte Wut zurück, die ich seit sehr langer Zeit nicht mehr empfunden habe.

Eli biegt in meine Einfahrt, stellt den Motor aus und wendet sich zu mir. „Geht es dir gut?"

„Ja, wird schon. Vielen Dank für die schnelle Flucht. Ich denke, ich werde morgen mein Auto von der Scheune holen."

„Ich könnte dich hinfahren."

„Nein, ich möchte keinen Zusammenstoß mit meinen Eltern riskieren."

„Okay."

Für einen Moment sehen wir einander in die Augen, die Sehnsucht in mir macht es schwierig, wegzuschauen. *Sei stark*. Ich reiße meinen Blick los. „Nun denn, gute Nacht." Ich öffne die Autotür, aber etwas hindert mich daran, auszusteigen. Ich drehe mich zu ihm zurück. „Würdest du gerne –"

„Ja."

Ich lache ein wenig. „Du weißt doch gar nicht, was ich sagen wollte."

„Ich mag, was immer du anbietest."

Ich lächle. „Dann okay."

Ich steige aus dem Auto, und er schließt sich mir an und folgt mir nach oben zu meinem Wohnungseingang. Sobald ich drinnen bin, gehe ich direkt in die Küche. Er folgt mir.

„Wein okay?"

Seine haselnussbraunen Augen sind auf meine gerichtet. „Klar."

Ich öffne einen Cabernet, den ich in einem Schrank mit meinem Alkoholvorrat aufbewahre. Er lehnt sich an die Theke in der Nähe, und ich bin mir dessen sehr bewusst, als ich zwei Weingläser herausnehme und einschenke. *Was mache ich denn hier?*

Ich lege beide Hände auf die Küchenablage, lasse meinen Kopf fallen und seufze. „Heute Abend war hart. Ich bin mir nicht sicher, ob ich gute Gesellschaft bin."

Seine Arme legen sich von hinten um mich, und es fühlt sich so gut an, dass ich ihn lasse. „Ich versteh schon. Du hast mit einer Menge Familienkram zu tun."

Ich bin nicht bereit, darüber zu sprechen, also drehe ich mich einfach in seinen Armen und lehne mich gegen ihn. Ausnahmsweise bin ich mal nicht größer als ein Typ. Ich bin eins fünfundsiebzig, und selbst mit hohen Absätzen wie heute Abend passen wir noch.

Ich hebe meinen Kopf und erinnere mich an das Lied, das wir zusammen gesungen haben. „Ich will dich, aber ich will dich nicht wollen. Wir –"

Er küsst mich und schneidet mir das Wort ab. Mein Widerstand schmilzt über die überraschende Lust von Elis Mund auf meinem. *Das habe ich vermisst.* Seine warme Hand umfasst meinen Kiefer, während er den Kuss vertieft. Ich greife sein Hemd und halte ihn fest. *Ich brauche das.*

Der Kuss wird dringend. Er hebt mich auf den Tresen, und ich lege meine Beine um ihn, meine Hände lösen schnell die Knöpfe an seinem Hemd. Sein Mund wandert zu meinem Hals, und meine Finger fummeln, während er sanft in meinen Hals beißt.

Mein Atem zittert. „Eli."

Er hebt den Kopf, und unsere Blicke begegnen sich für einen geladenen Moment. Ich nehme seinen Kopf und küsse ihn wieder. Es gibt nichts als Hitze und rohe Lust. Es ist himmlisch. Dann hebt er mich hoch und trägt mich dicht an sich gedrückt ins Schlafzimmer.

Sobald wir dort sind, ziehen wir uns aus. Ich nehme ein Kondom vom Nachtschränkchen und reiche es ihm. Keine Worte. Keine falschen Versprechen. Nur das, was wir beide wollen.

Dann krieche ich auf allen Vieren aufs Bett und warte auf ihn.

Er stellt sich hinter mich. „Verdammt, das ist ein sexy Anblick." Er dringt in einem langsamen Rutsch in mich ein und drückt tief. Ich stöhne leise. Elis mächtige Hände greifen meine Hüften, und dann pumpt er immer schneller und schneller und stößt in mich. Ich bin in Flammen, keuche, mein Inneres zieht sich zusammen.

Er schiebt eine Hand um mich, um die Lustzentrale zu

streicheln. Es gibt nichts als Empfindung, die überwältigende Kraft und Hitze von ihm, unendliches Vergnügen. *Nah, so nah.* Er scheint es zu wissen, hält mich jedes Mal zurück, wenn ich näherkomme, seine Berührung wird vorsichtiger, und er schiebt mich dann direkt zurück zum Rand.

Seine Stimme ist hart an meinem Ohr. „Frag mich nett."

„Bitte, bitte, bitte", singe ich gedankenlos.

Er nimmt mich ganz. Ich breche, mein Körper zittert vor Freude, ist darin verloren. Ich würde zusammenbrechen, wenn er mich nicht so fest halten würde. Meine Gliedmaßen fühlen sich schwach an, alles an mir ist überhitzt und zittrig.

„Mehr", fordert er.

Er streichelt sanft und nimmt mich langsam und tief mit auf einen unendlich erotischen Ritt. Ich wimmere unzusammenhängend, zitternd von allem, was er mich fühlen lässt. Der Druck baut sich auf, weiß-heiße Empfindungen überfluten mich. Meine Erlösung trifft mich hart, und ich schreie bei der Explosion der Lust. Er reitet es mit mir aus, zieht Lustwellen in die Länge, bevor er loslässt, und hält mich fest an sich.

Mein Kopf fällt auf das Kissen, meine Wange trifft auf die kühle Seide.

Er schiebt mir die Haare aus dem Gesicht. „Geht es dir gut?"

„Gut", schaffe ich hervorzubringen.

Er zieht ihn heraus, und ich sinke auf die Matratze. Ich höre, wie er davontrapst und in das en-suite-Bad geht. Ich bin schlaff und seltsam glücklich. Wie kann ich bei all den Turbulenzen, die ich habe, glücklich sein?

Oh Mann, was mache ich? Wir haben doch Schluss gemacht. Ich sollte nicht wieder mit ihm schlafen. Das ist die falsche Botschaft.

Ich bin fast eingeschlafen, als sich die Decken heben und Eli zu mir ins Bett kommt. Seine Haut ist nackt und warm, und er drückt sich an mich. Er schaltet das Licht auf dem Nachttisch aus.

Wach auf!

Ich drehe mich auf den Rücken und schalte das Licht auf dem Nachttisch wieder ein. Dann starre ich an die Decke, unfähig, direkten Blickkontakt herzustellen. „Ich hätte dir das nicht antun sollen. Ich habe dich verführt, und das war falsch."

Er bedeckt meinen Körper und stützt sein Gewicht auf die Unterarme. „Ich meine mich daran zu erinnern, dass ich dir das angetan habe." Sein Finger zieht über mein Schlüsselbein und sendet ein Kribbeln überall hin, wo er mich berührt. „Ich habe dich unter mir erschaudern lassen und sexy, kehlige Schreie der Leidenschaft ausstoßen. Ich erinnere mich auch an ein Betteln."

Ich schiebe seine Schulter, mein Blick fixiert auf sein Kinn. „Bitte mach das nicht kompliziert. Wir haben doch Schluss gemacht. Das ist das letzte Mal gewesen, okay?"

Ich riskiere einen Blick auf ihn. Seine warmen, haselnuss-braunen Augen, der quadratische, sauber rasierte Kiefer, sein dicker, sehniger Hals. Ein frischer Ansturm von Verlangen überrascht mich. Ich bin normalerweise mit dem lustvollen Teil danach fertig.

Er schenkt mir ein langsames, sexy Lächeln, als ob er weiß, was ich denke. Er senkt seinen Kopf und knabbert an meinem Hals. Meine Hand geht zu seiner Brust, um ihn wegzustoßen, aber ich kann die Willenskraft nicht finden. Intensive Begierde rast durch mich. Meine Beine öffnen sich unter ihm, ein köstlicher Schmerz tief drinnen zieht mich zurück, was mich gierig nach mehr macht. Seine Hand gleitet an meiner Seite hinunter, über meine Hüfte und bis zur Innenseite meines Oberschenkels. Funken feuern über meine Haut überall, wo er mich berührt.

Er küsst mich zärtlich und hebt dann seinen Kopf, um in meine Augen zu schauen. Ich möchte plötzlich das Licht ausschalten. Es ist zu intim, die Art, wie er schaut, die Zärt-lichkeit. Ich taste blind nach dem Licht, kann aber keinen Kontakt herstellen.

Ich drücke verzweifelt gegen seine Schultern. „Das hier ist falsch. Wir hätten das nicht tun sollen."

Er packt meine Handgelenke und drückt sie auf die Matratze. „Sei ein wenig böse."

Mein Atem wird heftiger. Ich gebe es nur ungern zu, aber ich bin begeistert von seinem Griff. „Wir haben doch Schluss gemacht. Wir sollten aufhören, so zu tun, als wäre nichts passiert."

Er senkt langsam seinen Kopf und bricht nicht den Augenkontakt. Seine Worte laufen heiß über meine Lippen. „Noch nicht."

Sein Kuss ist sanft, sein Griff an meinen Handgelenken fest, und ich ergebe mich der Glückseligkeit.

13

Jenna

Am nächsten Tag fahre ich über die Straße zur Summerdale Bibliothek, sobald ich um vier Uhr den Laden schließe. Audrey arbeitet am Sonntag bis fünf, und ich muss dringend gestehen, sonst platze ich. Eli musste heute früh zur Arbeit, und ich bin kurz danach in einem völligen Nebel ebenfalls zur Arbeit gegangen. Ich kann nicht aufhören, über meine Nacht mit Eli nachzudenken, und ich muss aufhören, weil es nie wieder passieren darf. Ich brauche ein mitfühlendes Ohr, das mich nicht dafür verurteilen wird, dass Lust und Sehnsucht mich überwältigt haben.

Die Bibliothek ist ein modernes, eckiges Gebäude mit grauen Schindeln. Also der Höhepunkt der Moderne von 1969. In jüngerer Zeit wurden Oberlichter, ein großer Loft-Raum und ein brandneuer Raum für Kinder an der Seite hinzugefügt, was die Fläche fast verdoppelt hat. Die automatische Glastür öffnet sich, als ich näherkomme, und ich betrete den hell erleuchteten Raum. Der schwache Geruch nach Büchern hängt in der Luft.

Audrey ist hinter der Rezeption und hilft, zusammen mit einem ihrer Teilzeitmitarbeiter, Bücher zu verbuchen.

Ich winke Audrey zu, und sie lächelt und winkt zurück. Ihr Lächeln lässt nach, als Drew aus dem Loft im oberen Stock erscheint und mit einem dicken Buch zur Rezeption geht. Er ist normalerweise die Definition von Badass, ein schwarzer Gürtel, der sein eigenes Dojo betreibt und ehemaliger Army Ranger, aber da ist etwas in seinem Ausdruck, das verletzlich aussieht. Hmm … Ich habe ihn noch nie in der Bibliothek gesehen.

Er wartet in Audreys Schlange, um sein Buch auszuleihen. Audrey schaut um den älteren Mann, den sie gerade bedient, auf Drew. „Du kannst zu Suzanne hinübergehen", sagt sie und deutet in die Richtung.

„Mir geht's gut hier", sagt er.

Ich gehe an den Rand des Tresens und bleibe weit genug weg, damit es nicht offensichtlich ist, dass ich lausche.

Audreys Wangen sind rosa, als sie einen großen Stapel Krimis verbucht. Schließlich ist Drew dran, und er schiebt wortlos sein dickes Buch hinüber. Es ist eine Biographie über Eisenhower, wahrscheinlich sechshundert Seiten. Schwere Kost.

Sie starrt kurz auf das Buch, bevor sie den Kopf hebt. „Hast du einen Bibliotheksausweis?"

„Hatte ich. Ich kann ihn nicht finden."

Audrey nickt. „Suzanne wird ihn für dich einrichten. Ich muss –"

„Warte!" Er lehnt sich über die Theke und spricht mit leiser Stimme. Verdammt. Ich kann nicht verstehen, was er sagt.

Ihre Lippen teilen sich.

Er richtet sich auf und sieht sie erwartungsvoll an.

Sie schiebt sich ihr langes schwarzes Haar hinter die Ohren. „Sicher. Okay."

„Also …"

Sie lächelt verkrampft. „Ich seh dich dann, okay?"

Sein Gesicht fällt. „Ja, okay." Er begegnet meinem Blick, bevor er sich schnell abwendet und zur Tür geht.

„Du hast dein Buch vergessen!", ruft Audrey ihm hinterher.

Er hebt eine Hand. „Ein anderes Mal."

Er war nicht wegen des Buches hier.

Sie bedeutet mir, ihr ins Büro zu folgen. Wir gehen die vier Treppen zum Loft hinauf, wo sich hinten ihr Büro befindet. Sie schließt die Tür hinter uns und zieht sofort ihre graue Strickjacke aus. Jetzt trägt sie eine cremefarbene Bluse, die bis oben zugeknöpft ist. Sie sieht bei der Arbeit immer so professionell aus, auch wenn sie hier nur den üblichen alten Stadtbewohnern begegnet. Es ist nicht so, als arbeitete sie in einem Unternehmen.

Sie sitzt in einem kastanienbraunen gepolsterten Bürostuhl an ihrem Schreibtisch, und ich nehme den schwarzen gepolsterten kleineren Stuhl ihr gegenüber. „Was ist los?", fragt sie. „Dein Text war so kryptisch."

„Geht es dir gut?"

„Ja, mir geht es gut. Was läuft denn da bei euch?"

Ich überkreuze meine Beine und nehme sie dann wieder auseinander. Dann überprüfe ich meine Nagelhaut. Ich bin hergekommen, um zu gestehen, und plötzlich möchte ich gar nichts mehr erzählen. Es ist einfach so ... falsch, was ich getan habe. Vielleicht, wenn ich so tue als wäre es nie passiert, wird es niemand jemals wissen müssen, und die Dinge werden sich wieder normalisieren. Relativ normal. Diese ganze Erfahrung mit Eli war von Anfang bis Ende surreal. Und noch mal von vorn: Sind wir noch zusammen?

Ich hätte es nie so weit kommen lassen, wenn ich nicht tief im Inneren gewusst hätte, dass er ein guter Kerl aus einer guten Familie ist. Es gibt ein grundlegendes Maß an Vertrauen. Bedeutet das, dass ich einen Fehler gemacht habe, es zu beenden? Oder dass ich einen Fehler gemacht habe, wieder mit ihm zu schlafen? Was soll ich tun? Ich war noch nie in einer so komischen Situation. Ich bin so verwirrt, dass ich nicht einmal weiß, wo ich anfangen soll, also konzentriere ich mich stattdessen auf Audreys ungewöhnlichen Besucher.

„Was war das mit Drew?"

Sie zwirbelt eine Haarsträhne. „Er wollte nur ein Buch ausleihen." Lüge. Das ist bei ihr immer verräterisch; ihre Haare zu drehen tröstet sie ein wenig trotz ihrer kleinen Lüge.

„Was hat er gesagt, als er sich über die Theke gelehnt hat?"

Sie stößt einen Atem aus. „Er hat nur gefragt, ob wir wieder Freunde sein können und vielleicht irgendwann mal abhängen könnten."

„Oh mein Gott, Aud, das ist riesig! Ich glaube, du hast noch nie mit ihm rumgehangen. Man weiß ja nie —"

„Ich weiß", sagt sie flach. „Ich habe nur, um höflich zu sein, zugestimmt. Schau, ich habe lange und hart darüber nachgedacht, und Tatsache ist, dass er mich immer als das Mittelschulmädchen sehen wird, das ich war und das für ihn geschwärmt hat und ihm während seiner Einsätze geschrieben hat. Ich bin sicher, dass ich in diesen E-Mails schwärmend und enthusiastisch geklungen hab, aber meine Gefühle waren real, sogar mit dreizehn."

„Ich weiß, dass sie das waren." Wir haben endlose Stunden damit verbracht, über sie zu reden.

Sie presst ihre Lippen zu einer flachen Linie zusammen. „Er wird mich nie ernst nehmen."

„Ich glaube, er vermisst deine Anbetung. Er hat sogar vorgegeben, ein Buch über Eisenhower lesen zu wollen. Igitt!" Ich strecke meine Zunge vor Ekel aus.

Sie lacht humorlos. „Ja. Selbst wenn er das Buch mit nach Hause genommen hätte, bezweifle ich, dass er es über Kapitel eins hinaus geschafft hätte. Er ist kein großer Leser. Ich bin mir nicht sicher, warum ich jemals gedacht habe, dass wir kompatibel sein würden. Du kennst mich. Bücher sind mein Leben."

„Okay, vielleicht wird er also nie ein Leser sein. Warum ist er dann heute hier aufgetaucht? Oder kommt er öfter zu Besuch, und du hast es mir nie erzählt?" Ich setze mein vorgetäuscht wütendes Gesicht auf.

„Nein, das war das erste Mal, dass er hier war." Sie seufzt. „Vielleicht hast du recht. Er hat meine Anbetung vermisst. Er weiß, dass ich weitergezogen bin, und vielleicht ärgert es ihn, dass ich nicht mehr das großäugige Schulmädchen mit der verrückten Schwärmerei für ihn bin. Er hat seinen kleinen Fanclub verloren."

„Bist du weitergezogen?", frage ich vorsichtig.

Sie hebt ihr Kinn. „Ich habe mich bei eLoveMatch angemeldet, oder?"

„Ja, aber du hast kein Date mehr akzeptiert und dein Profil gelöscht."

Sie fährt mit einer Hand durch die Luft. „Eine vorübergehende Pause. Ich bin immer noch hoffnungsvoll, bald eine ernsthafte Beziehung zu haben. Das will ich, Jenna. Ich bin neunundzwanzig, und ich bin mehr als bereit für Ehe und Kinder. Ich wollte schon immer eine Mom sein."

Meine Brust schmerzt mitfühlend, und ich reiche über den Schreibtisch, um ihr die Hand zu drücken. Ich verstehe allmählich diese Sehnsucht nach Kindern, es ist viszeral. Biologie bei der Arbeit. Das Traurige ist, dass sie es seit über einem Jahr nicht über ein erstes Date hinaus mit einem Mann geschafft hat. Es sieht nicht gut aus für ihren Traum.

Ich lasse ihre Hand los, atme tief ein und flüstere: „Ich muss dir etwas sagen, und du darfst es Syd nicht sagen. Ich habe gestern wieder mit Eli geschlafen. Ich hab ihm gesagt, es war das letzte Mal. Ich weiß nicht, was in mich gefahren ist."

Ihre Augen glühen. „Der Sex muss großartig sein, wenn er dich in Versuchung geführt hat, nachdem du mit ihm Schluss gemacht hast."

„Jetzt weiß ich nicht, ob ich einen Fehler gemacht habe, Schluss zu machen oder mit ihm erneut zu schlafen."

„Er ist ein guter Kerl, und du bist fantastisch. Ich verstehe immer noch nicht, warum du es überhaupt beendet hast."

„Ich habe es dir doch gesagt, weil wir verschiedene Dinge wollen. Das ist genau der Grund, warum Sydney nicht wollte, dass ich etwas mit ihm anfange. Du weißt, wie sie bei ihm und Caleb ist. Sie hat geholfen, sie großzuziehen."

„Und was denkt Eli über all das?"

Ich zappele und spiele mit einigen Büroklammern auf ihrem Schreibtisch. „Ich weiß nicht. Er ist heute Morgen zur Arbeit gegangen, bevor ich völlig wach war. Er hat nur gesagt, er müsse zur Arbeit gehen, und hat mir einen Abschiedskuss gegeben."

„Was hast du gesagt?"

„Ich war kaum wach. Ich hab nur mmm-hmm gemacht."

Jenna wirft mir einen vielsagenden Blick zu. „Warum bist du dann hier und sprichst mit mir? Geh und sprich mit ihm."

„Weil ich nicht weiß, was ich tun soll. Vielleicht sollte ich nichts tun. Belasse es einfach dabei, dass wir uns getrennt haben und dieses eine letzte Mal zusammen hatten. Das habe ich ihm sogar gesagt. Ich habe ihm gesagt, das ist das letzte Mal." *Direkt, bevor wir es noch einmal gemacht haben.*

„Vielleicht könntet ihr einfach noch einmal daten. Ihr wart ja wirklich erst am Anfang von … na ja, in den frühen Stadien von …"

Meine Nerven reißen bald. „Was? Einer Beziehung?"

„Ja, und ich weiß, dass dir dieses Wort nicht gefällt –" sie hält eine Handfläche hoch „– aber am Anfang sind die Dinge zerbrechlich. Und das bedeutet nicht, dass es eine schwere verpflichtende Sache sein muss, ihn wiederzusehen. Es kann leicht und lässig sein."

Ich schüttle den Kopf. „Er ist kein leichter und lässiger Typ."

„Okay", sagt sie langsam.

„Er hat mich zu unserem ersten Date entführt."

„Stimmt."

„Er hat mir erzählt, dass er seit seiner Jugend in mich verknallt war. Er sagte, ich war schon immer sein Traummädchen." Ich werfe meine Hände hoch und schmeiße dabei ihren Büroklammerhalter auf den Boden. Büroklammern fliegen zusammen mit dem Plastikwürfel durch die Gegend. Ich wende mich in völliger Verzweiflung an sie. „Wie soll ich dem denn gerecht werden?"

Sie starrt mich an, ihr Mund öffnet sich und schließt sich wieder. Ihre Brauen ziehen sich einen Moment lang zusammen. Ist es so schwer zu verstehen? Oder vielleicht denkt sie daran, dass Drew *ihr* Traummann war. Vielleicht hat er das Gefühl, dass er dem auch nie gerecht werden könnte.

Wir stehen zur gleichen Zeit auf, um das Chaos aufzuräumen.

„Ich mach das schon, Aud."

Sie schaut auf mich herab, während ich aufräume. „Ich gebe zu, Traummädchen klingt nach viel, um dem gerecht zu werden, aber warum lässt du ihn dich nicht gut genug kennenlernen, um zu sehen, ob du dem Hype gerecht wirst? Und ich bin mir sicher, das wirst du."

Ich hebe weiterhin Büroklammern auf. „Siehst du nicht, dass das in beiden Fällen nur ein Chaos aus verletzten Gefühlen wird?" Ich stehe auf und stelle den Büroklammer-halter auf ihren Schreibtisch. „Wenn ich dem Hype anfänglich gerecht werde, wird es nicht andauern, weil ich ihm nicht die hübsche heimelige Szene geben kann, die er will. Und wenn ich das nicht tue, ist er enttäuscht und auch verletzt."

Sie nimmt wieder Platz. „Er sagte, er wolle eine hübsche heimelige Szene?"

Ich setze mich auch wieder hin. „Syd hat es erwähnt, und ich kann zwischen den Zeilen bei ihm lesen."

„Deine Eltern sind nicht du", sagt sie leise. „Du bist perfekt in der Lage, dich mit jemandem niederzulassen, den du liebst."

Meine Brauen schießen in die Höhe. „Es war schrecklich. Ich werde so etwas nie wieder durchmachen, und ich werde das nie irgendwelche Kinder durchmachen lassen." Ich straffe meine Schultern und richte meine Wirbelsäule auf. „Ich bin mit meinem Leben so perfekt glücklich wie es ist."

„Hast du gesehen, wie glücklich Sydney jetzt ist, seit sie verheiratet ist? Sie schwebt praktisch durch ihren Tag."

„Sydney wollte immer heiraten. Ihre Eltern waren glücklich miteinander. Sie hat immer gesagt, dass sie von Anfang an untrennbar waren. Ihr Vater hat ihr bei ihrem *ersten Date* einen Antrag gemacht. Das ist ganz anders als das, woher ich komme."

„Aber das *ist* auch, woher Eli kommt. Er könnte der Typ sein, der bleibt, wenn du ihm eine Chance geben würdest, und dann müsste Sydney mit euch einverstanden sein. Alles

würde perfekt funktionieren. Du und Eli könntet zusammenbleiben und glücklich sein. Ich glaube nicht, dass wir so viel
über ihn reden würden, wenn du nichts für ihn empfinden
würdest."

Sie verfehlt vollkommen den Punkt!

Ich stehe abrupt auf. „Du verstehst das nicht. Vergiss, dass
ich was gesagt habe."

Sie steht auch auf. „Komm schon, geh nicht. Ich will nicht,
dass du angepisst bist. Ich möchte doch, dass du glücklich
bist."

„Bin ich!"

Ich verkrampfe meinen Kiefer und gehe zur Tür hinaus.
Audrey projiziert ihre eigene Sehnsucht nach einer ernsthaften Beziehung auf mich. Sieht sie das nicht? Ich habe
wieder das Falsche getan, und ich muss einen Weg finden,
daran vorbeizukommen, bevor Sydney herausfindet, wie sehr
ich es vermasselt habe.

Ich rufe Eli nicht an, weil das nur bedeuten würde, dass
ich mehr will. Ich habe es beendet; ich hätte nie wieder mit
ihm zusammen sein sollen. Das war das letzte Mal. Ich weiß,
wann ich aufhören muss.

~

Eli

Ich jage Jenna nicht nach. Am Morgen nach unserer Nacht
bin ich zu meiner Frühschicht bei der Arbeit gegangen und
hab ihr noch einen Abschiedskuss gegeben. Keine süßen
Worte. Keine Versprechungen. Sie muss mir auf halber
Strecke entgegenkommen.

Doch das tut sie nicht.

Es ist jetzt schon vier Tage her. Nach meinem üblichen
morgendlichen Training in meinem Fitnessstudio zu Hause,
dusche ich und lasse mich auf dem Sofa im Wohnzimmer
fallen. Ich weiß nicht, warum mich das so beschäftigt. Wir
hatten Spaß. Ich sollte einfach glücklich sein mit dem, was
wir hatten – vorübergehendes Vergnügen zwischen zwei

Leuten, die sich getrennt haben. Welchem Kerl würde das leichte Vergnügen nicht gefallen?

Mir. Mir gefällt das nicht.

Ich springe vom Sofa. Ich habe zu viel ruhelose Energie, und ich muss erst heute Abend arbeiten. Ich muss joggen gehen und darf nicht an Jenna denken.

Ich schnüre meine Sportschuhe. Mein Zeitplan ändert sich nach dem Zeitplan des Chiefs. Wenn ich Chef bin, werde ich jemanden einstellen, der sich nach *meinem* Zeitplan richtet.

Ich gehe lange mit Lucy laufen, dusche und lass mich wieder auf mein Sofa fallen. Caleb ist draußen und trifft sich mit einigen Freunden in der Stadt. Das Haus fühlt sich unheimlich still an. Lucy liegt mir zu Füßen, völlig fertig von unserem Lauf. Ich stoße einen Atemzug aus. Ich weiß nicht, wie ich immer noch diese Energie habe.

Es ist nicht ganz Mittag, aber was zum Teufel. Ich sehe Lucy an. „Es gibt nichts, was dagegenspricht, dass ich bei Summerdale Sweets auf einen Snack vorbeischaue, genau wie jeder andere Bürger auch, nicht wahr?"

Lucy hebt den Kopf und antwortet mit ihren kehlig unverständlichen Lauten.

Gut genug. Ich bringe sie für eine Pipi-Pause nach draußen, hole ihr Gummi-Kauspielzeug in Form einer acht und lege es ihr zu Füßen. Wenn ich zu lange weg bin, kaut sie, also lasse ich ihr immer etwas Akzeptables zum Kauen da. Jetzt, da sie dreizehn Monate alt ist, ist sie viel besser. Ihr Zahnen als Welpe war ein Alptraum für meine Schuhe, Fernbedienungen und, einmal, ein Wurfkissen.

Ich fahre die kurze Strecke zur Konditorei. Ich sehe drinnen keine Kunden. Ich steige aus dem Mustang und verkneife es mir, meine Finger durch die Haare zu schieben. Es ist nicht mein Haar, das das Problem ist. Ich bin mir nicht ganz sicher, was es ist – zu viel Geschichte auf meiner Seite, zu viel Gepäck auf ihrer Seite – alles, was ich weiß, ist, dass etwas Besonderes zwischen uns ist. Ich bin erfahren genug, um das immerhin zu wissen.

Ich lehne mich zum Seitenspiegel auf der Fahrerseite

hinunter und überprüfe mein Aussehen. Ich jage ihr *nicht* nach. Das ist nur ein freundlicher Besuch. Schließlich müssen wir uns irgendwann mal begegnen. Wir leben in derselben Kleinstadt und kennen viele der gleichen Leute. Auch wenn ich es geschafft habe, ihr ein Jahr lang auszuweichen.

Ich gehe zur Tür und öffne sie. Die Glocke bimmelt und kündigt meine Ankunft an. Ich stoppe direkt in der Tür, kurzzeitig erstarrt, als sich unsere Blicke begegnen. Sie ist so schön. Groß und schlank, ihre blonden Haare berühren nur ihre Schultern. Ihre Schürze ist eng gebunden und betont ihre schmale Taille. Blut strömt durch meine Adern.

„Eli", sagt sie leise.

„Hallo, ich war gerade unterwegs, und dein Laden lag auf meiner Route." Sie sollte wissen, dass ich ihr nicht hinterherlaufe. Ich habe mir legitim einen ziemlichen Appetit angearbeitet.

„Du brauchst keine Ausrede, um dir etwas zu gönnen", sagt sie strahlend. „Was kann ich dir bringen?"

Richtig. Ich trete näher und täusche Interesse an der Glasvitrine mit Leckereien vor. „Was empfiehlst du?"

„Die Erdnussbutterkekse könnten dir schmecken. Die sind nicht so supersüß."

Ihr Ton ist stumpf, ihr Ausdruck neutral. *Will sie überspielen, dass sie etwas für mich empfindet, oder will sie nur, dass ich weggehe?*

Ein Klingeln ertönt, und sie dreht sich um, um zur Hintertür ihres Geschäfts zu gehen. Ein Lieferant in brauner Uniform tritt mit zwei großen Schachteln ein. Er ist in seinen Zwanzigern, dunkle Haut, voller Muskeln. Sein langsames Lächeln, das auf Jenna gerichtet ist, sagt mir, dass er auf sie steht. Seine heisere Stimme bestätigt das. „Hey, Jenna, hab deine Lieferung."

„Du weißt, wohin, Trey", antwortet sie mit einer flirtenden Stimme voller Anspielungen.

Eifersucht durchdringt mich, und ich werde nie eifersüchtig. Ich wende mich verlegen davon ab. Ich habe keinen Anspruch auf sie. Nicht mehr.

Er lacht leise und geht in einen Raum im hinteren Teil des Ladens.

Sie folgt ihm, stellt sich in die Tür und flirtet noch etwas mehr. Ich kann nicht verstehen, was sie sagen, aber ihre Hand liegt auf ihrer Hüfte.

Trey streicht an ihr vorbei durch die Tür, seine dunklen Augen brennen auf sie hinab. „Bis zum nächsten Mal." Er muss meinen Blick spüren, weil er mir in die Augen sieht, als er zu ihr sagt: „Es sieht so aus, als hättest du einen hungrigen Kunden. Vielleicht solltest du nachsehen, was er will."

Jenna tut das lässig ab. „Nur ein Freund."

Trey grinst mich an und geht.

Mein Kiefer verkrampft sich. *Nur ein Freund? Ich glaube nicht!* „Warst du bei ihm?"

Sie geht zurück zum Tresen. „Geht dich nichts an. Also, hast du dich entschieden, was du willst?"

Ich will dich.

„Er will dich", sage ich.

Sie deutet zur Hintertür, durch die er gerade weggegangen ist. „Trey ist ein netter Typ. Und auch klug. Er geht zur Nachtschule, besucht für seinen MBA die Abendschule. Er ist eigentlich bei seiner Arbeit im Bereich Management, aber bei ihnen müssen Manager jede Position einmal besetzt haben, damit sie das Geschäft verstehen."

„Ich bin auch klug."

Sie hebt ihre Handflächen. „Okay, Eli, das ist kein Wettbewerb."

„Ich werde Polizeichef sein, wenn Chief Daniels in den Ruhestand geht."

„Freut mich, das zu hören. Wirklich."

Die Eifersucht verwandelt sich in irrationalen Zorn. „Ich will nicht, dass du Sex mit ihm hast."

Sie verdreht die Augen. „Wir haben es bereits getan, und es ist vorbei. Er ist cool damit."

Ich stoße eine Hand in die Luft. „Warum flirtet er dann so mit dir, als wolle er dich wieder?"

Sie zuckt mit den Schultern. „Wahrscheinlich, weil er es

tut, aber er respektiert, was ich ihm gesagt habe. Warum bist du wirklich hier? Ich hoffe, du hattest keinen falschen Eindruck, nachdem –"

„Wo hast du mit ihm geschlafen? Hier im Laden?" Ich muss es wissen. Dieser Kerl kommt regelmäßig mit Lieferungen und seinen Anspielungen und seinem brennend guten Aussehen. Nicht cool.

Sie verschränkt die Arme. „Ich werde nicht diese Unterhaltung mit dir führen."

Ich gehe hinter den Tresen und schaue mich im hinteren Teil des Ladens um.

„Entschuldigung?", sagt sie, und ihre Stimme wird schrill. „Was machst du denn da?"

Ich sehe in den Raum, in dem er gerade die Kisten abgestellt hat. Es ist ein großer Lagerraum mit industriellen Regalen, die zwei Wände säumen. „Es war hier drin, richtig?"

Sie steht in der Tür und starrt mich an. „Ja. Glücklich jetzt?"

„Und du bist einer Wiederholung nie nahegekommen?" Ich habe das Gefühl, dass, wenn ich nicht hier gewesen wäre, leicht etwas hätte passieren können. Er ist ein offensichtlicher Flirt, und sie hat es erwidert.

„Wir waren uns im Vorfeld einig, dass es eine einmalige Sache bleiben würde." Sie stößt mich in die Brust. „Nicht, dass es dich etwas angeht."

Ich greife ihr stoßendes Handgelenk, und ihr Gesicht wird rot, ihre Lippen öffnen sich. Sie will mich. „Du hast *mir* nie gesagt, dass es eine einmalige Sache ist."

Sie zieht ihr Handgelenk frei. „Du hast recht. Vielleicht hätte ich das tun sollen."

Ich trete näher. „Aber du kannst nicht einfach so tun, als wäre es nicht phänomenal zwischen uns. Du bist erfahren genug, um zu wissen, dass es nicht immer so ist."

Sie ist ruhig, ihre Augen sind vorsichtig.

„Wir haben etwas", sage ich, vorsichtig, um nicht zu viel zuzugeben. Ich hasse es, dass es sich so einseitig anfühlt.

„Was?"

„Sag du es mir."

Sie betrachtet meinen Gesichtsausdruck, bevor sie schließlich „Leidenschaft" sagt.

„Und eine lange Geschichte. Ich bin nicht der Lieferant, den du gerade erst kennengelernt hast."

Sie wirft ihre Hände in die Höhe. „Soll das ein Scherz sein? Deshalb ist es besonders wichtig, Grenzen zwischen uns einzuhalten. Und das ist auch der Grund, warum ich mit dir Schluss gemacht habe, damit niemand verletzt wird."

Ich senke meine Stimme, während die Wahrheit schließlich in mir versinkt. „Aber das ist nicht das, was du gesagt hast. Du hast gesagt, wir müssten uns trennen, weil wir verschiedene Dinge wollten. Die Wahrheit ist, du hast Angst davor, etwas zu fühlen. Das lässt niemanden in deine Nähe."

Sie wendet den Blick ab. „Das stimmt nicht. Ich stehe Audrey, Sydney, Harper nahe. Vielen Leuten."

„Du stehst nur den Menschen nahe, die du seit deiner Kindheit kennst. Und weißt du was? Du kennst mich auch schon so lange."

Ihre Augen blitzen. „Das ist Bullshit, und das weißt du auch. Du hast Erwartungen, denen ich nie gerecht werden könnte."

Ich trete in ihren Nahbereich und schiebe eine Strähne hinter ihr Ohr. „Sag mir, du empfindest nichts für mich, und ich gehe."

Ihr Atem stockt. Ein langer Moment vergeht, unsere Blicke halten einander. „Ich empfinde nichts für dich." Sie klingt besiegt.

„Lügnerin. Hör auf, deine Angst dir im Weg stehen zu lassen."

„Das tue ich nicht!"

„Beweise es."

Sie nimmt meinen Kopf und küsst mich, genau wie ich wusste, dass sie es tun würde. Beweist es sich. Jenna konnte es nie ertragen, schwach auszusehen. Ich übernehme den Kuss, meine Finger packen ihre Haare und fordern alles. Das

Feuer brennt zwischen uns. Ich schließe die Tür hinter uns und verriegele sie.

Sie reißt an meiner Kleidung und braucht mich so sehr, wie ich sie brauche. Ich lasse sie mich ausziehen, und dann drehe ich sie herum, binde ihre Schürze los und nehme sie ab. Ich drehe sie zu mir zurück und ziehe ihr das Oberteil über den Kopf.

„Kondome sind im obersten Regal", sagt sie und zieht ihre Jeans und das Höschen aus.

Ich schaue auf eine schlichte weiße Schachtel im obersten Regal. „Mit wie vielen Typen gehst du hier nach hinten?"

„Nur Trey. Ich habe dort einen Streifen hingelegt, nicht weil ich dachte, wir würden es mehr als einmal tun, nur weil ich die gerade in die Hand bekommen habe."

Meine Brust verkrampft sich. Ich greife nach oben, nehme eins und rolle es über. „Nicht mehr. Das sind du und ich. Deine letzte Erinnerung an einen harten Fick im Abstellraum."

Ich ziehe ihr Bein nach oben und drücke gegen ihren Eingang. „Sag Trey beim nächsten Mal, wenn er hier ist, dass du mit jemandem zusammen bist."

Ihr Kopf fällt zurück. „Ich bezweifle, dass er fragen wird. Hör auf, mich zu necken und tu es."

Ich hebe sie gegen die Tür. „Leg deine Beine um mich." Sobald sie es tut, stoße ich hart zu. Ich höre, wie sie scharf einatmet.

Ich halte ihren Kiefer fest, meine Stimme ist heftig. „Denk an uns. Nur uns. Genau hier, genau jetzt."

Ihre Lippen teilen sich. „Du bist sehr sexy, wenn du aggressiv wirst."

Ich reibe mich an ihr, und ihre Augen rollen in ihren Kopf zurück. Der dünne Kontrollfaden reißt. Ich pumpe in sie. Sie wirft ihren Kopf zurück, und ihre Nägel graben sich in meine Schultern, während ich meinen Anspruch festige.

„Das ist richtig", sage ich ihr. „Das mit uns."

Ihre Antwort ist ein atemloses „Ja".

Ich schiebe eine Hand zwischen uns und streichele sie. Sie zuckt wild. „Eli!"

„Ja, sag meinen Namen."

Sie singt ihn, während ich sie hart und heftig nehme, meine Finger bearbeiten sie. Ihr Körper zieht sich um mich herum zusammen, und dann lässt sie los, zitternd von ihrer Erlösung. Ich pumpe immer wieder, bevor meine eigene Erlösung durch mich brüllt.

Ich lehne mich schwer gegen sie, unsere Körper sind erhitzt, meine Glieder schwach von der Eile. Ich hebe sie vorsichtig von mir und stelle sie auf die Füße.

Wir starren einander an.

„Ich habe dich vermisst", sagt sie leise, und dann küsst sie mich. Ein süßer Kuss, der mich fast in die Knie zwingt.

Ich lege meine Arme um sie und spreche nahe an ihr Ohr. „Ich habe dich auch vermisst."

Sie umarmt mich fest und lehnt sich an meine Brust. „Ich habe mir gesagt, dass es ein Fehler war, mit dir zu schlafen, nachdem wir uns getrennt hatten, aber ich kann dir nicht widerstehen."

„Dann tu es nicht. Hör auf, dagegen anzukämpfen. Wir werden beide so viel glücklicher sein."

Sie schaut auf zu mir, ihre grünen Augen glänzen, fast sieht es nach Liebe aus. „Es war ein Fehler, mit dir Schluss zu machen. Ich bedauere es. Es tut mir so —"

„Schh, es muss dir nicht leidtun. Es ist vorbei, und jetzt kommen wir darüber hinweg. Gemeinsam."

Sie küsst mein ganzes Gesicht. „Danke, dass du so verständnisvoll bist. Ich wollte dir nie wehtun."

„Ich weiß."

Sie umarmt mich wieder, und ich halte ihren Kopf gegen mich und stoße einen erleichterten Atem aus. Sie ist mir auf halbem Weg entgegengekommen. Sie hat mich genauso vermisst wie ich sie.

Sie hebt den Kopf. „Wir müssen es vor Sydney verbergen, weil Anfänge zerbrechlich sind. Das ist unser Anfang."

„Nein, das können wir nicht verbergen. Das wird sie nur verletzen. Entweder sagst du es ihr, oder ich werde es tun."

Ihre Augen sehen mich flehend an. „Eli, bitte."

„Nein."

Sie fährt mit ihren Fingern durch mein Haar. „Ich brauche Zeit. Das ist meine erste echte Beziehung, und ich bin nicht bereit für ein hartes Urteil. Sogar Audrey hat gesagt, ich solle die Beziehung am Anfang schützen, weil es eine empfindliche, zerbrechliche Sache ist."

Diese Schwäche, die ich schon immer für Jenna hatte, besiegelt den Deal. „Okay, aber wir halten es nicht zu lange geheim."

14

Jenna

Mehr als zwei Wochen vergehen in völliger Glückselig-keit. Eli übertrifft alle Erwartungen, die ich je an Beziehungen hatte. Er bringt mir Blumen ohne Grund, schreibt mir, er denkt an mich, und er ist einfach nur so liebevoll, nicht als Vorspiel. Ich habe ihn sogar gefragt, ob er in jeder Beziehung, die er hatte, so war, und er hat mir gesagt, das sei eine lächer-liche Frage, weil er noch nie eine Beziehung mit mir gehabt habe. Allmählich denke ich, dass ich ihn liebe. Ich behalte es jedoch für mich, sage es nicht einmal Audrey. Eli ist weiter unnachgiebig gewesen, dass wir es Sydney erzählen müssen, aber ich habe ihn davon abgehalten. Ich bin nicht bereit, diese glückliche Blase platzen zu lassen. So habe ich noch nie für jemanden empfunden. Ich schwebe praktisch durch meinen Tag.

Ich bin in meiner Mittagspause bei der Arbeit und über-prüfe meine E-Mails, als die harte Realität in Form einer Einladung zur Halloween-Hochzeit meiner Eltern in zwei Wochen eindringt. Galle steigt in meinem Hals auf. Sehen sie nicht die Ironie eines gruseligen unheimlichen Feiertags für ihre zweite Hochzeit miteinander? Ich antworte nicht. Natür-lich will ich nicht gehen, aber ich schiebe eine Antwort auf, weil dann Mom und wahrscheinlich Dad mit mir darüber reden wollen.

Ich habe eine weitere E-Mail von Eve Larsen. Ich schnappe nach Luft. Ich habe seit Jahren nicht von meiner Schwester gehört. Ich denke, sie hat den Spitznamen Evie abgelegt. Ich tippe mit einem zitternden Finger auf die E-Mail.

Hi Jenna, für Schwestern ist es viel zu lange her. Lange Zeit hatte ich das Gefühl, dass wir Partei ergreifen müssen, und du hattest das Gegenteil von mir gewählt. Ich will ehrlich sein, ich hatte im Laufe der Jahre einige Schwierigkeiten, die mich davon abgehalten haben, gute Beziehungen in meinem Leben zu haben. All diese Sachen mit unseren Eltern ließen mich erkennen, dass, wenn sie sich gegenseitig vergeben können, auch du und ich uns sicherlich versöhnen können. Oder zumindest reden. Wirst du bei ihrer Hochzeit sein? Ich hätte gerne die Möglichkeit, persönlich mit dir zu sprechen.

Ich bin jetzt in Kalifornien, also ist es nicht so einfach, sich zu treffen. Ich hoffe, dich da zu sehen.

Eve

Ich stoße einen Atemzug aus. Der eine Schmerz aus meiner Vergangenheit, der schlimmer war, als meinen Vater zu vermissen oder meinen geliebten Hund zu verlieren, war der Verlust meiner kleinen Schwester. Jetzt habe ich das Gefühl, dass ich gehen muss.

Ich rufe Mom an. „Ich habe die Einladung erhalten. Ich wollte dir nur sagen, ich werde da sein. Ich tue nicht so, als würde ich es verstehen –"

„Jenna, dein Dad und ich haben beim ersten Mal so jung geheiratet. Ich habe das College abgebrochen, um dich mit achtzehn zu bekommen, und er hat abgebrochen, um einen Job anzunehmen und uns beide zu unterstützen. Es war hart. Wir hatten ja nicht die Unterstützung unserer Eltern. Wir haben es so gut gemacht, wie wir konnten."

„Ihr wart so lange so wütend aufeinander."

Sie seufzt. „Wir mussten noch herausfinden, wer wir als Menschen waren, und wir haben uns gestritten. Ich würde gerne denken, dass wir beide gereift sind. Zeit und Distanz haben uns erkennen lassen, dass das, was uns am Anfang zueinander gezogen hat, noch da ist."

„Ihr habt euch bei einer Fassbierparty getroffen. Ich bin sicher, dass die Bierbrille geholfen hat."

„Ich verstehe deinen Zorn. Die Dinge sind während der Scheidung außer Kontrolle geraten."

Ich schiebe eine Hand durch mein Haar. „Ach, meinst du?"

„Es tut mir leid, Jenna. Wirklich. Deinem Dad auch. Deshalb haben wir versucht, mit dir zu sprechen. Vielleicht können wir uns alle zum Abendessen zusammensetzen –"

Übelkeit brennt durch meinen Darm. „Nein, ist schon okay. Ich seh euch dann bei der Hochzeit. Ich muss los. Ich bin bei der Arbeit."

Ich verabschiede mich und rufe sofort Eli an.

„Hallo", sagt er herzlich. „Ich habe gerade an dich gedacht."

Meine Schultern entspannen sich, und die Übelkeit legt sich augenblicklich. „Das hast du?"

„Japp. Die Crêpes, die du zum Frühstück mit Äpfeln und Schlagsahne gemacht hast, waren unglaublich."

Ich lache. „Okay, du liebst also meine Fähigkeiten in der Küche."

„Mehr als das, meine Schöne."

Mein Herz rast, wie es mich trifft – ich liebe ihn. Ich liebe es, seine Stimme zu hören, liebe sein Lächeln, liebe es einfach nur, mit ihm zusammen zu sein, sowohl im Bett als auch draußen. Ich kann plötzlich nicht mehr sprechen.

„Geht es dir gut?", fragt er.

„Ja, tut mir leid. Ich habe hier ein wenig mit einer E-Mail zu tun, die ich gerade erhalten habe. Ich muss dich um einen Gefallen bitten, und ich verstehe völlig, wenn du es nicht tun willst."

„Frag trotzdem."

„Meine Eltern werden in zwei Wochen wieder heiraten. Halloween-Hochzeit. Ich weiß, es klingt abscheulich. Ich wollte nicht hin, aber dann hat mich meine Schwester Evie, nun ja, sie heißt jetzt Eve, gebeten zu kommen. Sie will wieder eine Verbindung herstellen."

„Ich erinnere mich an Evie. Wir waren in der gleichen Stufe. Ernstes Kind."

„Ja, ich schätze schon. Keiner von uns ist Sonnenschein und Rosen."

„Du bist Rosen. Elegant und stilvoll."

Bei dem Kompliment werden meine Wangen rot. „Eli."

„Wirst du etwa rot?"

„Nein. Stopp!"

„Doch, wirst du. Okay, ich werde mitkommen und dir helfen, dich der Horrorshow zu stellen."

Er versteht es wirklich. Was für ein großartiger Typ! „Danke!"

„Aber du schuldest mir einen großen Gefallen."

Ich kann das Lächeln in seiner Stimme hören. „Ach ja? Und zwar?"

„Ich werde es dich wissen lassen, sobald die nächste obligatorische soziale Aufgabe auftaucht, und dann wirst du so was von da sein. Highschooltreffen? Die Hochzeit vom Ex? Familienessen?"

„Oh, komm schon, du hast eine großartige Familie."

„Sie sind unerbittlich."

„Du auch."

Er stößt einen männlichen Seufzer aus. „Und du liebst es."

Ich lächle. „Du hast deine Momente."

„Eigentlich wäre ein Familienessen eine gute Idee, wir bringen es an die Öffentlichkeit und klären es mit Syd."

Ich höre auf zu lächeln. „Nein."

Seine Stimme wird schmeichelnd. „Wir sehen uns jetzt seit mehr als sechs Wochen."

Eine Ahnung von Unbehagen durchzieht mich. „Nein, es waren erst ungefähr zwei Wochen."

„Zwei Wochen seit dem Schlussmach-Vorfall. Davor

waren wir in New Hampshire, und wir haben Zeit miteinander verbracht, sind um die Anziehung herumgeeiert, haben aufeinander gestanden. Du hast zugegeben, dass du dich nach mir gesehnt hast, seit du in mein Auto gestoßen bist und den vollen Eli-Effekt aus nächster Nähe und persönlich bekommen hast."

Ich gehe den Flur im hinteren Teil meines Ladens entlang. Auf und ab „Ich schätze, ich habe gar nicht gemerkt, wie lang es schon ist."

„Am einunddreißigsten August hatten wir unser erstes gemeinsames Mittagessen. Jetzt ist Mitte Oktober."

„Das war nur das Mittagessen, um die Unfallfinanzierung auszuarbeiten."

„Jenna, diese Sache zwischen uns ist nicht so zerbrechlich, das verspreche ich dir."

Ich werde rot. Seine warme, selbstbewusste Stimme stellt etwas mit mir an, macht meinen Magen flattrig, ich leuchte auf. Dennoch fühlt es sich zu früh an, um an die Öffentlichkeit zu gehen. „Okay, ich verstehe schon. Wir sehen uns irgendwie schon seit sechs Wochen, aber wenn man das offizielle Datum nimmt, als –"

„Als du zugesehen hast, wie ich Gitarre gespielt habe, wie ein Groupie."

„Als du mich entführt hast."

Er lacht. „Tatsache ist, dass es schon zu lange dauert, um es zu verbergen. Wenn du mich zu einer Familienfeier mitnehmen kannst, dann kann ich dich zu einer bringen. Das ist es, was ernsthafte Paare tun."

„Was meinst du mit ernsthaft?" Ihre Stimme klingt ganz hoch und schrill.

„Ich meine, es ist an der Zeit, aufzuhören, so zu tun, als sei dies nur eine unkontrollierbare Lust auf beide Seiten. Es ist gegenseitige Anbetung. Ich werde das Abendessen planen."

Ich habe nicht einmal einen Moment, um mich im Kommentar zur gegenseitigen Anbetung zu sonnen wegen der Drohung eines Familienessens. „Nein, warte! Können wir das nach der Hochzeit meiner Eltern tun? Ich brauche nur ein wenig mehr Zeit."

„Nein, das ist erst in zwei Wochen. Wir werden es dieses Wochenende tun."

„Syd arbeitet immer am Wochenende."

„Dann werde ich herausfinden, wann sie zur Verfügung steht, und wir werden uns alle zusammensetzen und erklären, was los ist. Keine Geheimnisse mehr."

Vielleicht hat er recht. Ich werde das Gefühl nicht los, dass Sydney wütend auf mich sein wird, sowohl wegen des Versteckens als auch weil ich mit dem Kerl zusammen bin, von dem sie mir gesagt hat, ich solle mich fernhalten. Aber es ist unmöglich, ihm zu widerstehen, und ich habe Gefühle für ihn. Echte tiefe Gefühle.

„Ich verstehe voll und ganz, was du damit meinst, Dinge nicht vor Sydney zu verstecken", sage ich. „Ich würde es ihr gerne persönlich sagen, okay? Keine Zeugen."

„Das geht auch. Sobald du es tust, dann veranstalten wir ein Familienessen. Alles geht glatt, da bin ich mir sicher. Sie liebt dich."

„Ja." *Sie liebt mich einfach nicht für ihren jüngeren Bruder.*

„Bis heute Abend", sagt er und legt auf.

Ich stoße einen Seufzer aus und mache mich wieder an die Arbeit.

Eli

Am nächsten Abend gehe ich gut gelaunt zur Arbeit für meine Spätschicht. Mit Jenna läuft es großartig, und sie hat endlich zugestimmt, es Sydney diesen Donnerstag bei der Ladies' Night zu erzählen. Ich schließe mir die kleine Polizeistation in dem alten zweistöckigen viktorianischen Haus auf. Ich entdecke Chief Daniels in seinem Büro, die Tür ist offen.

„Hey, Chief."

„Eli, komm in mein Büro."

„Ja, Sir."

„Setz dich!", sagt er jovial. Er ist kein wirklich fröhlicher Kerl, was mir Hoffnung gibt. Vielleicht hat er sich endlich entschieden, in den Ruhestand zu gehen. Er hat jetzt seit mehr als einem Jahr das Datum verschoben.

Ich nehme den harten Holzstuhl gegenüber seinem bequemen großen Schreibtischstuhl. Das ist im Grunde so, wie es gewesen ist, seit ich angefangen habe. Er ist der Chief, also bekommt er die komfortable Wahl der Stühle, des Zeitplans und ein größeres Gehalt. Ich bin der Untergebene, also bekomme ich die Nachtschicht und die harten Sachen, mit denen er in der Gemeinde nicht umgehen will – nackte Sonnenanbeter, Waschbären im Müll, Kinder, die Bier auf dem Dach der Highschool trinken usw. Er wäre ohne mich verloren.

„Große Neuigkeiten", sagt er. „Ich gehe zum Ende des Jahres in Ruhestand."

Ich unterdrücke einen Jubel, aber ich kann nicht anders als zu lächeln. „Herzlichen Glückwunsch!" Ich warte auf den Teil, der mir am wichtigsten ist.

„Ab Neujahr bist du offiziell der neue Polizeichef."

Meine Schultern ziehen sich zurück, die Brust stolzgeschwellt. „Ich bin dir dankbar für dein Vertrauen in mich."

„Und dir herzlichen Glückwunsch! Sohn, ich könnte nicht glücklicher sein, Summerdale in deinen fähigen Händen zu lassen. Fühle dich frei, einen anderen wie dich einzustellen. Es ist vielleicht schwierig, jemanden für Januar zu finden, aber versuch es. Bei Bedarf könnten wir Teilzeitbeschäftigte aus benachbarten Städten im Wechsel einstellen."

Meine Glieder fühlen sich leicht an, und ich merke, dass ich lächele, mein neuer Titel rollt in meinem Kopf herum – Chief Robinson. „Ich werde die Fühler nach einem Ersatz ausstrecken."

Er verschränkt seine Finger hinter dem Kopf und lehnt sich in seinem Sessel zurück. „Ich bin dann weg, im sonnigen Florida."

Genau wie all die alten Leute in der Stadt, denke ich, aber

sage es nicht. Es ist ein beliebtes Altersruhesitzziel und nur einen dreistündigen Flug entfernt. „Das ist gut für dich."

„Japp. Ich lebe den Traum, und Martha freut sich auch darauf. Sie ist diejenige, die mich zu gehen gedrängt hat. Ich werde auch nicht jünger." Er lacht und sieht glücklicher aus, als ich ihn je gesehen habe. „Du bekommst eine Gehaltserhöhung und eine zusätzliche Woche Urlaub." Er schiebt mir einige Papiere zu. „Schau es dir an und, wenn du mit den Bedingungen zufrieden bist, dann nur zu, unterschreibe es."

Er steht auf, geht um den Schreibtisch herum und klatscht mit der Hand auf meine Schulter. „Chief Robinson. Klingt gut, nicht wahr?"

Ich lächle. „Und ob. Danke, Sir."

Er nickt und geht zur Tür hinaus.

Ich schaue mir den Vertrag durch, unterzeichne ihn und lasse ihn in seiner obersten Schreibtischschublade. Ich sehe mich um, schaukele auf den Fersen vor und zurück. Ich bin jetzt an einem guten Ort in meinem Leben – Karriere gesichert, Gehaltserhöhung, Traummädchen. Ich sehe hier in Summerdale eine Zukunft mit Jenna wie einen Traum am Horizont. Ich hoffe nur, dass sie an Bord ist.

„Was soll das heißen, du hast es Sydney nicht erzählt?", frage ich leise. Wir stehen hinter Reihen von Metall-Klappstühlen für die Hochzeit von Jennas Eltern im Freien. Wir sind ein wenig zu früh gekommen, damit sie vor der Zeremonie Zeit hat, mit ihrer Schwester Evie zu sprechen. Die meisten Gäste sind bereits angekommen, außer Evie.

„Wir werden später darüber sprechen", sagt Jenna, die Hände wringend, und schaut sich um.

Ich bin sauer. Jenna hat Sydney am vergangenen Donnerstag bei der Ladies' Night nicht über uns erzählt, weil Sydney wegen irgendeines Problems mit einem Lieferanten wütend war und Jenna dachte, es sei nicht der richtige Zeitpunkt. Sie hat geschworen, sie würde es diese Woche tun.

Jetzt erfahre ich, dass es immer noch nicht passiert ist. Ich kann zwischen den Zeilen lesen – Jenna ist es nicht ernst mit uns. Und ich habe mir eine rosige Zukunft zusammen vorgestellt Jemand, der es ernst meint, würde unsere Beziehung nicht vor seinem engsten Freund geheim halten. Ich mag nicht mehr herumschleichen.

Ich bin dabei, das zu sagen, als sie meint: „Ich habe das Gefühl, ich muss mich übergeben."

Ich reibe ihr den Rücken. „Ist in Ordnung, atme tief ein. Evie will dich sehen. Das ist gut."

Sie greift meine Hand, ihre ist eiskalt. Ich schiebe die ganze Sydney-Sache zurück. Jenna hat es schwer genug damit, zur Hochzeit ihrer Eltern gehen und sich zum ersten Mal seit Jahren wieder mit ihrer Schwester treffen zu müssen.

Ich kenne Jennas Eltern nicht sehr gut. Ich war neun, als sie sich getrennt haben. Ihre Mutter hat Vollzeit für eine Computerfirma gearbeitet. Ich erinnere mich, dass sie blond und dünn war wie Jenna. Ich weiß noch weniger über ihren Vater, und doch bin ich jetzt hier bei ihrer Hochzeit. Sie findet auf einem historischen Gehöft mit einem kleinen Gitterdach statt, das mit falschen Herbstblättern und Spinnweben für die Zeremonie drapiert ist, sowie einem schwarzen Gangläufer. Gleich hinter dem Zeremonienbereich befindet sich eine große alte Scheune mit verwitterten grauen Schindeln, die Türen sind weit geöffnet. Im Inneren ist die Scheune mit Tischen und Blumen für den Empfang gefüllt.

Jenna zerdrückt fast meine Hand. „Ich glaube, das ist sie. Evie."

Das Haar ihrer Schwester ist schmutzig-blond und direkt unterm Kiefer geschnitten, was die scharfen Linien ihres Gesichts betont. Genau wie Jenna ist sie groß, beide tragen ein schwarzes ärmelloses Kleid. Evie hebt die Augenbrauen, ein unsicherer Ausdruck auf ihrem Gesicht, als sie sich uns nähert. „Jenna?"

Jenna nickt und zieht mich mit sich, um ihrer Schwester auf halbem Weg entgegenzugehen. „Ja. Hi, Evie."

„Ich heiße jetzt Eve."

Jenna nickt wieder, und wir halten an, stehen auf einem grasbewachsenen Platz etwas abseits vom Zeremonienbereichs. „Ja. Tut mir leid. Wie geht es dir? Was hat dich den ganzen Weg nach Kalifornien gebracht?"

Sie sieht mich an. „Mir geht es gut. Ich arbeite im Fernsehen als Schreiberin für *Respektlos*."

„Wirklich? Das ist umwerfend. Das hab ich schon ein paar Mal gesehen. Ich hatte ja keine Ahnung."

Eve zieht den Kopf ein und lächelt. „Ja, die meisten Leute achten nicht auf die Credits des Schreibers."

Jenna lässt meine Hand los und hebt ihre Arme in die Luft, fast so, als wollte sie ihre Schwester umarmen. „Nun, herzlichen Glückwunsch!"

„Danke. Es hat eine Weile gedauert, aber ich bin glücklich darüber, wo ich jetzt bin. Ich würde auch gerne meine abendfüllenden Drehbücher verkaufen. Ist ein Versuch. Das Fernsehen braucht mehr Menschen." Sie sieht zu mir auf und kneift die Augen zusammen. „Warum kommst du mir so bekannt vor?"

Ich strecke ihr meine Hand entgegen. „Eli Robinson. Wir waren in der gleichen Stufe in der Grundschule."

Sie schnappt nach Luft. „Sieh dich mal an, ganz erwachsen! Ich erinnere mich, dass du immer in Schwierigkeiten geraten bist."

„Und jetzt bin ich ein Cop."

Sie sieht zwischen mir und Jenna hin und her. „Wow. Ich bin überwältigt. Eli Robinson ist ein Cop, und du bist mit Jenna zusammen." Sie dreht sich zu Jenna um. „Und was machst du so?"

Jenna lächelt. „Ich besitze meine eigene Konditorei, Summerdale Sweets."

Eve neigt den Kopf. „Das ist auch eine Überraschung. Ich erinnere mich, dass du gut in Mathematik und Naturwissenschaften warst. Das konnte ich als Kind überhaupt nicht verstehen."

Jenna nickt. Ich glaube, ich habe sie noch nie so viel nicken gesehen. „Ich habe eine Weile in der IT gearbeitet – Computernetzwerke – bis ich ausgebrannt war. Ich fühle mich gut, wenn ich backe, und diese Freude bringe ich gerne den Menschen. Es macht sie glücklich, mit einem besonderen Leckerbissen nach Hause zu gehen."

„Klar, sicher", sagt Eve.

Eine unangenehme Stille ergibt sich, während sie sich in unserer Umgebung umsehen. Wir befinden uns auf einer Lichtung mit Bäumen, die das Grundstück in der Ferne umsäumen. Ein paar Heuballen mit Vogelscheuchen und Kürbissen wurden aufgestellt.

„Glaubt ihr, die Braut wird sich verkleiden?", frage ich.

Jenna und Eve lachen.

„Ich nehme das an", sagt Eve.

„Ich wäre enttäuscht, wenn sie das nicht täte", sagt Jenna.

„Hast du in letzter Zeit mit Mom gesprochen?", fragt Eve.

„Nein", sagt Jenna. „Hast du mit Dad gesprochen?"

„Nur um ihm zu sagen, dass ich hier sein werde."

„Ehrlich gesagt, ich bin immer noch nicht cool mit der Wiederheirat, nach allem, was sie uns angetan haben. Ich bin nur deinetwegen hier."

„Kann ich dich umarmen?", fragt Eve unsicher.

„Natürlich!", ruft Jenna und wirft die Arme um ihre jüngere Schwester.

Ich reibe meine Augen. Da ist wohl etwas Staub reingekommen.

Jenna schnieft und reibt sich ebenfalls die Augen. „Ich habe dich vermisst, Eve. Ich habe das Gefühl, dass wir wegen des Mülls unserer Eltern so viel Zeit verloren haben."

„Ich habe dich auch vermisst." Sie senkt ihre Stimme. „Ich war lange Zeit in keiner guten Verfassung und hatte mit Sucht zu kämpfen. Ich bin jetzt sauber, und ich versuche, mich wieder gut mit den Menschen in meinem Leben, die mir etwas Besonderes bedeuten, zu stellen. Wie mit dir."

Beide wenden sich zu einem Mann, der einen dunkelgrauen Anzug trägt. Sein weißblondes Haar ist zurückgegelt.

„Hi, Dad", sagt Eve.

Jenna hebt ihre Hand zu einem kleinen Winken.

Mr. Larsen ist gut gelaunt. „Hallo, ihr alle, danke, dass ihr zu unserem besonderen Tag gekommen seid." Er umarmt Eve und blickt auf Jenna.

Jenna umarmt ihn kurz, wirkt aber steif. „Du erinnerst dich an Eli."

Er schüttelt mir herzlich die Hand. „Klar, schön, dich wiedersehen."

„Sie auch. Herzlichen Glückwunsch."

Er strahlt. „Danke."

„Kein Kostüm?", fragt Eve ihn.

Er wischt seine klammen Hände vorne am Jackett ab. „Ich wurde überstimmt. Das Halloween-Thema ist ausschließlich für die Dekoration. Obwohl wir planen, für unsere zweiten Flitterwochen nach Salem, Massachusetts, zu fahren, wo es die Hexenprozesse gab." Er atmet tief ein und sieht sich um. „Ich hätte nie gedacht, dass dieser Tag kommen würde."

„Hättet ihr euch nur nie getrennt", murmelt Jenna.

Ihr Dad wird ernst. „Wir waren jung und haben das erste Mal gekämpft, haben es aneinander ausgelassen. Jetzt sind wir in einer besseren Position. Ich seh euch dann bei der Hochzeit. Ich werde noch ein paar Leute begrüßen."

Sobald er außer Hörweite ist, sagt Jenna: „Er geht ja locker damit um, dass er unsere Familie auseinandergerissen hat."

„Sie sind im Grunde so, wie man nicht sein sollte", sagt Eve. „Ich kann immer noch nicht glauben, dass sie wieder zusammengekommen sind *und* es offiziell machen wollen. Ich werde nie heiraten. Und ich sage das auch nach jahrelanger Therapie, die sich mit den Folgen ihrer Scheidung beschäftigt."

Sie ist alles in allem überraschend offen. Sie hat mich oder Jenna seit Jahren nicht mehr gesehen. Wir sind ihr praktisch fremd.

„Ich auch nicht", sagt Jenna. „In der Hälfte der Fälle endet es schlecht. Es lohnt sich nicht."

Ich hasse es, dass Jenna die Schwierigkeiten ihrer Eltern als den einzigen Weg sieht, wie eine Ehe laufen kann, also biete ich das Beispiel meiner eigenen Eltern an. „Oder es geht großartig, und dann stirbt einer von ihnen."

Sie wenden sich mir mit einem doppelten Ausdruck von Schrecken zu.

„Das ist morbide", sagt Eve.

„Das waren meine Eltern. Ich dachte, wir reden über die Angelegenheiten unserer Eltern."

Jenna umarmt mich von der Seite. „Tut mir leid das mit deinen Eltern."

Ich lege einen Arm um ihre Schulter. „Mein Vater hat es nie bereut, jung geheiratet zu haben, weil er mehr Zeit mit ihr hatte. Er sagte immer, die wahre Liebe sei jeden Kampf wert."

Eve starrt mich an und sieht nachdenklich aus, bevor sie sich Jenna zuwendet. „Denkst du, dass unsere Eltern wahre Liebe haben?"

„Nein", sagt Jenna. „Ich denke, sie sind zwei Menschen mittleren Alters, die es leid sind, allein zu sein."

Mein Traummädchen ist beunruhigend pessimistisch über die Liebe. „Wie romantisch", necke ich sie, auch wenn ich mich unbehaglich fühle.

„Du kennst mich mittlerweile", sagt Jenna.

Ich sage mir, dass sie so über ihre Eltern denkt. Bei uns sind die Dinge anders. Richtig?

Aber sie will Sydney immer noch nicht von uns erzählen. Das verheißt *nichts* Gutes für unsere Zukunft. Wenn wir überhaupt eine Zukunft haben. Ich könnte das in meinem Kopf zu mehr aufgebaut haben, als es tatsächlich ist, gefärbt durch die peinliche Tatsache, dass ich sie schon viel zu lange gewollt habe.

Aus Lautsprechern erklingt Musik. Es ist „The Monster Mash", und eine Frau bedeutet allen, Platz zu nehmen.

„Perfekt", flüstert Jenna. „Eine Monsterhochzeit."

15

Jenna

Ich sitze zwischen Eve und Eli in der ersten Reihe, unsere zugewiesenen Plätze, und versuche, zufrieden auszusehen, anstatt zu brodeln, wie ich es in Wirklichkeit tue. Dad sieht eifrig aus und steht dort oben mit seinem Trauzeugen, einem Glatzkopf mittleren Alters, den ich nicht kenne. Es gibt keine Reihe von Brautjungfern oder Brautbegleitern, nur gruselige Halloween-Musik, während wir alle hier sitzen und auf die Braut warten. Wahrscheinlich kommt auch bald eine Trauzeugin.

Dad schaut immer wieder den Gang hinunter. Es ist eine kleine Hochzeit, vielleicht dreißig Menschen, die aussehen, als wären sie ihre Freunde. Meine Verwandten sind nicht hier. Vielleicht haben meine Eltern nicht gedacht, dass unsere Familie nach all den Unruhen mit ihnen feiern möchte. Sie haben keine gute Beziehung zu ihren Eltern, seit Mom mit mir schwanger wurde. Das ist richtig, ich war es, die die Familie auseinandergebracht hat, bevor ich überhaupt geboren wurde.

Eine brünette Frau in einem dunkelgrünen Satinkleid, die einen Strauß weißer Nelken trägt, nähert sich Dad. Wahrscheinlich die Brautjungfer. Sie sieht aus, als wäre sie in

Moms Alter. Seine Brauen ziehen sich zusammen, während sie sprechen.

Ich schaue auf meine Schwester, die so erwachsen und gefasst aussieht. Sie wird bis morgen Abend in der Stadt sein. Ich hoffe, dass wir hiernach mehr Zeit miteinander verbringen können.

Ich lehne mich hin und flüstere ihr ins Ohr: „Denkst du, dass Mom ihre Meinung geändert hat?"

Sie flüstert zurück: „Du kennst sie besser als ich. Würde sie das tun?"

„Ich habe keine Ahnung. Ich tue nicht so, als würde ich sie verstehen.

Ich sehe, dass Dad immer ängstlicher aussieht. Die Menge wird lauter, alle fragen sich, was der Grund für die Verzögerung ist.

Schließlich erscheint Mom in einem rosa Cocktailkleid und einer Tiara. Sie sieht hübsch aus und hat immer noch ihre schlanke Figur. Selbst ich muss zugeben, dass man nie vermuten würde, dass sie achtundvierzig ist. Sie hat mich mit 19 Jahren bekommen. Die Leute haben immer gesagt, dass wir als Schwestern durchgehen könnten, während alles, was ich wollte, war, meine echte Schwester zurückzubekommen.

Der Hochzeitsmarsch beginnt, und sie schreitet in einem gemäßigten Tempo den Gang hinunter und hält einen kleinen Strauß blasser Rosen, Tulpen und herbstlicher Blätter in der Hand. Etwa auf halbem Weg schaut sie von einer Seite zur anderen, und dann nimmt ihr Tempo zu, als ob sie es eilig hätte, zu Dad zu kommen. Vielleicht ist es ihr unangenehm, im Mittelpunkt der Aufmerksamkeit zu stehen. Ihre erste Hochzeit war eine schnelle Zeremonie im Standesamt.

Die Musik hört verspätet auf, als jemand hinübereilt, um sie auszuschalten.

Der Pfarrer beginnt. „Liebe …"

Mom hält ihre Hand hoch, um ihn zum Schweigen zu bringen. „Entschuldigen Sie mich. Ich muss mit Andrew reden."

Oh-oh. Ich tausche einen vielsagenden Blick mit Eve aus. Das ist nicht gut.

Mom und Dad flüstern einander zu. Innerhalb weniger Augenblicke wird Dad immer lauter.

Eve und ich tauschen einen resignierten Blick aus. Wir kennen den Vorläufer eines Streits. Ich schaue zu Eli, der unruhig aussieht.

„Es tut mir leid!", schreit Mom „Ich kann dich nicht heiraten."

„Warum?", fragt Dad „Du hast gesagt, du liebst mich, und ich habe nie aufgehört, dich zu lieben, Meghan."

Mom winkt mit den Händen herum. „Ehe ist eine große Sache. Für immer. Es ist zu viel Druck. Wir dürfen es nicht noch einmal vermasseln." Sie flieht und läuft auf das alte Farmhaus zu, wo sie wahrscheinlich ihre Kleidung gelassen hat.

Dad jagt ihr hinterher.

Jeder steht da und sieht zu, wie er sie ruft. Sie verschwinden im Haus. So viel Drama wie immer.

„Heilige Scheiße", murmelt Eli.

Ich verschränke meine Arme. „Ich wusste es. Gott sei Dank habe ich nie in diese Wiedervereinigung investiert."

„Ich habe das auch vermutet", sagt Eve, „aber für den zufälligen Fall, dass es doch klappte, wollte ich nicht, dass sie sich darüber aufregen, dass ich ihre Hochzeit ignoriert habe. So nach dem Motto peinlich bei zukünftigen Familienfeiern."

„Als hätten wir überhaupt Familienfeiern!", rufe ich.

Eve wirft mir einen mitleidigen Blick zu. „Wir sollten. Nur wir zwei. Vielleicht könntest du mich in LA besuchen."

Ich lächle, meine Augen werden wässrig, meine Kehle ist eng. „Das fände ich schön. Zumindest haben wir uns gegenseitig aus all diesem Müll rausgeholt."

„Tut mir leid, Jenna", sagt Eli.

„Es ist nicht mehr, als ich erwartet habe", sage ich.

Er sieht mir in die Augen, seine Stimme ist sanft. „Aber es ist trotzdem beschissen."

Die aktuelle Situation zusätzlich zu all den vergangenen

Schmerzen erweist sich schließlich als zu viel, und ich merke, dass ich weine. Ich wende mich an Eve, die einzige Person auf der Welt, die das Gleiche durchgemacht hat wie ich. „Sie sind nicht dazu bestimmt, zusammen zu sein, und ich weiß nicht, warum sie nicht einfach darüber hinwegkommen und weitermachen können. Warum müssen sie uns immer wieder in ihr Drama ziehen?"

„Liebe kann ein echtes Chaos sein", sagt Eve und reibt meinen Arm. „Möchtest du reden? Wir können zurück in mein Hotelzimmer gehen, die Minibar plündern und Dampf ablassen."

Ich nicke durch meine Tränen. „Das klingt großartig." Ich drehe mich zu Eli um. „Ich werde mit Eve gehen. Ich seh dich dann später."

„Komm morgen bei mir vorbei", sagt er. „Ich habe heute Abend Spätschicht."

„Da werde ich vermutlich noch mit Eve zusammen sein." Ich drücke Eves Arm. „Wir haben eine Menge Nachholbedarf, und sie fährt morgen Abend."

„Können wir eine Minute lang reden?", fragt er.

„Klar." Ich wische mir die Augen und folge ihm weit weg.

„Ich könnte auch für dich da sein, weißt du", sagt er.

„Danke, aber Eve versteht es. Wir haben beide den Krieg durchlebt."

Er verkrampft seinen Kiefer. „Jenna, ich versuche wirklich, sehr geduldig mit dir zu sein, aber ich kann nicht anders, als zu denken, dass du es mit uns nicht ernst meinst."

Meine Lippen teilen sich überrascht. „Was?"

Er stößt eine Hand in die Luft. „Du willst Sydney nichts über uns erzählen. Du wendest dich an eine Quasifremde anstatt an mich, weil du aufgebracht bist. Es ist offensichtlich, dass wir in zwei ganz verschiedenen Positionen sind."

Meine Augen werden größer. Ich bin erstaunt über seine Wut. „Sie ist meine Schwester. Warum bist du so? Ich bin diejenige, die gerade aufgebracht ist. Du solltest mich trösten."

Er setzt einen Schritt zurück. „Hey, nimm dir so viel Zeit, wie du brauchst. Mach dir meinetwegen keine Sorgen."

„Eli, komm schon. Mir liegt wirklich etwas an dir."

Er verengt die Augen. „Warum sind wir dann immer noch ein Geheimnis, hm? Du gehst davon aus, dass wir uns ohnehin bald trennen, und dann musst du dich gar nicht darum kümmern, Syd davon zu erzählen."

Ich war feige, aber das kann ich nicht sagen. Ich hatte vor, es ihr zu erzählen, sobald ich das Trauma der Hochzeit meiner Eltern hinter mich gebracht hatte. Ich kann nur begrenzt emotionale Umwälzungen in meinem Leben aushalten. Ich habe Eli gesagt, dass ich bis nach der Hochzeit warten wollte, um es ihr zu erzählen, aber er hat ja darauf bestanden. Ich konnte es nicht riskieren, sie zu verlieren, während ich mit allem anderen zu tun hatte.

„Es war einfach nicht der richtige Zeitpunkt", sage ich lahm.

„Das funktioniert nicht mehr für mich. Bye, Jenna."

Er dreht sich um und geht davon. Was zum Teufel? Haben wir uns gerade während der schrecklichen Trennung meiner Eltern getrennt?

„Dein Timing ist ätzend!", brülle ich.

Er schaut nicht zurück.

Eli

Meine Brust fühlt sich hohl an, als würde Jenna mit meinem Herzen herumlaufen anstatt mit mir. Gestern habe ich mein Temperament mit mir durchgehen lassen, habe mich aufgeregt, weil Jenna uns so lange geheim gehalten hat. Sie hatte zwei ganze Wochen Zeit, um es Sydney zu erzählen, und das hat sie nicht getan. Ich habe das Schlimmste befürchtet und bin ihr dann zuvorgekommen, indem ich es beendet habe. *Idiotischer Schritt.*

Der einzige Grund, warum ich die Kostümparty heute Abend nicht abgesagt habe, ist, weil ich hoffe, dass Jenna hier ist. Es ist Halloween-Abend, und ich habe frei, weil ich für die Unfugnacht gestern Abend die Spätschicht übernommen habe. Junge, waren diese kleinen Strolche traurig, dass sie jemals auch nur daran gedacht hatten, Unsinn mit Toilettenpapier anzustellen und das Eigentum der Leute mit Eiern zu beschmieren. Ich war letzte Nacht nicht in der Stimmung für Bullshit.

Ich parke meinen Mustang in Wyatts und Sydneys langer Auffahrt auf der Seite ihres großen zweistöckigen Hauses mit grauen Schindeln. Rechts neben dem Haus befindet sich ein passender grauer Leuchtturm mit einem weißen Dach. Eine der Exzentrizitäten seines ehemaligen Besitzers, der hier einen landumschlossenen Leuchtturm pflanzte. Es ist eigentlich ein Wasserturm, der wie ein Leuchtturm aussieht.

Ich steige aus dem Wagen und atme tief die kühle Luft ein, während ich auf die geparkten Autos schaue. Ich sehe Jennas Auto nicht, aber sie könnte mit Audrey gekommen sein.

Jenna hat den letzten Abend und den größten Teil von heute mit ihrer Schwester verbracht und nicht auf meine Nachricht oder meinen Anruf reagiert. Wenn wir das einfach durchsprechen könnten, bin ich mir sicher, dass wir es klären könnten. Ich werde sie nicht einmal dazu drängen, mit Syd reinen Tisch zu machen. Wir gehen einfach nach draußen für ein privates Gespräch, wo ich erkläre, dass ich nicht Schluss machen will. Ich habe vielleicht einen Komplex, weil ich sie schon so lange wollte, aber es ist Zeit, diese Fantasie loszulassen und sich mit der Realität zu befassen, mit einer Beziehung zu Jenna. Die Sache ist großartig zwischen uns, offensichtlich nicht perfekt, aber trotzdem.

Ich klingele, nervöse Energie rast durch meine Glieder.

Wyatt kommt an die Tür und hält seinen weißen Shih Tzu Snowball unter einem Arm. Snowball ist in ein Hummel-Kostüm gekleidet. Sie sieht von dem Outfit beunruhigt aus, wie sie es auch sein sollte, denn sie trägt ein schwarzes Stirnband mit großen gelben Pom-Pom-Antennen. Sein Pitbull-Mix, Rexie, steht an seiner Seite, trägt rosa Schmetterlingsflügel und ein ebenso lächerliches Stirnband mit rosa und violetten Antennen.

„Na, ihr bellt euren Besucher gar nicht an, wie?", frage ich die Hunde. In der Regel heißt es: Wir geben alles an der Haustür.

Wyatt grinst, dieser Typ ist König aller Grinser. Sein braunes Haar ist zerzaust, sein Kiefer stoppelig. „Sie sind von allen Gästen müde, und bevor du ihre märchenhaften Kostüme kommentierst: Kayla hat sie angezogen." Das ist seine jüngste Schwester, eine süße, fröhliche Frau, die jetzt mit meinem älteren, viel zurückhaltenderen Bruder Adam verlobt ist.

„Hätte ich mir denken können."

„Wo ist dein Kostüm?", fragt er.

„Wo ist deins?"

„In der Küche."

Ich folge ihm in eine moderne Küche mit einer riesigen Granitinsel und professionellen Edelstahlgeräten. Adam und Kayla stehen an der Insel, zusammen mit meiner Schwester Sydney, Wyatts beiden Schwestern Brooke und Paige und einigen Leuten aus der Stadt. Keine Jenna oder Audrey.

Wyatt legt ein Stirnband mit Teufelshörnern um. „Ich bin Satan. Frag deine Schwester."

Sydney zeigt auf ihre eigenen Teufelshörner. Ihr langes schwarzes Haar ist in einem hohen Pferdeschwanz. „Und ich bin seine Teufelin. Eli, komm schon, es ist eine Kostümparty. Was wirst du sein?"

Deprimiert.

Ich ziehe meine Lederjacke aus, um mein weißes Hemd mit einem Strichcode darauf zu zeigen, auf dem Echtes Halloween Kostüm steht. Ich ziehe dieses Baby immer heraus, wenn ich ein Kostüm tragen soll.

„Lahm!", verkündet Sydney. „Und das ist glaube ich schon das achte Mal, dass du das an Halloween getragen hast!"

„Kommt nie aus der Mode", sage ich.

„Ich mag es", sagt Wyatt. „Clever. Nimm dir einen Drink.

Es sind noch mehr Leute im Familienzimmer. Ich glaube, jemand will eine Séance legen, und es gibt auch jemanden, der aus den Händen liest."

Ich frage mich, ob Jenna da drin ist. Sie könnte mit Audrey, meiner Verbündeten, zusammen sein.

„Danke." Ich grüße alle, während ich durch die Küche gehe und nach etwas suche, das ich gerne trinken würde. Wyatt hat Kürbisbier, Süßwein und Glühmost da. Nichts davon spricht mich an.

Mein älterer Bruder Adam drückt mir ein lokales Fassbier in die Hand. Er ist groß und schlank, mit kurzen dunkelbraunen Haaren und einem ständig unrasierten Kiefer. „Bitte sehr! Ich habe mein eigenes Zeug mitgebracht."

„Danke."

Ich mache es auf, trinke einen Schluck und lächle Kayla an. Sie ist zierlich, voller Energie, mit braunen Haaren und hellbraunen Augen wie ihr Bruder Wyatt. „Wie läuft die Hochzeitsvorbereitung?", frage ich, nicht, weil ich so auf Hochzeiten stehe, sondern weil Adam und Kayla passende Braut- und Bräutigam-T-Shirts tragen. Sie trägt sogar einen Schleier. Darüber möchte sie natürlich gerne sprechen.

Überraschenderweise antwortet Adam mit „gut". Er lächelt sogar, während er es sagt. Vor Kayla war er nie wirklich ein Lächler.

„Fantastisch!", ruft Kayla aus und erzählt mir dann jedes Detail ihrer Hochzeit, vom niedlichen Kissen des Ringträgers bis hin zu dem Outfit, das sie tragen möchte, wenn sie zu ihren Flitterwochen nach Hawaii reisen.

„Ich hatte keine Ahnung, dass eine Hochzeit so viel Arbeit bedeutet", sage ich.

„Deshalb bin ich so froh, Hailey an meiner Seite zu haben. Das ist meine Hochzeitsplanerin in Clover Park." Ich drücke Adams Arm. „Adam mag sie auch."

Ich furche konzentriert meine Augenbrauen. Dieser Name klingt vertraut.

„Sicher", sagt Adam. „Vor allem, weil eine Hochzeitsplanerin Kayla so glücklich macht."

Kayla drückt ihn um die Mitte. „Oh, Adam, ich liebe dich."

„Ich liebe dich auch", sagt er langsam.

Ich wende mich von all den Liebeserklärungen ab, und Sydney nimmt meinen Arm und zieht mich zu Wyatts Schwestern. „Du erinnerst dich an Brooke und Paige."

„Ja, ich habe sie vorhin begrüßt."

Sydney lächelt breit. „Nun, Brooke hier ist Single."

Meine Schultern fallen, plötzlich so müde. Das wäre nie passiert, wenn Jenna Sydney von uns erzählt hätte, und jetzt sind wir nicht einmal zusammen.

Brooke, eine Brünette mit langen, glatten Haaren, wird plötzlich leuchtend rot und schaut überall hin, außer zu mir. Wahrscheinlich hilft es nicht, dass sie in ihrem flauschigen grauen Maus-Kostüm mit aufgemalter Nase und Schnurr-haaren überrascht wurde.

Ihre Schwester Paige, eine Frau wie Sydney – zäh und sagt ihre Meinung – verbirgt ein Lächeln, als sie wortlos die Flucht in den anderen Raum antritt. Immerhin trägt Paige ein weniger peinliches Arztkostüm, komplett mit Stethoskop. Das hat eine gewisse Würde. Die arme Brooke wirkt verschämt, während sie eine Maus mit Schnurrhaaren ist.

„Ich dachte, wir würden das heute Abend nicht tun", flüstert Brooke Sydney zu.

„Kann ich eine Minute mit dir reden, Syd?", frage ich.

„Klar, geh nirgendwo hin, Brooke. Wir sind gleich wieder da."

Ich ziehe sie durch den Raum zum angrenzenden Essbereich. „Du bringst mich *nicht* mit Brooke zusammen."

„Warum nicht? Ihr seid im gleichen Alter, beide Singles. Sie ist sehr nett und auch noch klug. Sie hatte einen schlechten Lauf mit Jungs, aber sie ist auf der Suche nach jemandem, der ernster ist. Das könntest du sein. Und sie ist Architektin. Wie cool ist das denn?"

„Erstens brauche ich keine Schwester, die mir Dates sucht."

„Das ist anders. Sie gehört zur Familie. Ich mag sie wirklich, und wenn du ihr eine Chance geben würdest –"

„Syd, nein, lass es einfach."

„Du bist immer noch Single, oder?"

Ich bin es jetzt. „Ja, aber es wird nicht passieren."

„Oh, komm schon. Sprich einfach mit ihr."

Ich stelle mein Bier mit lautem Geräusch auf den Tisch. „Hör genau zu. Du bringst mich nicht mit Brooke oder sonst jemandem zusammen. Ich habe gerade mit der Liebe meines Lebens Schluss gemacht, ich fühle mich wie Scheiße, und ich *will* niemanden mehr, okay?" Meine Stimme wird am Ende laut. Ich kann nicht anders.

Ihr fällt die Kinnlade herunter.

Ich fahre fort, die Worte sprudeln nur so heraus. „Und du weißt, dass ein Teil des Grundes, warum ich nicht bei ihr bin, der ist, dass du ihr immer wieder gesagt hast, was für eine schlechte Person sie für mich sei, unfähig, eine Beziehung zu haben, während du sie hättest ermutigen sollen, zu versuchen, ihre Probleme zu lösen und der Liebe eine Chance zu geben."

Sie starrt mich an. „Redest du von Jenna? *Sie ist* die Liebe deines Lebens? Warum höre ich gerade erst davon?"

„Weil sie Angst hatte, dass es dir nicht gefallen würde."

Sie sieht über meine Schulter, und ihre Augen verengen sich. Ich folge ihrem Blick. Jenna und Audrey sind gerade angekommen.

Ich mache einen Schritt nach vorn. „Jenna."

Sie bleibt im vorderen Eingang stehen und starrt mich an. Auch sie hat kein Kostüm an. Ihr Gesicht ist blass, ihre Augen sehen müde aus.

Sydney schaut zwischen uns hin und her. Audrey, gekleidet wie eine Hexe, schenkt mir ein kleines Lächeln und macht sich auf den Weg in die Küche.

Ich marschiere zu Jenna. „Können wir eine Minute allein bekommen?"

Sydney taucht an meiner Seite auf. „Warte, einen Moment."

„Syd", blaffe ich, „gib uns einfach eine Minute."

„Sie ist der Grund, weshalb du dich so beschissen fühlst, dass du keine zwei Worte zu einer anderen Frau sagen kannst?", fragt Sydney mich.

„Ja, und ich hätte gerne eine Minute Zeit, um mit ihr zu sprechen –"

„Wie konntest du!", ruft Sydney in Jennas Richtung.

Jenna hält ihre Hände hoch. „Wir haben doch Schluss gemacht."

„Vielmehr hast du ihn fallengelassen! Genau, wie ich es gewusst habe."

„Nein, Syd", fange ich an.

Sydney fällt mir ins Wort, um Jenna anzugreifen. „Ich fasse es nicht, dass du das hinter meinem Rücken getan hast! Wie lange geht das schon so?"

„Nicht so lange", sagt Jenna und schickt mir einen flehenden Blick.

Zwei Monate. Ich werde nicht lügen, also sage ich nichts.

„Wie lange ist nicht so lang?", fragt Sydney und schaut zwischen uns hin und her.

„Ich-ich" – Jennas Gesicht legt sich in Furchen. „Es tut mir leid, okay?"

Er dreht sich um und raste zur Haustür. Ich laufe dicht hinter ihr her.

„Was ist hier los?", fragt Wyatt hinter uns.

Sydney antwortet laut genug, dass es unsere Ohren erreicht: „Oh, nichts, nur meine beste Freundin, die hinter meinem Rücken mit meinem Bruder zusammen war, nachdem ich ihr vor Monaten gesagt habe, dass sie sich von ihm fernhalten soll!"

Ich schließe die Haustür hinter uns, gerade als Jenna mir den traurigsten, gebrochensten Blick zuwirft, den ich je gesehen habe. „Es ist vorbei, Eli. Alles ist vorbei. Ich fahre nach Hause."

„Wir müssen reden."

Sie hält eine Handfläche hoch. „Ich werde nie das Traummädchen sein, auf das du gehofft hast. Warum denkst du, ist

Sydney so wütend? Du hattest von Anfang an recht. Wir sollten uns einfach verabschieden und unsere eigenen Wege gehen."

„Ich habe mich geirrt."

Ihr Gesichtsausdruck macht dicht. Sie dreht sich um und eilt zu ihrem Wagen.

Verdammt.

„Du kannst nicht einfach gehen!", rufe ich ihr nach. „Was ist mit Audrey?"

Was ist mit uns?

Sie dreht sich nicht um. „Sie wird mit jemand anderem nach Hause fahren." Sie steigt in ihr Auto und fährt über den vorderen Rasen, so eilig hat sie es wegzukommen.

Ich stemme meine Hände in die Hüften. Wenn sie nicht sehen kann, was für eine tolle Sache wir hatten, dann ist das ihr Pech.

Ich lasse den Kopf hängen. Nur, dass es mir genauso wehtut.

Jenna

Es ist erst zwei Tage her, seit der Alptraum-Kostümparty, drei Tage, seit Eli und ich nach der verpfuschten Hochzeit meiner Eltern Schluss gemacht haben, und es war schrecklich. Ich kann nicht schlafen, ich kann kaum essen. Sydney will nicht mit mir reden. Sie ist wütend, dass ich sie hintergangen habe, und wer könnte es ihr verübeln? Und wofür? Eli hat es beendet, weil er vermutete, dass ich es nicht so ernst meinte wie er. Ich weiß nicht einmal, was das heißen soll. Ehe? Vielleicht, als er meine Schwester und mich darüber reden hörte, dass wir nie heiraten wollten, sah er die Zukunft klar und mochte nicht, was er sah. Gott, ich wusste, dass alles schrecklich enden würde. Ich hätte nur nie gedacht, dass ich es so sehr bereuen würde.

Es ist Dienstag, mein freier Tag, und ich scheine mich nicht vom Sofa rühren zu können. Ich habe Dinge, die ich heute erledigen muss. Es gibt nur eine Frau auf der Erde, die meine Situation verstehen könnte – Eve. Wir haben stundenlang nach der verpfuschten Hochzeit unserer Eltern geredet. Wir sprachen über alte Zeiten und unsere unterschiedlichen Perspektiven auf das, was schiefgelaufen ist. Ich teilte ihr dann mit, dass Eli mit mir Schluss gemacht habe. Nach der

Therapie hat sie eine Menge schwer erkämpfter Weisheit. Ich rufe sie an. Es ist Nachmittag hier, und ich hoffe, dass ich sie in ihrer Mittagspause in Kalifornien erwische.

Sobald sie antwortet, platze ich heraus: „Erwische ich dich zu einem schlechten Zeitpunkt?"

„Ich habe nur ein schnelles Mittagessen in meinem Auto. Manchmal brauche ich Zeit allein nach den vielen Leuten im Schreiberraum. Nicht, dass ich nicht jeden einzelnen von ihnen liebe. Nur, weißt du, introvertiert."

Ich lächle ein wenig. Ich bin extrovertiert, also ist es für mich interessant, wie unterschiedlich zwei Schwestern sein können. Derselbe Genpool, der dieselbe verrückte Kindheit durchlebt hat. Vielleicht unterscheiden sich auch unsere Eltern zu sehr voneinander. Ich komme auf jeden Fall mehr nach Mom und jetzt, da ich darüber nachdenke, ist Eve mehr wie Dad. „Hast du dich jemals gefragt, warum Mom und Dad im College zusammengefunden haben?"

„Ich schätze, Hormone plus Alkohol gleich Liebe. Sie haben sich schließlich auf einer Party getroffen."

„Ja. Ich habe auch so etwas gedacht." Ich seufze. „Die Sache mit Eli ist wirklich vermasselt. Wir haben uns getrennt, und ich denke, er wollte die Sache in Ordnung bringen, aber dann hat meine beste Freundin, seine Schwester Sydney, herausgefunden, dass ich sie hintergangen habe, als ich mit ihm zusammen war, und jetzt wird sie nicht mehr mit mir reden. Ich habe das Gefühl, sie beide verloren zu haben." Heiße Tränen stechen in meinen Augen, und meine Stimme erstickt. „Und ich vermisse sie so sehr."

„Hast du zu einem von ihnen etwas gesagt, das du jetzt nicht mehr zurücknehmen kannst?"

„Nein, ich glaube nicht. Ich habe Eli stehengelassen, als er versucht hat, mit mir zu sprechen, weil Sydney so wütend auf uns war –"

„Warum sollte sie das sein?"

„Sie weiß, wie beschädigt ich bin, und wollte nicht, dass ich ihm wehtue. Und sie hat nicht unrecht. Ich habe noch nie eine gute Beziehung gehabt, und schau, wie vermasselt diese jetzt ist."

„Jenna, einige Dinge, die du sagst, lassen mich denken, dass du vielleicht das Gefühl hast, nicht genug zu sein."

„Ja!"

„Genauso habe ich mich selbst lange gefühlt. Es würde dir nicht schaden, es mit einer Therapie zu versuchen, um einige vergangene Probleme zu verarbeiten, damit sie nicht in deinen aktuellen Beziehungen auftauchen."

Ich schiebe eine Hand durch mein Haar. „Ich hätte nie gedacht, dass ich eine solche Beziehung haben würde, weißt du? Ich glaube nicht, dass ich es so eng hätte werden lassen, wenn nicht er es gewesen wäre. Eli hat sich irgendwie sicher angefühlt. Ich denke, weil wir uns so lange schon kennen."

„Sicher, was? Die meisten Leute würden das langweilig finden, aber ich habe das Gefühl, sicher ist genau das, was du brauchst."

„Oh, er ist nicht langweilig. Überhaupt nicht. Meistens habe ich das Gefühl, dass ich mich bei ihm einfach entspannen kann."

„Deine Abwehrmaßnahmen fallen lassen kannst."

„Ein kleines bisschen. Aber nicht genug. Ich hätte ihm sagen sollen, wie ich empfinde. Ich meine es ernst mit ihm. Ich liebe ihn." Ein Gewicht hebt sich, und ich setze mich aufs Sofa. „Das tue ich wirklich. Ich bin mir nicht sicher, was das für die Zukunft bedeutet, aber ich sollte ihm das zumindest erzählen, oder?"

„Klingt so, als wüsstest du bereits, was zu tun ist."

Leichter gesagt als getan.

„Was, wenn es nicht genug ist? Was, wenn er sagt: *ja, und*? Es ist gruselig."

„Es gibt nur eine Möglichkeit, das herauszufinden."

Die Nervosität rast durch mich bei dem Gedanken. „Ich schätze, du hast recht."

„Ich hoffe, nach unserer Marathon-Talkrunde am vergangenen Wochenende –" sie hustet die Worte *kostenlose Therapie* heraus „– hast du eine gewisse Perspektive auf die Dinge. Was schiefgelaufen ist, als wir noch Kinder waren, hatte nichts mit uns zu tun. Das tut es immer noch nicht. Nichts davon war unsere Schuld."

Ich atme tief ein, versuche den Worten tief im Inneren zu glauben, wo der Schmerz lebt.

„Ich weiß, dass du das schaffst. Du bist ein großes Risiko eingegangen, als du deine IT-Karriere aufgegeben und mit deinem eigenen Geschäft von vorn angefangen hast. Dafür waren Kraft und Selbstvertrauen nötig. Genau das, was du brauchst, um Eli zurückzubekommen."

„Was, wenn es zu spät ist?"

„Würdest du es nicht lieber sicher wissen, als nichts zu tun?"

„So gesehen …"

„Ramm nur nicht sein Auto, um wie beim ersten Mal seine Aufmerksamkeit zu bekommen."

Ich kann das Lächeln in ihrer Stimme hören. „Ich habe dir gesagt, das war ein Unfall, Klugscheißer. Ich lass mir was einfallen. Danke, Eve, ich bin dir dankbar für das aufmunternde Gespräch."

„Lass mich wissen, wie es ausgegangen ist."

„Werde ich. Hab dich lieb."

„Ich dich auch."

Ich lege auf und drücke ein Wurfkissen an meine Brust, meine Augen sind wässrig. Wenn ich mich nach Jahren mit Eve zusammenraufen kann, dann kann ich mich sicherlich mit Eli versöhnen. Aber meine Schwester ist mir auf halbem Weg entgegengekommen. Ich bin mir nicht sicher, ob ich den gleichen Empfang von Eli bekomme, nachdem ich ihn nun schon zweimal verlassen habe.

Eins nach dem anderen, es ist an der Zeit, Frieden mit Sydney zu schließen.

∿

Ich ziehe mich an und gehe direkt zum Horseman Inn. Es ist kurz, bevor das Restaurant zum Abendessen öffnet, was bedeutet, dass sie geschlossen haben, aber die Angestellten sind drinnen und bereiten alles vor. Ich klopfe an die Tür.

Einen Moment später sieht mich Sydney durchs Fenster an, ihr Ausdruck ist hart.

Ich breche in kalten Schweiß aus.

Sie öffnet die Tür. „Was?"

„Ich muss mit dir reden und es erklären. Bitte hör mir einfach nur zu."

Sie bedeutet mir, ihr hinein zu folgen. Wir setzen uns an einen Ecktisch im vorderen Raum. Die einzigen anderen Leute hier sind die Barkeeperin, Betsy, die hinter der Bar alles vorbereitet, und ein Aushilfskellner, der das hintere Esszimmer wischt.

„Ersens tut es mir wirklich leid, dass ich es dir so lange nicht erzählt habe", sage ich. „Am Anfang war es so neu und zerbrechlich. Meine erste ernsthafte Beziehung." Meine Stimme bricht. „Das habe ich nicht erwartet. Eli hat mich irgendwie überfallen." Ich blinzele Tränen beiseite. „Er hat mich für ein Wochenende zu unserem ersten Date entführt, damit wir uns kennenlernen konnten."

„Was! Er hat dich entführt?"

„Ja, es war verrückt. Er hat mir Handschellen angelegt und alles und mich zu seinem Auto getragen. Das nächste, was ich weiß, ist, dass wir aus der Stadt gerast sind auf unserem Weg nach New Hampshire."

Jenna lehnt sich in ihrem Stuhl zurück und schüttelt den Kopf. „Gerade wenn ich denke, dass er auf dem rechten Weg ist, zieht er so etwas ab. Du sagst mir also, es sei alles von ihm ausgegangen."

„Ich möchte nicht alles auf ihn abwälzen. Ich war von dem Moment an, als wir unseren Zusammenstoß hatten, zu ihm hingezogen, aber ich wollte nichts deswegen unternehmen, weil du mich davor gewarnt hattest, und ein Teil von mir stimmte dem zu, dass ich zu beschädigt bin, um eine Beziehung zu haben. Ich dachte, er würde am Ende nur verletzt werden, und ich könnte nie mit jemandem zusammen sein, den ich die meiste Zeit meines Lebens gekannt habe, –"

„Ganz zu schweigen davon, dass du ihn in der Stadt sehen müsstest."

„Genau, aber, Syd, er hat es so einfach gemacht. Er ist so warmherzig und lustig. Er war alles, was ich brauchte, als ich es brauchte, und irgendwie habe ich einen Weg gefunden, ihm auf halber Strecke entgegenzugehen."

Sie runzelt die Stirn. „Audrey wusste es."

Ich packe ihren Arm. „Ich wollte dich nicht ausschließen. Nun, das wollte ich, aber nur, damit ich dich dabei nicht verlieren würde. Wie auch immer, Audrey ist diejenige, die ihm geholfen hat, mich zu entführen. Sie sagte, dass er mich nur kennenlernen könne, wenn wir für eine längere Zeit zusammen weg wären."

„Hm." Sie neigt den Kopf. „Da könnte sie recht gehabt haben."

„Das hatte sie!"

Sie schüttelt den Kopf. „Ich bin immer noch sauer, dass ich die Letzte bin, die es erfahren hat."

„Ich schwöre, ich werde nie wieder ein Geheimnis vor dir haben. Und ich habe Gefühle für ihn. Tiefe Gefühle. Ich liebe ihn." Ich beiße mir auf die zitternde Unterlippe. „Das habe ich ihm noch nicht einmal gesagt."

Sie schnappt nach Luft.

Ich nicke, meine Sicht verschwimmt durch die Tränen. „Doch, es stimmt. Kannst du glauben, dass es für mich endlich passiert ist? Ich glaube nicht, dass es jemals bei irgendjemand anderem passiert wäre. Eli war einfach sicher genug, beharrlich genug, einfach … alles, was ich jemals wollte."

„Jenna! Oh Gott!" Sie wirft ihre Arme um mich und umarmt mich ganz fest. „Mein kleiner Bruder hat dich von deiner schrecklichen Beziehungsgeschichte geheilt!"

Ich ziehe mich zurück. „So klein ist er doch nicht mehr."

Sie lächelt. „Du hast recht. Ich habe es vermasselt. Ich liebe dich, und ich hätte dich mehr unterstützen sollen. Ich habe einfach nicht gemerkt, dass du echte Gefühle für ihn hast, aber das ist nicht der Punkt. Es tut mir leid!"

„Es tut mir auch leid."

Sie seufzt. „Ich muss etwas mehr loslassen, wenn es um Eli und Caleb geht. Caleb muss mir immer noch eine SMS schicken, wenn er geschäftlich unterwegs ist, damit ich weiß, dass er sicher angekommen ist."

Ich stupse ihre Schulter an. „Misch dich nur nicht in sein Liebesleben ein."

Sie hebt ihre Handflächen. „Ich habe meine Lektion gelernt. Außerdem hat Caleb kein Interesse an einer Beziehung. Es tut mir mehr leid um diese Frauen, die sich in ihn verlieben." Sie greift nach meinen Händen, ihre Stimme ist ganz ernst. „Es tut mir so leid, dass das zwischen uns gekommen ist. Ich war viel zu behütend. Es war richtig von dir, dass du das hinter meinem Rücken getan hast, weil ich sonst ganz über euch gewesen wäre, auf eurem kleinen, noch jungen Keimling einer Beziehung herumgetrampelt hätte, und jetzt ist er in Liebe erblüht. Das habe ich immer für ihn gewollt. Für euch beide. Ich wusste nur nicht, dass du das auch für dich selbst wolltest."

„Ich tue es jetzt. Eli wollte dir von uns erzählen, er hat darauf bestanden, und ich habe immer wieder gesagt, dass ich es tun würde, und es dann aufgeschoben. Ich hatte so große Angst, dich zu verlieren."

„Ich war ein Idiot", sagt sie großmütig.

Ich lächle. „Wenn du damit einverstanden bist, würde ich gerne versuchen, wieder mit ihm zusammenzukommen. Wir haben uns getrennt, und dann hat er versucht, sich wieder mit mir zu versöhnen, und ich war zu niedergeschlagen deinet- und meinetwegen –"

„Geh! Bitte, raus hier und gewinn deinen Mann zurück." Sie steht auf und bedeutet mir mit einer großen Geste, dass ich gehen soll.

Ich stehe auf, ein wenig unsicher. „Ich bin mir nicht sicher, wie genau ich das tun soll."

Sie schubst mich ein wenig. „Sag ihm, du liebst ihn. Das ist der wichtige Teil."

Ich gehe hinaus, fühle mich viel leichter als in dem Moment, als ich hereingekommen bin.

Aber auf der Heimfahrt sind meine Gedanken verworren und drehen sich darum, was mich und Eli zweimal auseinandergebracht hat und wie man verhindern kann, dass es wieder passiert. Zwei Dinge stechen hervor – er hat zu mir als seinem idealen Traummädchen aufgesehen, dem ich nie gerecht werden kann, und die Angst, die ich habe, die Fehler meiner Eltern zu wiederholen. Ich muss uns erst einmal auf eine Stufe stellen und dann beweisen, dass meine Liebe wahr ist.

Nach meinem langen Gespräch mit Eve an diesem Wochenende, denke ich, dass ich weiß, wie man das macht.

Am nächsten Tag zeige ich mich im Büro von Dr. Russo. Dies mag der seltsamste Plan sein, den jemals jemand hatte, um jemanden zurückzugewinnen, aber es fühlt sich richtig an. Ich sage der Empfangsdame, wofür ich da bin, und warte. Ich habe Dr. Russo nicht getroffen, seit er letztes Jahr in die Stadt gezogen ist. Ich war zu beschäftigt damit, mein Geschäft aufzubauen.

Kurze Zeit später tritt Dr. Russo in blauem Kittel in den Warteraum. Er ist jung, vielleicht dreißig, mit dicken braunen Haaren und einem getrimmten Bart. Eli streckt mir seine Hand entgegen. „Hi, ich bin Dr. Russo. Freut mich, Sie kennenzulernen, Jenna. Wir sind mit dem Tierheim noch ganz am Anfang, also nur ein paar Optionen zur Auswahl. Kommen Sie mit."

Das ist richtig, ich bin beim Tierarzt. Ich habe seine Inserate auf einer Tierrettungswebsite online gesehen und einen Adoptionsantrag ausgefüllt. Ich habe mich nie zuvor einen

Hund kaufen lassen, wegen des Schmerzes, ihn wieder zu verlieren. Das ist mein optimistischer Weg in die Zukunft. Eli hat erwähnt, dass Dr. Russo ein Tierheim bauen will, und es scheint, dass er einen guten Anfang gemacht hat. Ich folge ihm in ein Hinterzimmer mit ein paar großen Zwingern für Hunde und einigen kleineren weiter oben für Katzen.

Er zeigt auf einen kleinen Käfig. „Wir haben ein Mutter-Tochter-Calico-Katzenpaar. Beide sehr sanft."

Ich schaue auf die Katzen. Sie liegen aneinander zusammengerollt und schlafen. „Ich schätze, dass sie zusammenbleiben wollen."

„So oder so, solange sie beide in einem guten Zuhause unterkommen. Hatten Sie schon einmal eine Katze?"

„Nein. Ich hatte einmal einen Hund. Eigentlich weiß ich, dass es das ist, was ich will." Ich gehe zu den Hunden hinüber und knie mich hin, um in ihre Käfige zu schauen. Einer ist ein schwarz-weißer Hund mit spitzen Ohren. Er schläft und öffnet kurz die Augen, als ich ihn grüße.

„Dieser Kerl ist ein Senior", sagt Dr. Russo. „Er ist sehr sanft, wie Sie sehen können. Boston Terrier. Ich habe ihn PJ genannt, aber ich bin mir nicht sicher, ob er den Namen annimmt."

Ich wende mich dem anderen Hund zu. Er ist ein kleiner brauner Pitbull, der hinten in seinem Käfig steht. Dies ist der, auf den ich von der Online-Liste gehofft hatte. Ein Freund für Lucy. „Komm her, Hundi. Komm ein wenig näher."

Der Hund sieht misstrauisch aus.

Dr. Russo gibt mir ein Leckerchen. „Ich nenne ihn wegen seines braunen Mantels Mokka."

Ich lächle. „Das ist großartig, denn ich bin Konditorin. Mokka ist ein großartiger Geschmack." Ich biete ihm das Leckerchen durch das Gitter an. „Ein Leckerchen für dich! Du weißt, dass du es möchtest."

Mokka schnüffelt und nähert sich langsam.

„Nur ein wenig näher", locke ich ihn.

Er schnappt nach dem Leckerchen, und ich reiße meine

Hand zurück. Er nimmt das Leckerchen mit in die Ecke und dreht uns den Rücken zu, um es zu genießen.

Dr. Russo zeigt auf ihn. „Er ist ungefähr neun Monate alt. Kastriert, auf dem neuesten Stand der Impfungen, aber er hatte noch nicht viel menschliche Interaktion. Es wird Zeit und Geduld brauchen, um ihn mit sozialen Kontakten vertraut zu machen."

Ich stehe auf. „Ich nehme ihn."

Er setzt ein Lächeln auf. „Vielleicht sollten Sie zuerst ein wenig enger interagieren. Ich werde ihn an die Leine legen, und Sie können zusammen spazieren gehen, klingt das gut?"

Ich nicke, aber ich weiß es bereits. Das ist mein Hund. Er ist ein wenig gebrochen, aber nichts, was eine Menge Liebe nicht beheben kann. Genau wie ich.

Dr. Russo öffnet den Käfig und lockt Mokka mit einem weiteren Leckerbissen, indem er eine Leine an sein Geschirr schnallt. „Faire Warnung, er ist stark und nicht gut erzogen, deswegen ist das Geschirr besser bei Spaziergängen. Es wird nicht an seinem Hals ziehen, ihn würgen."

„Alles klar."

Er reicht mir ein paar Leckereien aus seiner Tasche. „Für den Fall, dass Sie ihn locken müssen. Außerdem wird es Sie sehr gut für ihn riechen lassen."

Ich stecke das Leckerchen in die Tasche meiner Fleecejacke, nehme die Leine und füttere Mokka ein Leckerbissen. „Gassizeit!" Ich versuche, optimistisch und positiv zu klingen, damit er keine Angst hat.

Mokka folgt fügsam hinter mir, bis ich die Tür des Raumes öffne, und dann rast er nach vorne und reißt an meinem Arm. Ich lache und beeile mich, damit mein Arm nicht ausgekugelt wird. „Warte auf mich!"

„Nehmen Sie mehr Leine in die Hand!", ruft Dr. Russo. „Geben Sie ihm nicht zu viel Leine."

Mokka hält an der Glastür zum Büro des Tierarztes an und kratzt daran. Ich wickle die Leine um meine Hand für einen besseren Griff, um sicherzustellen, dass ich die maximale Hebelwirkung habe. Ich flüstere Mokka zu: „Wir werden einen kurzen Spaziergang die Straße hinunter und zurück machen. Wir müssen beweisen, dass wir das gemeinsam schaffen. Bereit?"

Er kratzt an der Tür. Ich weiß einfach, dass er wieder losschießen wird.

„Kannst du sitzen?" Ich halte das Leckerchen über seinen Kopf. Er springt und packt es und zermalmt es.

Dr. Russo lacht hinter uns. „Ich kann Ihnen einen Trainer empfehlen, der Ihnen mit ihm hilft."

Ich lächle ihn an. „Ich werde darauf zurückkommen." Ich drehe mich zu Mokka um. „Langsam", befehle ich.

Er sieht mich an, dann zur Tür, dann mich.

Ich öffne sie, und er stürzt nach vorne. Ich stemme meine Fersen dagegen und gewinne die Kontrolle. „Los geht's, ganz einfach." Ich gehe in einem flotten Tempo, Mokka trabt neben mir und sieht begeistert aus, draußen zu sein. Er zieht zur Seite, und ich lasse ihn an einem Stoppschild schnuppern. Er pinkelt daneben, und dann schnüffelt er im Gras ringsum. Wahrscheinlich ein beliebter Pipi-Platz in der Nähe des Tierarztes.

„Okay, lass uns weitergehen." Ich ziehe an der Leine, und wir setzen unseren Spaziergang fort. Ich ziehe ihn halb zu mir zurück, während er nach vorne zieht und mich drängt, ihn einzuholen. Es ist nicht einfach, aber ich bin glücklich. Ich denke, mit der Zeit werden wir lernen, zusammenzuarbeiten.

Ich führe uns im Kreis zurück und gehe zum Tierarztbüro. Mokka zieht weiter, bis wir den Parkplatz erreichen, und hält dann an und gräbt seine Fersen hinein. Er denkt, dass er in den Käfig zurückmuss.

Ich halte an und hock mich neben ihn. „Ich möchte dich gerne mit nach Hause nehmen, und dann wirst du nie wieder beim Tierarzt sein müssen, außer für Untersuchungen, aber dann bringe ich dich gleich wieder raus. Das ist also bloß ein Besuch. Ich werde dich adoptieren. Würde dir das gefallen?"

Er schnüffelt an meiner Jackentasche und schafft es, seine Nase hineinzubekommen und sich die letzten meiner Leckerchen zu stibitzen. Seine Schnauze verfängt sich am Fleece-

Stoff, und er schüttelt den Kopf, um sich zu befreien. Ich lache und ziehe ihn heraus. Er leckt mir die Hand und wedelt mit dem Schwanz. Ich glaube, er mag mich.

Ich stehe auf. „Okay, lass uns gehen."

Ich zerre ihn mit etwas Anstrengung zur Tür, und Dr. Russo hält sie für uns offen. „Er wollte nicht zurückkommen."

Dr. Russo grinst. „Das tun sie nie. Tierärzte geben ihnen Spritzen und ärgern sie zu viel."

„Es war kein einfacher Spaziergang, aber ich denke, es lief gut. Er hat meine Hand geleckt."

„Er gehört ganz Ihnen. Lassen Sie mich seine Unterlagen und genug Hundefutter für den Anfang holen. Herzlichen Glückwunsch! Sie sind eine Hundemutter." Er holt hinter seinem Rücken eine Mütze hervor und gibt sie mir. Darauf steht Dog Mom.

Mein Herz zieht sich zusammen, Wärme rauscht durch mich. Ich bin eine Mom. Nun, die Hundeart, aber immerhin. Ich fühle mich gut dabei, diese liebevolle Verantwortung zu tragen.

Ich setze die Kappe auf. „Das ist entzückend! Was für eine großartige Idee."

„Danke, ja, es war Teil unserer Spendenaktion für das Tierheim, und ich dachte, es wäre gut, sie denjenigen zu geben, die Tiere adoptieren. Ohne Menschen wie Sie könnten wir das nicht tun."

„Ich bin begeistert, es zu tun."

Ich streichele Mokka, während ich auf die Papiere warte. Er steht, sein Blick klebt an der Haustür. Ich habe mich bereits in ihn verliebt. Ich hätte nie erwartet, dass ich so eine sofortige Verbindung habe. Mein ursprünglicher Gedanke war, dass die Adoption eines Hundes Eli zeigen würde, dass ich über vergangene Schmerzen hinwegkommen könnte, wie, dass meine Eltern meinen Hund verschenkt haben, damit er mir eine zweite Chance geben würde. Und jetzt stellt sich heraus, dass ich mich wirklich geheilt habe.

Mokka zieht an der Leine, als er zur Vordertür schießt,

und sie rutscht mir aus der Hand. Ich beeile mich, ihn einzu-holen. „Noch nicht. Du magst doch dein Essen, nicht wahr? Dr. Russo kommt damit zurück."

Ich ziehe ihn weiter zurück in den Warteraum. Er lässt sich zu meinen Füßen fallen, legt seinen Kopf auf die Pfoten und gibt mir die großen Welpenaugen. Das wird eine Menge Arbeit. Eine Menge Liebe.

Ich kann es nicht abwarten.

Ich habe herausgefunden, wann Eli freihat, und habe meine Assistentin dazu gebracht, meine Schicht zu übernehmen, damit ich endlich meinen Schritt machen kann. Es ist Sams-tag, drei Tage nach der Adoption von Mokka. Ich musste ihn sich erst einmal einfinden lassen, bevor ich ihn irgendwo mit hinnehme. Er ist auf dem Rücksitz des Wagens. Ich habe mir überlegt, dass ich ihn draußen Lucy vorstellen werde, falls Lucy sich nicht über einen anderen Hund in ihrem Haus freut. Eli wird sehen, wie sehr ich mich bemühe, vorwärtszu-kommen, und dann werde ich ihn um eine zweite Chance bitten. Oh, und ich habe Rosen für ihn mit einer eigenen Notiz. So wie er es vor all den Jahren getan hat.

Ich klingele, die Blumen hinter meinem Rücken versteckt, Adrenalin rast durch mich.

Caleb öffnet mit Lucy, die an seiner Seite bellt. „Hey, Jenna." Er dreht sich zu Lucy um. „Sitz."

Sie setzt sich, und ich strecke meine Hand vor, damit sie schnüffelt. Sie dreht fast durch beim Schnüffeln, wahrschein-lich wegen Mokka.

„Ist Eli da?", frage ich.

„Ja, komm rein. Er ist oben, wahrscheinlich bläst er wieder Trübsal. Du hast sein Herz gebrochen, weißt du."

Ich verziehe das Gesicht. Caleb sagt immer, was er denkt. „Das beruht auf Gegenseitigkeit. Soll ich einfach hinaufge-hen?" Ich ziehe die Rosen hinter meinem Rücken hervor und stecke sie in die Armbeuge.

Er starrt sie an. „Ähm, er braucht eine Warnung. Einen so launenhaften Kerl überfällt man nicht einfach so. Was ist, wenn er da drin ist und ein paar unheimliche Songs auf der Gitarre spielt? Zu peinlich." Er geht zur Treppe und ruft: „Eli! Du hast Besuch!"

Keine Antwort.

Er schüttelt den Kopf und geht nach oben, klopft an seine Tür. Ich folge ihm den größten Teil nach oben und lausche schamlos.

„Was?", fragt Eli.

„Du hast Besuch! Es ist eine niedergeschlagen aussehende Frau mit Rosen."

Es folgen Geräusche, und dann erscheint Eli. „Jenna."

Caleb geht in sein Zimmer und schließt die Tür, um uns Privatsphäre zu geben.

„Hi", sage ich, mein Herz pocht.

Er betrachtet meinen Gesichtsausdruck. „Hi! Lass uns runtergehen."

Ich gehe auf wackeligen Beinen nach unten. In dem Moment, in dem wir im Wohnzimmer sind, schiebe ich ihm die Rosen zu. „Ich habe dich vermisst. Da ist eine Nachricht."

Er zieht den Zettel aus dem kleinen Umschlag und liest ihn. Dann packt er mich mit seinem freien Arm und drückt mich kräftig an sich. „Jenna."

Ich lege meine Arme um seine Mitte, umarme ihn für einen langen Moment, mein Herz schlägt kräftig. Ich schaue ihn an, Emotionen verschließen meine Kehle. „Ich meine es so. Ich liebe dich, Eli."

Er umfasst meinen Kiefer, sein Gesicht ist errötet, seine Augen voller Tränen. „Das ist genau das, was ich vor all den Jahren in der Notiz an dich geschrieben habe." Er legt die Rosen auf den Couchtisch und hält die Karte mit meinen drei kleinen Worten hoch, die so viel Gefühl enthalten – ich liebe dich.

Mir fällt die Kinnlade herunter. „Das hast du geschrieben, als du sechzehn warst? Das war so mutig von dir!"

„So peinlich es auch ist, das zuzugeben, es stimmt." Er

steckt die Notiz in seine Gesäßtasche, nimmt mein Gesicht mit beiden Händen und küsst mich zärtlich. „Ich liebe dich. Immer noch, für immer."

Wärme breitet sich durch meine Brust aus, meine Gliedmaßen sind leicht. Es ist pures Glück, wie ich es noch nie zuvor gefühlt habe. Dies ist ein Mann, der meine Stärken und Schwächen kennt und mich ganz liebt. Er hält mich an sich, und ich seufze, eingehüllt in reines Glück und so viel Liebe. So bleiben wir eine lange Weile. Ich kann nicht aufhören zu lächeln. Ich bin einfach so glücklich, wieder mit ihm zusammen zu sein.

Er zieht sich zurück und blickt tief in meine Augen mit so viel Liebe, dass ich mich frage, wie ich es vorher nicht gesehen habe. Ich fühle mich so energiegeladen, als könnte ich spontan in einen Square Dance ausbrechen. Ha! Stattdessen küsse ich ihn.

Ich schiebe meine Finger durch das Haar in seinem Nacken. „Damals wäre ich schockiert über eine Liebeserklärung gewesen."

Seine Lippen heben sich zu einem kleinen Lächeln. „Es war verfrüht, aber von Herzen. Es tut mir leid, dass ich so einen Komplex habe, weil ich dich schon so lange anbete. Ich hätte einfach neu anfangen sollen, als wir als Erwachsene wieder Kontakt aufgenommen haben, und all das andere Zeug vergessen."

„Es war in gewisser Weise schön. Viel, dem ich gerecht werden muss, aber schön."

Er streicht mir die Haare aus dem Gesicht. „Ich will nicht, dass du das Gefühl hast, du müsstest einer Fantasie-Version von dir gerecht werden, die ich in meinem Kopf aufgebaut habe. Ich liebe dich so, wie du gerade bist."

„Das ist eine Erleichterung, weil ich alles andere als perfekt bin."

„Ich auch nicht. Außerdem waren die meisten meiner Traummädchen-Fantasien von der schmutzigen Sorte, und du hast alle Erwartungen weit übertroffen."

Ich lache. „Schön, das zu hören. Wie lange hattest du diese schmutzigen Fantasien?"

Er grinst. „Das möchtest du nicht wissen."

Ich atme tief ein. „Ich habe Sydney mein Herz ausgeschüttet, und sie ist mit mir einverstanden, auch mit uns. Ich habe alles gestanden, auch, dass ich dich so sehr liebe. Das hat sie immer für dich gewollt."

„Ich weiß. Aber sie ist ein wenig zu weit gegangen."

Ich löse mich von ihm. „Nun, sie hat ihren Fehler zugegeben und sich entschuldigt. Ich habe noch eine andere Sache, die ich sagen muss."

Er neigt seinen Kopf, seine Augen sind auf meine gerichtet.

„Ich musste mein Herz wieder öffnen und –" Ich quietsche, als Lucys Kopf zwischen meinen Beinen auftaucht. Ich schiebe sie zurück und sie stupst meine Hand an, damit ich sie streichle. Ich streichele ihren Kopf und fühle mich ruhiger. „Ich arbeite wirklich hart daran, zu heilen und offener zu sein. Tatsächlich habe ich jemanden, der darauf wartet, dich draußen kennenzulernen."

Seine Augenbrauen ziehen sich zusammen, während er seinen Kopf zur Seite legt. „Das hast du?"

„Ja. Stell sicher, dass Lucy hierbleibt. Ich bin mir nicht sicher, wie sie reagiert."

Ich gehe nach draußen, und er folgt mir. Dann gehe ich zum Rücksitz, und Mokkas Kopf schiebt sich mit einem fröhlichen Bellen aus dem Fenster. Er ist mit mir verbunden, aber er ist immer noch unsicher bei anderen Menschen. Ich öffne die Tür und greife seine Leine, bevor ich seinen Sicherheitsgurt öffne. Er springt aus dem Wagen und rast um mich herum. Ich halte ihn fest und sage ihm, dass er sitzen soll.

Mokka bemerkt plötzlich Eli und zieht sich zurück, stellt sich hinter mich.

„Das ist Mokka", sage ich. „Ich habe ihn adoptiert, weil ich versucht habe, über einen meiner früheren Schmerzen hinwegzukommen, weil meine Eltern meinen geliebten Hund verschenkt haben. Auch wenn ich Hunde liebe, habe ich mich als Erwachsene nie einen haben lassen, weil ich die Idee, den Hund wieder zu verlieren, nicht ertragen konnte. Ich weiß, dass es nicht logisch ist, aber ... jedenfalls versuche ich zu heilen und mich vorwärtszubewegen. Mokka hier hilft mir."

„Das ist großartig. Ich bin froh, das zu hören." Er küsst mich und umfasst meinen Kiefer, blickt in meine Augen. „Ich finde gut, dass du das getan hast."

Mokka bellt.

Ich drehe mich zurück, um ihn anzusehen. „Ist schon okay. Er gehört zu mir."

Eli hockt sich hin und hält Mokka seine Hand zum Schnüffeln hin. Ich gebe Eli ein Leckerchen, damit er es Mokka anbietet, der es nimmt und Eli erlaubt, ihn zu streicheln. Fortschritt. Natürlich würde Mokka Eli vertrauen. Er ist ein großartiger Typ.

Eli sieht mich an. „Er ist noch ein Welpe."

„Dr. Russo sagt, er sei neun Monate alt. Er ist sehr verspielt, sobald er sich wohlfühlt."

Er steht auf und lächelt mich an. „Sollen wir ihn Lucy vorstellen?"

Ich strahle. „Das sollten wir. Schließlich könnten sie eines Tages Mitbewohner sein."

„Mitbewohner, wie?"

„Mokka könnte für uns beide sein, weil ich gehofft habe, dass wir immer zusammen sein werden."

Er betrachtet meinen Gesichtsausdruck. „Haben sich deine Gefühle in Bezug auf die Ehe verändert?"

Ich atme die Luft ein, alarmiert.

„Ich mache dir keinen Antrag, sondern frage nur, ob sich deine Gefühle geändert haben."

Ich denke an die Fortschritte, die ich mit Mokka als Hundemutter mache. Ich liebe es, jemanden zu haben, um den ich mich kümmern kann. „Ich glaube, Kinder wären eines Tages nett."

„Okay, Kinder." Er streichelt meine Wange. „Ich mag diese Antwort."

Ich halte eine Handfläche hoch. „Ich würde immer eine

Ehe mit dir in Betracht ziehen, aber mach mir keinen Antrag. Wir sollten mindestens ein Jahr zusammen sein, um sicher zu sein."

Er küsst mich. „Ich habe es nicht eilig."

Ich entspanne mich. Und dann lächle ich so breit, dass meine Wangen schmerzen. „Ich bin wahnsinnig glücklich. Ich kann nicht aufhören zu lächeln."

Er lacht. „Ich auch. Lass mich Lucy hierherholen, um ihr unser neues Familienmitglied vorzustellen."

Glück sprudelt in mir auf, und ich fühle mich leicht und schwebend. *Unsere Familie.*

Einen Moment später kommt Lucy mit Eli aus dem Haus, und Mokka versteckt sich hinter mir.

Eli lässt Lucy sitzen, und ich ziehe Mokka hinüber und gebe beiden Hunden Leckerchen. Lucy geht zu Mokka, um an ihm zu riechen, während der sehr steif und still steht. Nachdem sie an ihm geschnüffelt hat, macht sie eine Spielverbeugung. Mokka sieht unsicher aus.

„Das ist ein guter Anfang", sagt Eli. „Sie will spielen. Bringen wir sie hinein und lassen wir sie mit dem Zeug in ihrem Spielzeugkorb spielen."

Ich folge ihm hinein. Mokka schnüffelt im ganzen Raum herum, während Lucy Spielzeug für Spielzeug herausnimmt und es in der Nähe von Mokka ablegt.

„Ich denke, sie wird ihm beibringen, sich zu entspannen", sage ich. „Vielleicht wird sie ihm wie eine dritte Mom sein."

„Dritte?"

„Es gibt seine Hundemutter und dann mich, seine zweite Mom. Ich habe die Mütze, um es zu beweisen. Darauf steht Dog Mom."

„Klingt offiziell", neckt er und zieht an einer meiner Locken. „Du musst bei Dr. Russo gewesen sein."

Lucy bellt, und Mokka hebt schließlich seinen Kopf aus seinem Schnüffelabenteuer. Dann bemerkt er das große Gummi-Acht-Spielzeug, das Lucy neben ihm hat fallen lassen. Er nimmt es vorsichtig und lässt sich dann zum Kauen nieder. Lucy schnappt sich ihr orangefarbenes Feuerwehrschlauchspielzeug und macht es sich neben ihm bequem.

„Während sie beschäftigt sind, könnten wir vielleicht …" Eli zeigt nach oben.

„Caleb ist hier", flüstere ich.

„Yo, Caleb!", brüllt er.

Einen Moment später taucht Caleb auf und joggt hinunter. „Ich weiß, ich weiß. Ich werde die Nacht bei Drew verbringen. Wir haben morgen früh sowieso Arbeit." Er arbeitet im Dojo mit ihm in Teilzeit, wenn er nicht seine Modelsache macht.

Eli nimmt meine Hand und geht mit mir nach oben. „Wann hast du gemerkt, dass du mich liebst?"

„Ich habe das Gefühl, dass ich dich schon immer geliebt habe."

„Du hast mich nicht geliebt, als wir Kinder waren."

„Ich hatte immer ein Faible für dich. Du hattest ein Gefühl für Spaß und Unfug, das ich immer mochte."

Wir erreichen sein Zimmer, aber er hält mich an, seine Hände auf meinen Hüften. „Und als Erwachsene?"

Meine Gedanken springen zu all den Dingen, die Eli mir gezeigt hat – die kleinen Gesten, die Zärtlichkeit, die Fürsorge. „Ich würde sagen, es war, als du mich entführt hast. Ich dachte, hier ist ein Kerl, dem so viel an mir liegt, dass er mich von allem wegbringt, nur um mich besser kennenzulernen."

„Hmm … man könnte argumentieren, dass das nicht gerade romantisch war. Und ich habe dir Handschellen angelegt."

„Weil du verstanden hast, dass ich einen Schubs brauchte. Sex vom Tisch zu nehmen war ein genialer Zug. Das hat noch nie jemand getan. Obwohl es so ziemlich besiegelt war, sobald wir uns geküsst haben."

Er küsst mich und lächelt gegen meine Lippen. „Ich habe dich mein ganzes Leben lang verehrt, aber der Moment, in dem es in echte Liebe ungeschlagen ist, war, als ich dich sehnsüchtig auf das Babybild von General Joans Urenkelin schauen sah. Ich sah die Liebe, zu der du fähig bist, und wusste, dass ich sie für mich haben musste. Mein Herz fiel an diesem Tag und wird weiterhin fallen, jeden Tag für den Rest meines Lebens."

„Oh, Eli." Ich werfe die Arme um ihn und küsse ihn leidenschaftlich.

Wir stolpern gemeinsam durch die Tür.

Ich höre die Tür hinter mir zuschlagen, und dann gibt es nichts als feurige Hitze und echte, wahre Liebe.

EPILOG

Eli

Es ist der Samstag nach Thanksgiving, und ich spiele Gitarre im Horseman Inn. Ich habe Jenna zu Thanksgiving mit meiner Familie eingeladen, die dieses Jahr bei Sydney und Wyatt war. Das war der einzige Ort, der groß genug für unsere wachsende Familie ist. Wyatt und Sydney haben seine Mom und drei Schwestern sowie mich und meine drei Brüder eingeladen. Es war ein wenig verrückt mit all den Menschen und Hunden. Ich sagte zu Wyatt, dass wir einen Welpenpokal starten und die Hunde ihre eigene Version von Fußball mit Hundespielzeug spielen lassen sollten. Er wollte sich nicht darauf einlassen, weil er spürte, dass seine kleine Shih Tzu, Snowball, im Nachteil wäre. Wahrscheinlich richtig. Vor allem im Vergleich zur Konkurrenz. Wyatt und Sydney haben einen Pitbull-Mix, Jenna und ich haben zwei Pitbulls, mein Bruder Adam hat eine englische Bulldogge, und Caleb hat gerade einen sibirischen Husky adoptiert, der ins Tierheim gekommen war. Alle viel größer und stärker als die kleine Snowball.

Jenna und ich haben für ein Thanksgiving-Dessert an der Wohnung ihres Dads Halt gemacht, wo ihre Mom jetzt lebt. Japp, nach all dem Drama sind Jennas Eltern wieder zusammen, nicht verheiratet, aber sie scheinen glücklich zu sein.

Jennas Schwester, Eve, war auch dort. Sie versucht, Frieden mit ihrer Familie zu schließen. Ich denke, dass einige Paare nicht umhinkönnen, immer wieder zueinander hingezogen zu werden, auch wenn sie nicht wissen, wie man den Eheteil zum Laufen bringt. Ich sage, was immer für sie funktioniert. Setzt nur Jenna nicht mitten hinein.

Ich spiele Aerosmiths „I don't wanna miss a thing" auf Jennas Wunsch. Das ist unser Lied. Sie sitzt am Tisch, der mir am nächsten ist, und sieht aus wie mein größter Fan. Ich schwöre, dass sie jeden Tag schöner aussieht. Ihr blondes Haar streift nur die Schultern ihres langärmeligen, beigefarbenen Pulloverkleides, das sich an ihren sexy Körper schmiegt und am Oberschenkel endet. Natürlich sind es nicht nur ihre Haare, Kleider oder ihr Körper, die sie mit natürlicher Schönheit erstrahlen lassen. Es ist, weil sie verliebt ist. Sie lächelt mich an, ihre grünen Augen funkeln, ein rosiges Pink auf ihren Wangen.

Ich lächle zurück und halte ihren Blick. *Ich liebe dich*, sage ich ohne Ton.

„Ich liebe dich auch", flüstert sie.

Sie hat heute Abend Familie und Freunde eingeladen, einschließlich ihrer Eltern und ihrer Schwester. Das ist sogar die größte Menschenmenge, die ich je für den Samstag nach Thanksgiving hier gesehen habe. Der hintere Speisesaal ist ein Raum allein für unsere Familie und Freunde.

Ich beende das Lied zu enthusiastischem Applaus.

Jenna steht auf und wirft etwas in meine offene Gitarrenhülle. Ich hebe es auf. Merkwürdig. Es ist ein Bild von Sydneys Geburtstagsfeier, als ich sieben und Jenna neun war. Die Mädchen sind nahe beieinander und lächeln. Ich bin hinter Jenna und mache Hasen-Ohren.

Ich lache. „Das ist toll."

Sydney meldet sich zu Wort. „Das habe ich in einem alten Fotoalbum gefunden." Die beiden stehen sich näher als je zuvor. Ich höre immer wieder „Schwestern". Meine Schwester ist ganz begeistert darüber, dass Jenna ein Teil der Familie ist. Na ja, nicht offiziell, aber …

Jenna wirft einen weiteren Gegenstand in meine Gitarren-hülle. Es ist ein Leckerchen-Spender-Spielzeug aus Gummi für Hunde.

Meine Augenbrauen heben sich fragend. Es ist nicht so, als wären die Hunde hier bei uns.

Jenna lächelt verschmitzt und wirft einen weiteren Gegen-stand hinein. Ich hole eine kleine Karte mit einem Rezept für den Ahorn-Whiskey-Apfelwein, den wir in der Lodge in New Hampshire hatten. Roggen-Whiskey, Ahornsirup, Zitrone und Apfelwein. Okay, ich denke, sie will es wirklich schaffen. Diese kleinen Geschenke fühlen sich an wie eine Reise in die Vergangenheit, mit Ausnahme des neuen Hundespielzeugs.

Jenna schließt die Distanz, zieht ihre Hand hinter ihrem Rücken hervor und lässt ein blaues Strumpfband in die Hülle fallen.

Mein Herz schlägt heftiger. *Das* ist eine Hochzeitssache.

Plötzlich ist Jenna auf einem Knie neben meinem Stuhl. Ich lege meine Gitarre in ihren Koffer, damit ich ihr meine volle Aufmerksamkeit schenken kann.

„Hast du es erraten?", flüstert sie. „Ich habe dir etwas Altes, Neues, etwas Geborgtes und etwas Blaues gegeben. Ich bin in dich verliebt, Eli, und ich möchte den Rest meines Lebens mit dir verbringen. Wirst du mich heiraten?"

Tränen steigen in meine Augen. Ich kann es nicht fassen, dass sie das getan hat. „Ich bin sprachlos."

„Antworte ihr!", ruft jemand.

Ich merke plötzlich, dass dies der Grund ist, warum sie unsere ganze Familie und Freunde heute Abend hierher eingeladen hat. Sie wollte unsere Verlobung mit ihnen teilen, alles offen.

„Ja, natürlich werde ich das." Ich hebe sie vom Boden und umarme sie fest. „Jenna, meine Liebe."

Ich ziehe mich zurück, um sie anzusehen, und wische Tränen von ihren Wangen. „Du hast mich wirklich überrascht. Du hast gesagt, wir sollten ein Jahr warten."

„Das hat die ängstliche Jenna gesagt." Sie zieht einen diamantenen Verlobungsring aus der Tasche ihres Kleides.

„Das ist die *total verliebte, nie zurückblickende* Jenna." Sie legt mir den Ring an. „Ich habe ausgewählt, was mir gefallen würde."

„Und was soll ich nun mit dem Diamantring tun, der bei mir zu Hause liegt?"

Sie schnappt nach Luft und wirft ihre Arme um meinen Hals. „Ich hätte ja gesagt, wenn du zuerst Gelegenheit bekommen hättest."

„Natürlich hättest du das. Ich bin unwiderstehlich." Ich küsse sie.

Die Menge bricht in Applaus aus, und ich höre Champagnerkorken knallen. Das nächste, was ich weiß, ist, dass alle um uns herum sind und uns gratulieren.

Audrey strahlt uns an. „Herzlichen Glückwunsch, euch beiden! Ich freue mich so für euch. Und ich denke gerne, dass ich eine kleine Rolle dabei gespielt habe, euch dabei zu helfen, zusammenzukommen."

Ich umarme Audrey. „Danke, dass du auf meiner Seite warst."

Sie lächelt. „Ich war auf beiden Seiten. Ich wusste einfach, dass es passt."

Jenna zieht ihren Ring ab und bietet ihn Audrey an. „Könntest du den bitte verwahren, bis ich ihn zurückgeben kann? Es hat sich herausgestellt, dass Eli mir bereits einen Ring besorgt hat. Ich möchte, dass er mir seinen Ring als offiziellen ansteckt."

Audrey starrt auf den Ring, als wäre er eine Schlange. „Ähm ... kannst du ihn nicht in deine Handtasche stecken?"

„Ich weiß, dass es abergläubisch klingt, aber ich habe das Gefühl, dass ich nur den offiziellen haben sollte."

Audrey steckt ihn in ihre Handtasche, ihr Blick schweift umher, als ob sie etwas Gefährliches versteckt.

„Du kannst ihn auch tragen, wenn dir danach ist", sagt Jenna.

Audrey schüttelt kräftig den Kopf. „Nein, nein. Das wäre nicht richtig. Ich werde ihn verwahren, bis du ihn zurückgeben kannst."

„Nächste Woche."

„Verstanden", sagt Audrey und steht steif da, als wäre sie auf der Hut. „Es ist wichtig, dass du dich mit deiner Verlobung wohlfühlst."

Wyatts Schwester Paige lehnt sich vor, von dort, wo sie mit Brooke und Sydney gesprochen hat. „Tatsächlich akzeptieren sie in der Regel keine Rückgaben bei Verlobungsringen, oder man bekommt nur eine teilweise Rückerstattung. Frag mich, woher ich das weiß."

„Kann ich deinen alten Ring tragen, um Jungs fernzuhalten?", fragt Brooke Paige. „Ich bin es leid, die schlimmsten der männlichen Spezies anzuziehen."

Paige zuckt mit den Schultern. „Klar, warum nicht? Nur nicht verlieren."

Brooke schnaubt. „Du hast Kayla vertraut, ihn einen ganzen Sommer lang zu tragen, während sie das falsche Verlobungsspiel gespielt haben."

„Ich vertraue dir. Ich habe sie auch gebeten, ihn nicht zu verlieren."

Sie gehen zusammen davon, zankend wie Schwestern. Brooke scheint völlig vergessen zu haben, dass sie mir als Date angeboten wurde. Hätte nie funktioniert. Mein Herz war bereits vergeben.

Caleb taucht an meiner Seite auf und kann nicht anders, als sich diebisch zu freuen. „Es sieht so aus, als hätte mein äußerst weiser Rat funktioniert. Ich habe dir gesagt, du sollst dich rarmachen und dass sie zu dir kommen würde."

„Eigentlich", hebt Jenna an.

Ich unterbreche sie, bevor sie erzählen kann, wie ich ihr hinterhergelaufen bin. „Das war nicht dein Rat. Ich habe ihr gesagt, dass ich auf sie stehe. Vielleicht solltest du es versuchen, und du hättest tatsächlich einmal etwas Reales."

Caleb klopft mir auf die Schulter. „Ich bin zu jung, um mich niederzulassen, alter Mann."

„Du bist zwei Jahre jünger als ich."

Jenna lächelte gut gelaunt. „Alter bedeutet nicht viel, wenn es um Liebe geht."

Caleb schüttelt den Kopf. „Die einzige Liebe, die ich habe, gehört Huckleberry." Das ist sein neuer Husky, zwei Jahre alt, und ein glücklicher Kerl genau wie sein Besitzer.

„Nenn ihn wenigstens Huck", sagt eine weibliche Stimme. „Die anderen Hunde werden sich über ihn lustig machen, weil er so einen albernen Namen hat."

Wir drehen uns zu Sloane um, der Mechanikerin, die mein Auto repariert hat. Sie sitzt am Ende der Bar.

Caleb geht rüber und verteidigt bereits seine Namenswahl.

Sloane wendet sich von ihm ab und weist sein leidenschaftliches Argument zurück.

Er sagt ihr etwas, lächelt charmant und bittet sie wahrscheinlich, ihr ein Getränk spendieren zu dürfen.

Sie schüttelt den Kopf, wirft etwas Bargeld auf die Theke und geht aus der Tür.

Caleb starrt ihr nach.

„Das könnte das erste Mal sein, dass eine Frau von ihm weggegangen ist", sage ich leise.

„Das sah schmerzhaft aus", flüstert Jenna. „Ich bin froh, dass ich nicht mehr in der Wildnis des Dating-Landes bin."

Ich schiebe eine ihrer seidigen Strähnen hinter ihr Ohr. „Jetzt bist du in der Wildnis von Eli-Land."

„Wann hast du mir einen Verlobungsring gekauft?"

„Am Tag, nachdem du mir die Rosen gegeben hast, wusste ich, dass du es für mich bist. „Ich habe nur auf den richtigen Zeitpunkt gewartet. Ich dachte an Heiligabend, ich würde dich vielleicht unter dem Mistelzweig küssen und ihn dann mit einem Antrag an deinen Finger schieben."

Sie lächelt. „Du warst ja sehr zuversichtlich, dass ich ja sagen würde. Ihn mir einfach vor meiner Antwort auf den Finger zu schieben."

„Das war meine Lösung für deine Wartezeit-ein-Jahr-Sache. Es einfach schnell machen."

Sie lacht.

„Und du musst auch zuversichtlich gewesen sein. Du hast alle, die wir kennen, eingeladen, es zu erleben." Ich umfasse ihren Kiefer und küsse sie. „Ich denke, wir wussten beide, dass es richtig war. Es gab ehrlich gesagt keinen einzigen Zweifel in meinem Kopf."

„In meinem auch nicht. Können wir zu dir nach Hause, um den Ring zu holen, den du ausgesucht hast?"

„Absolut!"

Wir gehen gemeinsam aus der Tür, Hand in Hand, unsere Freunde und Familie pfeifen und jubeln für uns.

Sobald wir in dieser klaren Nacht im Mondschein auf den ruhigen Parkplatz kommen, drehe ich mich zu ihr um. „Sie denken wahrscheinlich, dass wir gleich –"

„Unsere Zukunft gemeinsam planen."

„Ich wollte sagen, einander die Kleider vom Leib zu reißen. Planen wir, gemeinsam ein Haus zu kaufen, sobald wir eins in Summerdale finden, das wir beide mögen. In der Zwischenzeit kannst du bei mir einziehen."

„Was ist mit Caleb?"

„Vielleicht könnte er deine Wohnung haben, während wir das Haus nehmen. Schließlich sind wir zu zweit *und* haben zwei Hunde. Das ist wie eine Familie. Wir brauchen Platz, um uns in einem Haus mit Garten auszubreiten."

„Wenn das für ihn okay ist, dann für mich auch."

Wir gehen zu meinem Mustang, das Silber leuchtet im Mondlicht. Sie ist ein schönes Ding, vielleicht sogar noch mehr jetzt, da sie an der Stoßstange unvollkommen ist. Es ist eine glückliche Erinnerung daran, wie ich wieder Kontakt zu Jenna aufgenommen habe.

Ich wende mich ihr zu. „Was hältst du von einer Silvesterhochzeit? Etwas Kleines."

Sie wirft ihre Arme um meinen Hals. „Ja. Ich liebe diese Idee. Klein und intim, nichts zu Schickes. Und dann können wir gemeinsam mit dem neuen Jahr in unser neues Leben starten."

„Kinder, wann immer du bereit bist. Ich freue mich darauf, ein Dad zu sein. Mein eigener Vater hat ein großartiges Vorbild abgegeben."

Sie wischt sich die Augen. „Diese ganze Zeit hatte ich all

diese Angst aufgebaut, was eine engagierte Beziehung bedeutet, aber mit dir fühle ich nur Glück."

„Warum weinst du dann?"

„Freudentränen!"

Ich schmiege mich an ihren Hals und atme sie ein. „Ich wusste nicht, dass Jenna Larsen jemals so etwas hatte."

Sie drückt gegen meine Brust. „Nun, jetzt schon, dank dir."

Ich grinse. „Gern geschehen."

Ihre Lippen treffen meine in einem leidenschaftlichen Kuss, der viel zu heiß für einen Parkplatz wird. Ich unterbreche den Kuss. „Komm, ich muss dich nach Hause bringen."

„Ja, nach Hause."

Nie klang das süßer.

Verpassen Sie nicht das nächste Buch in der Reihe, *Toying – Deutsche Ausgabe*, wo Caleb von einem Donnerschlag der Liebe getroffen wird!

Wenn ein Männermodel auf eine Mechanikerin trifft, sollte man sich für einen Blitzschlag bereit machen!

Sloane

Wenn dir dauernd gesagt wird, dass du das hässliche Entlein bist, lernst du, deine Erwartungen niedrig zu halten. Was also mache ich, als Caleb Robinson, ein wunderschönes Männermodel, mir anbietet, mich auf einen Drink einzuladen? Ich lehne ihn direkt ab. Er kann es nicht ernst meinen. Es muss ein Streich sein.

Zwei Tage später arbeite ich in meinem schmutzigen blauen Overall mit Ölschmierern im Gesicht in der Werkstatt, und er taucht wieder auf, um zu fragen. Ich bin fassungslos. Was will dieser Typ? Männer wie er gehen nicht mit Mädchen wie mir aus.

Caleb

Ich bin auf der Suche nach der coolsten Frau aller Zeiten, der es vorherbestimmt ist, meine Frau zu werden – Sloane Murray. Dad hat immer gesagt, dass es ihm genauso ergangen ist. Er hat Mom bei ihrem ersten Date einen Heiratsantrag gemacht. Ich hätte nie geglaubt, dass Liebe so schnell passieren kann – bis jetzt.

Langsam, aber sicher überzeuge ich Sloane von meiner Aufrichtigkeit, und es gibt Hoffnung für unsere Zukunft, bis ich sie in meine Modelwelt bringe. Das Problem ist, sie passt da nicht rein. Und als meine Karriere so richtig durchstartet, ist klar, dass ich nicht den großen Traum und meine Traumfrau verfolgen kann. Wenn die Liebe doch nur so einfach wäre wie dieser erste Blitz.

Erhalten Sie die neuesten Nachrichten zuerst in Kylies Newsletter! https://www.kyliegilmore.com/DEnewsletter

WEITERE BÜCHER VON KYLIE GILMORE

Liebe von der Leine gelassen Serie << Heiße romantische Komödien mit Hunden!

Fetching – Deutsche Ausgabe (Buch 1)

Dashing – Deutsche Ausgabe (Buch 2)

Sporting – Deutsche Ausgabe (Buch 3)

Toying – Deutsche Ausgabe (Buch 4)

Blazing – Deutsche Ausgabe (Buch 5)

Chasing – Deutsche Ausgabe (Buch 6)

Daring – Deutsche Ausgabe (Buch 7)

Die Clover Park Serie << Brüder, für die die Familie an erster Stelle steht!

Clover Park: Die O'Hare-Familie

Das Gegenteil von wild (Buch 1)

Daisy schafft alles (Buch 2)

In den Falschen verguckt (Buch 3)

Ein Weihnachtsmann zum Küssen (Buch 4)

Raus aus der Tretmühle (Die O'Hare-Familie – Wie alles begann)

Clover Park: Die Reynolds-Marino-Familie

Vermieter küsst man nicht (Buch 1)

Nicht mein Romeo (Buch 2)

Bring mich auf Touren (Buch 3)

Clover Park Braut (Buch 4)

Gewagte Verlobung (Buch 5)

Retter in der Not (Buch 6)

Eine verführerische Freundschaft (Buch 7)

Ein Geschenk zum Valentinstag (Buch 8)

Die Happy End Buchclub Serie << Die Campbell Familie und ein Liebesromanbuchclub prallen aufeinander!

Hollywood Inkognito (Buch 1)

Ärger im Anzug (Buch 2)

Gewagtes Spiel (Buch 3)

Förmliche Vereinbarung (Buch 4)

Wenn der Bad Boy keiner ist (Buch 5)

Ein Störenfried zum Verlieben (Buch 6)

Schicksalsbegegnungen (Buch 7)

Eine Romantische Chance (Buch 8)

Ein sündhafter Flirt (Buch 9)

Ein unbequemer Plan (Buch 10)

Eine Happy End Hochzeit (Buch 11)

Die Rourkes aus Villroy << Prinzen, bei denen man ins Schwärmen gerät, und ebenso fantastische Prinzessinnen

Königlicher Fang (Buch 1)

Königlicher Hottie (Buch 2)

Königlicher Darling (Buch 3)

Königlicher Charmeur (Buch 4)

Königlicher Playboy (Buch 5)

Königlicher Spieler (Buch 6)

Die Rourkes aus New York

Abtrünniger Prinz (Buch 1)

Abtrünniger Gentleman (Buch 2)

Abtrünniges Schlitzohr (Buch 3)

Abtrünniger Engel (Buch 4)

Abtrünniger Fratz (Buch 5)

Abtrünniger Beschützer (Buch 6)

Die Clover Park Charmeure Serie << süße und sexy Charmeure!

Beinahe drüber weg (Buch 1)

Beinahe zusammen (Buch 2)

Beinahe Schicksal (Buch 3)

Beinahe verliebt (Buch 4)

Beinahe romantisch (Buch 5)

Beinahe frisch verheiratet (Buch 6)

Sehen Sie sich auf meiner Website die aktuelle Liste meiner Bücher an: https://www.kyliegilmore.com/deutsch/

ÜBER DIE AUTORIN

Kylie Gilmore ist die USA Today Bestsellerautorin der Happy End Buchclub Serie, der Clover Park Serie, der Clover Park Charmeure Serie, der Rourke Serie und Liebe von der Leine gelassen Serie. Sie schreibt unterhaltsame Romanzen, die die LeserInnen zum Lachen und zum Weinen bringen und zu einem Glas Eiswasser greifen lassen.

Kylie lebt mit ihrer Familie, zwei Katzen und einem verrückten Hund in New York. Wenn sie nicht gerade schreibt, Kinder bändigt oder bei Autorenkonferenzen pflicht-bewusst Notizen macht, findet man sie beim Stretching – bis ganz nach oben ins oberste Regal, um dort ihren geheimen Schokoladenvorrat zu erreichen.

Melden Sie sich für Kylies Newsletter an, damit Sie keine ihrer Neuerscheinungen verpassen. https://www.kyliegilmore.com/DEnewsletter

Mehr finden Sie auf Kylies Website https://www.kyliegilmore.com/deutsch/